강의실에서
읽은 동화

강의실에서
읽은 동화

초판인쇄	2018년 8월 1일
초판발행	2018년 8월 10일
지은이	권혁준
펴낸이	염현숙
편집	이복희 원선화 엄희정 곽수빈 최은정
디자인	이현정
마케팅	정민호 박보람 나해진 우상욱
홍보	김희숙 김상만 이천희
제작	강신은 김동욱 임현식
제작처	한영문화사
펴낸곳	(주)문학동네
출판등록	1993년 10월 22일 제406-2003-000045호
주소	10881 경기도 파주시 회동길 210
전자우편	kids@munhak.com
홈페이지	www.munhak.com
카페	cafe.naver.com/mhdn
트위터	@kidsmunhak
페이스북	facebook.com/kidsmunhak
북클럽	bookclubmunhak.com
대표전화	(031)955-8888
팩스	(031)955-8855
문의전화	(031)955-8890(마케팅) (02)3144-3237(편집)

ISBN 978-89-546-5267-4 03810

이 도서의 국립중앙도서관 출판예정도서목록(CIP)은 서지정보유통지원시스템 홈페이지(http://seoji.nl.go.kr)와 국가자료공동목록시스템(http://www.nl.go.kr/kolisnet)에서 이용하실 수 있습니다.(CIP제어번호 : CIP2018023108)

강의실에서 읽은 동화

권혁준 평론집

문학동네

| 머리말 |

어린이가 주인이 되는 아동문학을 위하여

교육대학교에 부임한 지 올해로 17년이 되었으니 아동문학을 읽고 공부한 지도 그쯤의 세월이 흘렀다. 초등학교 교사들은 꼭 아동문학을 알아야 한다고 생각하여 교대 부임과 동시에 아동문학 공부를 시작했는데, 좋은 동화를 찾아 같이 읽고 감동을 나누는 기쁨은 기대 이상으로 컸다. 오늘도 『오른발, 왼발』(토미 드 파올라, 비룡소, 1999)을 읽어 주면서 또 눈물이 나오려 해 참고 읽느라 목소리가 떨렸다. 이 책은 10여 년 이상 읽고 또 읽었는데, 어느 장면에만 가면 콧등이 시큰해 온다. 아동문학은 단순하고 간결한 언어로 인생의 단면을 포착하는 매력이 있다.

교대에서 아동문학과 문학교육을 가르치고 연구하다 보니 고민스러운 때도 있었다. 교과서에 게재된 작품에 대한 비판이나, 작품을 다루는 방식에 대한 불만의 목소리가 들려오면 나에게도 책임이 있는 것 같아 마음이 무겁기도 했다. 어린이들에게 어떤 작품을 권해 줄 것인가. 교과서에 추천할 만한 작품에는 어떤 것이 있을까. 예비교사들에게는 아동문학을 어떻게 가르치라고 지도할 것인가. 어떤 아동문학이 좋은 아동문학인지 나는 쉽게 결단을 내리지 못한다. 신념이 부족하기 때문인가, 문학 지식이 부족하기 때문인가, 내 판단에 대한 확신이 부족하기 때문인가. 어떤 때는 우유부단한 내가 안쓰럽기도 하지만, 망설이고 주저하는 과정이 꼭 나쁜 것 같지는 않다. 심사숙고하는 시간을 가질 수 있기 때문이다.

그런데 10여 년 이상 아동문학에 대해 강의하고, 작품을 읽고, 이리저리 궁리를 하다 보니 이제는 좋은 아동문학이 어떤 것인지 할 말이 생기는 것 같다. 무엇보다 먼저 고려해야 할 조건은 '아동문학의 주인은 아동이어야 한다'는 것이다. 너무나 당연하고 상식적인 말로 여겨질지도 모르겠다. 그러나 한국 아동문학의 100년 역사를 되돌아보거나, 정전의 목록에 제목이 오르내리는 작품을 꼼꼼히 들여다보면 어린이가 주인이 되지 못한 경우가 적지 않고, 지금의 아동문학 현장에서도 그런 작품은 여전히 산출되고 있다.

일제강점기에 발표된 동화 가운데는 어린이들에게 과도한 짐을 지운 작품들이 드물지 않았다. 방정환의 『만년샤쓰』도 그런 작품 중 하나다. 카프아동문학 중에는 이데올로기의 도구가 된 작품이 많았고, 1960~70년대에 유행했던 예술동화들은 작가의 심미적 만족감을 지향함으로써 아동 독자를 소외시켰다. 1990년대 후반 구제금융 시대에 고통받는 어린이를 주인공으로 한 작품이나, 2000년대 초반 신자유주의에 포획된 어린이를 주인공으로 한 작품들은 어린이들의 심리적 발달 정도나 사회적 역할에 비추어 볼 때 읽히기에 주저되는 것이 사실이다.

어린이가 진정한 주인이라고 보기 어려운 작품 가운데 한 부류가 어린이의 희생을 아름답게 그린 작품이다. 작품을 읽는 방식에는 '결을 따라 읽기'와 '결을 거슬러 읽기'가 있는데, 전자는 작가가 의도한 대로,

작품이 초대하는 대로 의미를 읽어 내는 방식이고, 후자는 작가 자신도 의식하지 못한 이데올로기를 찾아 해석해 내는 방식이다. 한국 아동문학 최고의 정전 가운데 하나로 평가받는 권정생의 『강아지똥』을 결을 거슬러 읽으면, 어린이의 희생을 아름답게 여기는 시선이 발견된다. 순수한 동심을 찬양한 정채봉의 동화 『오세암』에서도 어린이의 희생을 아름답게 보는 작가의 무의식이 느껴진다.

어린이가 주인이 되는 아동문학은 '어린이의 본성과 욕망을 긍정하고 그들의 생명력을 고양하는 작품'이어야 한다. 아동문학작품은 우리의 문화에 의해 형성되는 동시에 어린이를 둘러싼 문화를 형성해 나간다. 어린이의 희생을 아름답게 여기는 아동문학이 생겨난 요인 가운데에는 우리 문화의 밑바닥에 자리 잡고 있는 효나 장유유서 문화도 한몫을 하고 있다고 생각된다. 표면적으로는 어린이를 위한다고 하지만 속마음 깊은 곳에서는 어린이를 낮춰 보고 있는 것은 아닌가. 자기 인생의 주인으로 행복하게 살아가는 어린이로 키우기 위해서는 어린이들이 주인이 되는 문화를 만들어야 한다.

아동문학은 그 특성상 문학의 범주에만 머무르는 것을 허락하지 않는다. 어른들은 어린이를 교육의 대상으로 보기 때문에 아동문학도 교육의 도구로 사용되는 경우가 많다. 국어교과서에 게재될 때는 언어교육의 수단이 되기도 하고, 독서교육의 현장에서는 도덕교육이나 인성교육의 자료로 쓰이기도 하는 것이다. 나는 문학작품이 읽기나 쓰기 교육의 자료가 되거나 인성교육의 수단이 되는 일을 불편하게 여기던 때도 있었다. 그러나 다시 생각해 보면 무엇이 우선이고 무엇이 부차적인지 가르는 일은 부질없는 일일 수도 있다. 좋은 아동문학 작품을 읽으면 저절로 독해력이 길러지고, 감동적인 작품을 읽으면 자기도 모르게 좋은 인간이 되지 않겠는가.

이 책이 처음부터 어떤 기획에 의해 집필된 것이 아니고, 10여 년 동안 쓴 원고 가운데 골라낸 것이긴 하지만 목차를 훑어보니 어떤 흐름이 보이는 것 같다. 우리 아동문학이 리얼리즘에 경도된 것이 아닌가 하는 염려, 인간의 내면적 욕망이나 보편적 인생 문제를 다룬 문학에 더 가치를 두는 내 문학관이 알게 모르게 스며 있음을 알겠다.

한 가지 더. 유년기와 아동기 독자들이 읽는 서사문학을 '동화'로 할 것인가, '아동소설'로 할 것인가는 아동문학계의 뜨거운 토론거리였고 아직도 결론을 내지 못하고 있다. 필자는 고학년 아동을 독자로 하는 서사문학을 '아동소설'로 부르자고 주장하고 있는데, 발표 시점의 불일치로 인해 이 책에서는 이 용어를 일관되게 쓰지 못하였음을 양해해 주기 바란다.

평론집을 출간하면서 감사를 표해야 할 사람은 일차적으로 훌륭한 작품을 산출해 준 작가들이다. 비평의 본분은 좋은 작품을 찾아 그에 알맞은 이름을 붙여 주는 일이라고 믿는다. 그러나 그 명명의 행위는 모험일 수도 있음을 안다. 무딘 칼로 작가들에게 상처나 주지 않았는지 모르겠다. 좋은 작품을 놓친 것은 순전히 내 게으름과 어두운 눈 탓이다. 앞으로 더 정성스럽게 읽고, 비평적 지성을 벼리고 싶다는 소망으로 용서를 구한다.

공부한다는 핑계로 어린 시절을 함께해 주지 못했던 자식들은 벌써 어른이 되어 버렸다. 가족들에게 미안하다. 손자 다온이가 자라는 세상은 지금보다 더 아름답고 평화롭기를 간절히 바란다.

2018년 아름다운 일락 교정에서, 권혁준

차례

머리말
어린이가 주인이 되는 아동문학을 위하여 004

1부
/
질문하고 대답하는 아동문학

고학년 아동을 독자로 하는 서사문학은 '아동소설'이다 012
아동문학에서 비평의 역할과 과제 021
어린이는 판타지세계에서 어떻게 성장하는가 035
아동청소년문학에 나타난 SF적 상상력 052
이 시대 아동청소년문학의 긴급한 질문과 성실한 응답 077
겸손하고 유연하게, 낮고 조심스럽게 083

2부

/

어린이의 본성을 긍정하는 아동문학

인간에 대한 깊은 이해, 미학성을 드높이는 테크닉 096
사람의 도리를 가르치는 따듯한 리얼리즘동화 111
어린이의 본성을 긍정하는 아동문학 123
동화작가여, 어린이의 내면으로 들어가자 141
저학년동화, 재미의 세계로 가는 여정 152
옛이야기 관습을 이어받은 저학년동화 161
더 과감한 상상력이 필요하다 170
자유롭고 행복한 주체로 서는 길 182

3부

/

경계를 지우는 아동문학

아동소설에서 불행한 아이들을 어떻게 그릴 것인가 194
경계를 지우는 아동문학 205
어린이의 생명력을 지켜 주는 동화를 위하여 216
5월의 광주로 가는 먼 길 225
학원 괴물에 멍든 아이들을 치유하는 카니발 이야기 237
엄마 말을 잘 듣는 아이는 어떻게 될까 248
우리는 바다로 가야 한다 256
기발한 상상력과 새로운 서술 전략 266
다문화 사회를 보는 시각과 서술 전략 277

1부

질문하고 대답하는 아동문학

고학년 아동을 독자로 하는 서사문학은 '아동소설'이다

필자는 초등학교 국어교과서의 집필 실무자로 참여하면서 서사 장르의 용어 문제는 한국 아동문학계에서 시급히 해결을 보아야 할 과제임을 절감하였다.

'2015 개정 국어과 교육과정'에 들어와 '동화'라는 용어가 등장하였지만, '2007 개정 국어과 교육과정'에서 공식적으로 쓰이던 서사 장르 용어는 '소설(이야기)'였다. '소설'이 아니라 '소설(이야기)'였던 이유는 초등학교 단계의 서사 장르 용어가 확실히 결정되지 않았기 때문이다. 즉, 중등학교에서 쓰는 '소설'이라는 장르 용어에 대응되는 초등학교 단계의 용어를 '이야기'로 쓰기 위한 임시방편이었던 것이다. '이야기'는 교육과정은 물론이고 교과서에도 정식으로 사용되었던 용어이다. 반면 '동화'라는 명칭은 '2007 교육과정기'에서는, 교육과정에는 물론이고 교과서에도 '전혀' 등장하지 않았다.

'이야기'라는 용어가 공식적으로 쓰이게 된 시기와 그 이유, 이 용어가 지니고 있는 문제점 등은 따로 이야기해야 할 만큼 복잡하기 때문에 여기서는 자세히 언급하지 않겠다. 초등학교 교육과정과 교과서를 집필한 이들은 왜 장르적 실체가 없는 '이야기'라는 용어를 채택하였을까. '이야기'는 동화인지 우화인지 소설인지 구분하기 모호한 글을 두루 지칭할 수 있는 용어이다. 이솝의 '토끼와 거북이'는 우화이지 동화는 아니고, '로빈슨 크루소'는 동화는 아니고 소설이지만 초등학교에서 '소설'이라는 용어는 공식화된 것이 아니다. 이런 경우 '이야기'라고 지칭하면 틀리지는 않는다. 그러나 '이야기'의 사전적 의미는 매우 포괄적이다. '대화'나 '어떤 사물이나 사실, 현상에 대하여 일정한 줄거리를 가지고 하는 말', '민담이나 전설 같은 옛이야기' 등에도 쓸 수 있는 단어여서 문학의 한 장르를 지칭하기에는 너무 범위가 넓어 부적절한 용어이다.

어쨌든, '2007 교육과정기'의 초등학교 국어교과서에서 '동화'와 '소설'이라는 용어는 자취를 감추어 버렸고 그 당시에 초등학교를 다녔던 어린이들은 제도교육에서 이런 용어를 전혀 배우지 못한 채 초등학교를 졸업해야만 하였다. 이런 현실에 대한 책임은 누구에게 있을까. 일차적으로는 국어과 교육과정을 집필한 실무자들과 교과서 편찬자들에게 있겠지만, 아동문학의 이론을 연구하고 평론에 참여한 연구자와 평론가, 출판사 관계자 들도 책임을 면하기 어렵다고 본다. 교과서 편찬자들은 학문 공동체에서 합의한 지식과 사실을 반영하는 것이 당연하기 때문에 아동문학계에서 용어의 의미를 정확히 정의하고 합의에 이르렀다면 이런 오류를 범하지 않았을 수도 있는 것이다.

이와 같은 혼란과 오류를 수습하기 위해 우리 아동문학연구자들이 꼼꼼하고 치밀하게 과거를 되짚어 본 작업은 매우 의미 있는 작업이었다고 평가할 수 있다. 특히 해방 이전의 서사 장르 용어의 쓰임을 실증적으로 연구한 조은숙의 논문[1]과 해방 이후의 서사 장르 용어의 용례를 치밀하게 고증한 원종찬의 논문[2]은 이 시점에서 우리가 어떤 용어를 선택해야 하는지 판단할 수 있는 기초 자료를 제공해 주었다.

아동문학 서사 장르 용어 논쟁의 핵심은 '동화'라는 용어와 '소설'이라는 용어의 의미와 범주를 어떻게 규정하는가 하는 문제이다. 그리고 이 두 용어를 어떤 의미 범주로 사용할 것인가를 판단하는 기준은 '동화'라는 용어의 의미를 어떻게 규정하는가에 달려 있다. 즉, '동화'라는 용어가 본래 지니고 있었던 '공상성'이라는 속성을 인정할 것인가, 아니면 현재 우세하게 쓰이고 있는 의미 범주인 '아동을 위한 서사문학 일반'을 가리키는 것으로 규정할 것인가로 요약된다.

방정환 이후 일제강점기에 '동화'는 '옛이야기(메르헨 포함)', '우화', '의인화된 이야기', '공상적인 이야기' 등 비현실적 사건이나 비현실적 배경, 비현실적 인물 등이 등장하는 이야기라고 이해되어 왔고, 이원수나 강소천, 김요섭 등도 이런 의미로 사용하여 왔다. 현재에도 아동문학을 공부하지 않는 일반인들은 '동화'라고 하면 거의 '공상적이거나 비현실적인 사건이 펼쳐지는 이야기' 정도로 생각하고 있을 것이다.(필자가 대학에서 아동문학 강의 첫 시간에 '동화'라고 하면 떠오르는 작품이 무엇이냐고 물어보면 학생들은 대개 '인어공주', '백설공주', '이솝우화' 등을 거론한다. 아마도 우리나라 일반 성인들 반응도 거의 비슷하리라고 생각한다.)

1 조은숙, 「일제강점기 아동문학 서사 장르의 용어와 개념 고찰: 아동 잡지에 나타난 '동화'와 '소설' 관련 용어를 중심으로」, 『아동청소년문학연구』 4호, 2009

2 원종찬, 「해방 이후 아동문학 서사 장르 용어에 대한 고찰」, 『아동청소년문학연구』 5호, 2009

현실을 배경으로 한 사실적인 이야기도 '동화'라고 부른 것은 1930년대 카프문학 단체에서 '생활동화', '사실동화'라는 말을 쓰게 된 이후부터이다. 리얼리즘문학을 옹호해 온 이오덕은 이것을 이어받아 현실적인 이야기에도 모두 '동화'라는 용어를 사용하여 왔고 현재까지도 이 영향이 크게 미치고 있다. 그리하여 현재에는 아동문학 서사 장르에 소설이라는 명칭이 사라졌고 초등학생을 독자로 하는 서사물은 모두 '동화'라는 용어로, 중학생 이상을 독자로 하는 서사물은 '청소년소설'이라는 용어로 부르고 있다. 이는 공교육 현장에서 '동화'라는 용어가 전혀 쓰이지 않았던 현실에 비추어 보면 참으로 아이러니한 현상이다.

그런데 초등학교 고학년 학생을 독자로 하는 사실적인 서사물을 '동화'라고 부르기는 하지만 아동문학계 여러 연구자들은 이 용어가 이런 방식으로 쓰이는 데 대해서 흔쾌히 동의하지는 못하고 있다. 다들 그렇게 부르고 있으니 따라가기는 하지만 '동화'의 본래 의미가 이런 것은 아니라는 것을 알고 있기 때문이다. 아동문학 관련 학회에서 장르 용어를 주제로 학술 대회를 개최할 때 논쟁의 중심에 있는 문제가 바로 이것이다. 또, 초등학교 교과서 편찬자들이 '동화'라는 용어를 받아들이지 않았던 것은 이 '동화'라는 장르 용어가 포괄하는 의미에 문제가 있다고 보았기 때문이다. 우리가 '동화'라고 할 때의 배경지식, 즉 동화의 본질이나 의미에 비추어 볼 때 현재의 고학년용 서사물을 '동화'로 부르기에는 영 석연치 않은 무엇이 있다는 것이다.

그 석연치 않은 이유를 조목조목 거론하다 보면 '동화'와 '소설'에 대한 본격적인 장르론이 필요하여 이 글에서 일일이 논의하기는 어렵다. 그러나 간단히 정리하자면 '동화'는 어린 독자를 대상으로, '소설'은 좀 더 나이 든 독자를 대상으로 하는 장르라는 점, 따라서 '동화'는 길이가 짧고 그에 비해 '소설'은 길이가 좀 길다는 점, '동화'는 저학년 어린이들의 물활론적 사고방식을 만족시켜 주기 위해 공상적·비현실적인 사건이 주로 펼쳐지고, '소설'은 고학년 어린이들의 합리적·현실적 사고방식을 만족시켜 주기 위해 현실에서 벌어질 법한 사건이 주로 펼쳐진다는 점 등을 들 수 있겠다.(그런데 이런 경계 구분도 사실 딱 맞아떨어지지는 않는다. 최근에는 고학년 독자를 대상으로 하는 장편 '판타지' 작품이 많이 출판되고 있기 때문이다.)

필자는 대학의 아동문학 강의 교재로 쓰기 위해 『아동문학의 이해』(박이정, 2009)를 공동 집필하였는데 이때 고민이 된 장章이 바로 '사실동화'와 '역사동화' 부분이었다. 고민 끝에 '동화'라는 용어가 우세하게 쓰이는 현실을 고려하여 '사실동화', '역사동화'라고 이름을 붙이고, 학술 대회 같은 데서 필자의 견해를 밝혀야 할 때는 고학년용 서사물도 모두 '동화'라고 하자고 말하곤 했다. 언어라는 것은 역사성이 있어서 그 의미가 변화할 수 있는 것이며, 사회성이 있어서 대중이 합의하면 그쪽으로 의견이 모아질 수도 있을 것이라고 생각하였기 때문이다. 그러나 학술 대회를 할 때마다 '동화'라는 용어가 아동문학 서사 장르를 대표하기에는 부적절하다는 생각이 들었고, 아동문학을 강의할 때에도 고학년 학생을 독자로 하는 비교적 긴 이야기인 역사물을 역사'동화'라고 할 때에 마음으로부터 동의하기 어려워 곤혹스러웠던 기억이 있다.

이런 상황에서 교육과정과 교과서에 사용되어 온 장르 용어를 통시적으로 검토한 결과 그 혼란상이 너무 어지럽고 원칙이 없어서, 학자가 학문적인 엄밀성 없이 대세만 따르다가는 아동문학계나 초등 국어교육계에 합당한 장르 용어가 합의, 정착되기가 매우 어려울 것임을 절감하였다. 그래서 필자는 이 자리를 빌려 그동안 써 왔던 '사실동화', '역사동화'라는 용어를 철회하고자 한다. 즉, 초등학교 고학년 독자를 대상으로 하는 서사물은 서술 양식과 장르의 본질을 기준으로 보았을 때, '아동소설'이든 '소년소설'이든, '소설'이라는 용어가 더 합당하다고 보아 앞으로는 '아동사실소설', '아동역사소설' 등의 용어로 쓰려고 한다. 그러나 서사 장르 용어가 이렇게 간단히 해결될 수 있는 문제는 아니다. 모든 사람이 수긍할 수 있게 하는 '동화'와 '소설'의 구분 기준을 제시하기가 너무도 어렵기 때문이다.

이 글을 쓰는 과정에서 일단 필자는 두 장르를 특징짓는 자질을 다음 표와 같이 생각해 보았다.

기준	동화	소설
독자 연령	물활론적이며 공상성을 좋아하는 저학년(초등 3학년 이하) 어린이	객관적이며 합리적인 사고로 발전하는 고학년(초등 4학년 이상) 어린이
작품의 현실성	사건, 배경, 인물 중 비현실적 요소가 한 가지 이상 존재한다.	사건, 배경, 인물이 모두 현실적이다.
구성(플롯)과 문체	단일한 구성, 간결한 문장, 쉬운 언어로 이루어져 있다.	동화에 비해 구성이 복잡하며 문장도 길다.
주제	저학년 어린이에게 흥미를 주는 상상 이야기 등	어린이의 개인적 삶과 그를 둘러싼 사회문제, 인간관계 문제, 성, 환경문제 등
작품 길이	비교적 짧다.	동화에 비해 길다.

이 기준에서 가장 중요하고 특징적인 부분은 '작품의 현실성' 자질이다. '동화'는 사건, 배경, 인물 중 하나라도 비현실적 요소가 있는 이야기이고, '소설'은 현실적인 인물이 현실을 배경으로 현실적인 사건을 펼치는 이야기만으로 한정하고 있다. '공상성·비현실성'을 동화의 본질적 속성으로 보았기 때문이다. 그런데 후자의 경우, 성인문학을 생각해 보면 판타지적인 사건이 펼쳐진다고 해서 그런 작품을 소설 범주에서 제외시키지 않는다는 문제가 생긴다. 즉 '판타지소설'이라는 하위 장르가 엄연히 존재하는 것이다. 그러므로 '현실성' 자질을 '동화'와 '소설'을 가르는 기준으로 삼기에는 무리가 따른다. 『어스시의 마법사』(어슐러 K. 르 귄, 황금가지, 2002)같이 소설적 구성을 갖춘 작품을 판타지적인 속성으로 인해 '소설'과 구분하여 '동화'로 부르는 것은 비합리적이다.

'현실성'을 기준으로 두 장르를 구분할 경우 생기는 또 하나의 문제는 저학년 어린이를 독자로 하는 사실적인 이야기도 '소설'로 불러야 하는가이다. 유아나 1·2학년 어린이를 독자로 한 사실적인 이야기는 지금까지 '유년동화' 정도로 불렀는데 위 기준에 의하면 '소설' 범주에 포함시켜야 한다. 그런데 현재 우리 아동문학계 관습이나 언어 감각으로 볼 때 그런 이야기를 '아동소설'로 부르는 것이 매우 어색한 것이 사실이다.(1930년대에 유아를 대상으로 한 현실적인 이야기를 '아기네소설', '유아소설' 등으로 부른 적도 있어서 이런 명명법이 전혀 불가능한 것이 아니기는 하다.)

참으로 어려운 문제이다. 나는 이 두 문제의 해결 방법에 대해 고민을 거듭하다가 독자 연령을 기준으로 하는 수밖에 없겠다는 결론에 이르렀다. 초등 저학년 어린이를 독자로 했다면 『바위나리와 아기별』 같은 판타지 작품이든 『유치원에 간 데이빗』(데이빗 섀논, 지경사, 2005) 같은 현실적인 이야기든 모두 '동화'라고 부르고, 고학년 어린이를 독자로 했다면 『몽실 언니』(권정생, 창비, 1984) 같은 사실적인 작품이든 '해리 포터' 시리즈(조앤 K. 롤링, 문학수첩, 1999) 같은 판타지 작품이든 모두 소설이라고 부르는 것이 적절하다고 본다. 공상성이나 판타지는 장르를 가르는 기준이 아니라 그 장르가 가지고 있는 여러 속성 가운데 하나로 이해하면 될 것이다. 성인소설에도 '판타지소설'이 있는 것처럼, 아동소설에도 '아동판타지소설'이 있는 것으로 이해하면 그만이다. 저학년과 고학년의 경계선쯤에 있는 작품도 있을 수 있다. 그러나 그런 것은 출판사나 작가의 판단에 맡기면 된다.

이렇게 부르는 것이 기존에 사용해 왔던 아동문학 장르 용어 관습에도 크게 어긋나지 않고, 장르 본질에도 가까운 방식이라고 생각한다. 서사의 내적 자질이 같은데도 불구하고 저학년 어린이를 독자로 한 것은 '동화'이고, 고학년 어린이를 독자로 한 것은 '소설'인가 하는 반론이 있을 수 있다. 그러나 저학년 어린이를 독자로 한 작품의 경우 사실적인 작품의 비중은 매우 적고, 대부분 물활론적 상상력을 바탕으로 한 판타지 작품이 주류를 이루기 때문에 저학년용 작품을 '동화'로 부르는 것은 큰 무리가 없다. 또, 고학년용 판타지 작품도 소설적 구성을 갖춘 장편 서사물을 '동화'로 부르는 것보다 '소설'로 부르는 것이 자연스럽다고 본다.

지금까지 이야기한 것을 바탕으로 '동화'와 '소설'을 특징짓는 자질을 다시 정리하면 다음 표와 같다.

기준	동화	소설
독자 연령	물활론적이며 공상성을 좋아하는 저학년(초등 3학년 이하) 어린이	객관적이며 합리적인 사고로 발전하는 고학년(초등 4학년 이상) 어린이
작품의 현실성	비현실적이거나 현실적이다.	
구성(플롯)과 문체	단일한 구성, 간결한 문장, 쉬운 언어로 이루어져 있다.	동화에 비해 구성이 복잡하며 문장도 길다.
주제	저학년 어린이에게 흥미를 주는 상상 이야기 또는 현실적인 이야기	어린이의 개인적 삶과 그를 둘러싼 사회문제, 인간관계 문제, 성, 환경문제 또는 상상세계
작품 길이	비교적 짧다.	동화에 비해 길다.
하위 장르 예시	의인동화, 우화, 공상동화, 사실동화 등	아동사실소설, 아동역사소설, 아동판타지소설 등
작품의 예	『바위나리와 아기별』 『이솝 우화』 『성냥팔이 소녀』 『유치원에 간 데이빗』 등	『몽실 언니』 『톰 소여의 모험』 『사금파리 한 조각』 『마당을 나온 암탉』 『어스시의 마법사』 등

『창비어린이』 2010년 가을호

아동문학에서 비평의 역할과 과제

아동문학비평의 역할

원론적으로 문학비평이란 문학작품을 해석하고 분류하며 평가하는 일을 말한다. 문학비평가는 잘 훈련된 해석 능력과 심미안으로 좋은 문학작품을 가려내어 독자들에게 소개하기도 하고, 문학작품의 심층적 의미와 가치를 해설해 주는 일을 하기도 한다. 좋은 문학작품을 선별하려다 보면, 문학작품의 좋은 자질과 좋지 못한 자질을 분류하여 설명해야 하므로 이런 행위가 때때로 작가들에게는 컨설팅이나 코칭의 기능으로 작용하기도 한다. 특히 습작기의 작가 지망생들이나 입문기의 작가들에게 좋은 비평 글은 작가 수업에 지침이 되기도 한다.

더 나아가 일급 비평가는 예리한 통찰력과 판단력으로 한 시대 문학 흐름을 돌려놓기도 하고, 타성에 빠진 문단에 경종을 울리기도 한다. 우리 아동문학 동네에서도 이오덕의 『시정신과 유희정신』(창비, 1990 /

굴렁쇠, 2005)은 아동이 없는 동시, 언어유희를 당연하게 여기며 자기만족에 빠진 동시단에 매서운 충격을 가함으로써 동시의 흐름을 바꾸어 놓았다. 예리하고 통찰력 있는 문학비평은 작가가 미처 생각하지도 못한 새로운 세계를 열어 보여 주거나 문단에 부족한 부분을 짚어 주기도 하고, 편집자에게는 작품의 실례를 들어 좋은 문학의 기준을 제시하기도 한다. 또한 교사나 학부모와 같은 2차 독자들에게는 내포 독자인 아동들에게 좋은 문학작품을 안내함으로써 문학 생산과 소비가 선순환을 이루도록 조정하는 역할을 한다.

그러나 이렇게 긍정적인 비평만 존재하는 것은 아니다. 의례적인 찬사나 두루뭉술한 평가로 '주례사 비평'이라는 말이 생기기도 하였고, 경직된 이론을 무리하게 적용하는 비평이나, 비평가의 고집스러운 주관으로 작가를 가르치려 드는 비평, 둔한 칼날을 용맹하게 휘두름으로써 작가들에게 상처를 주는 비평이 존재하는 것도 사실이다.

그렇다면 한국 아동문학에서 비평은 어떤 기능을 수행해 왔을까. 일제강점기나 한국전쟁 시기는 논외로 하더라도, 2, 30여 년 전만 해도 아동문학비평을 전문으로 하는 비평가는 극소수에 불과하여 이재철, 이오덕 등 몇몇 비평가의 담론이 아동문학 방향을 좌우하였다. 그러다가 1990년대 중반 이후 아동문학 시장이 커지고 작가층이 두터워지는 현상과 더불어 젊은 비평가들이 속속 문단에 가세함으로써 아동문학비평이 활발해졌고 이런 상황은 아동문학 수준을 한 단계 성장시키는 데 일정한 역할을 하였다.

『창비어린이』에서는 2008년 봄호에서 아동문학비평이 걸어온 길과 그 양상을 점검하고 미래 과제를 고민하는 특집을 기획한 바 있다. 이 특집 기사에서는 작가, 편집자, 현장활동가 들에게 아동문학비평의 역할과 과제에 대한 질문을 제시함으로써 아동문학비평에 대한 이들의 솔직한 생각을 알 수 있는 기회가 되었다. 또, 이 특집에서는 비평가들 스스로 아동문학비평을 메타적으로 성찰하는 작업을 시도하였는데, 배봉기(「아동문학비평의 역정과 전망」)는 1960년대부터 그 당시까지 간행된 비평집을 중심으로 아동문학비평의 지형도를 그려 보며 앞날을 전망하였고, 김제곤(「우리 비평이 갖지 못한 것」)은 당시의 비평이 양적으로는 어느 정도 빈곤에서 벗어났지만 아직도 비평의 본질적 기능을 제대로 해내지 못한다고 보고 작가나 독자, 문단이 요구하는 바람직한 비평의 상에 대해 논의하였다.

생산되는 작품 경향도 달라졌고 아동문학을 둘러싼 환경과 상황도 많이 달라졌는데, 오늘날 아동문학비평은 어떤 모습일까. 2008년에 지적한 비평계의 문제는 많이 해소되었을까. 작가나 편집자가 바라는 비평의 상에 어느 정도 가까워지고 있을까.

2010년 이후 아동문학비평의 동향

1) 쟁점과 토론 부재

한때 우리 아동문학계에서 첨예한 7쟁점을 놓고 활발한 토론이 오가던 때가 있었다. 김이구가 발표한 「아동문학을 보는 시각」(『아침햇살』 1998년 여름호)에 대해 이오덕은 「'일하는 아이들'은 버려야 할 관념인가」(『문학의 길 교육의 길』, 소년한길, 2002)로 반론을 제기했다. 그리고 이 토론은 원종찬의 「'일하는 아이들'과 '유희정신'을 넘어서」(『창비어린이』 2003년 여름호)라는 재반론으로 이어졌고, 이에 대해 이주영은 「'시정신'과 '유희정신'을 왜곡하지 말자」(『창비어린이』 2003년 가을호)로 반박했다. 계속해서 이지호, 이성인이 가세함으로써 이 토론은 격렬한 논쟁으로 확대되었다. 이 토론을 계기로 이오덕 시대에는 필연적으로 제기되어야 했던 농촌 어린이들의 노동문제와 동시인들의 언어유희 문제가 일단락되었고, 변화된 아동들과 아동문학 환경이 요구하는 아동문학으로 서서히 전환되기 시작하였다고 볼 수 있다.

또 기억에 남는 토론으로는 『창비어린이』가 창간 1주년 기념 심포지엄으로 기획했던 〈현실주의동화, 어떻게 볼 것인가〉(2004년 여름호)와 2주년 기념 심포지엄 주제 토론 〈오늘의 아동문학과 역사적 상상력〉이 있다. 이 두 주제, '현실주의동화'와 '역사동화'는 서로 다른 주제 같아도 결국은 문학이 현실을 어떻게 반영할 것인가를 다룬 것으로 서로 상통하는 바가 있다. 이 두 차례 심포지엄에서는 발제자가 당시 동화 작품에 대해 상당히 날카로운 비판을 제기했고, 토론자들도 이에 맞서 주체적인 의견을 피력함으로써 참여자와 독자들을 즐겁게 하였으며, 이 토론 과정에서 현실주의문학이 선 자리와 나아갈 방향에 대해 깊이 생각해 보게 하는 성과를 거두었다.

이 밖에도 한국적 판타지의 개념과 과제에 대해 작가와 비평가 사이에 진지한 토론이 있었고, 아동문학 장르 용어 문제에 대해서도 의미 있는 토론이 전개된 바 있다.

『어린이와문학』에서 주최하는 여름 대토론회에서도 의미 있는 토론이 진행되었는데, 기억에 남는 주제로는 2011년 여름 대토론회 주제였던 「경계를 넘어서는 아동청소년문학」(이안, 유영진, 이인화 발제)과 2012년 여름 대토론회에서 발제된 원종찬의 「동아시아 전통과 장편동화의 운명」과 김상욱의 「2010년대 아동문학의 과제와 전망」, 김성진의 「청소년소설, 그 불가능성 속의 가능성을 찾아서」 등이 있다. 이 가운데 원종찬의 발제는 동아시아의 아동문학이 구비문학의 전통이 있음에도 근대동화는 이와 단절되었고, 한국을 비롯한 동아시아의 아동문학은 장편동화의 발전을 도모해야 하며, 그 상상력의 뿌리는 『산해경』 『서유기』 등에서 찾을 수 있다는 거시적인 주장을 제기하여 주목을 끌었다. 한편 김상욱의 발제 가운데, '어린이문학은 장르문학'이라는 주장은 여러 반론을 불러와 어린이문학의 성격에 대해 다시 생각해 볼 수 있는 계기가 되었다.

그러고 보니 자연발생적으로 토론이 전개된 경우는 '일하는 아이들'과 '유희정신'에 대한 논쟁밖에 없었고, 다른 토론은 거의 잡지사가 기획한 주제에 대해 발제자와 토론자, 다른 참여자 들이 의견을 주고받은 정도였던 것 같다. 어쨌든 이런 토론도 거의 2000년대부터 2010년대 초반에 이루어진 것이고 2010년대 후반에 들어서는 어떤 쟁점에 대해 깊이 있는 토론을 주고받은 경우는 없는 것 같다. 그렇다고 아동문학에 비평 자체가 없었던 것은 아니다. 다만 치열한 논쟁과 대화가 없었다는 것인데, 그 이유에 대해서는 '아동문학비평의 과제' 부분에서 이야기해 보기로 하자.

2) 본격 비평 부족과 서평 중심의 비평

논쟁과 토론의 부재는 외견상 아동문학비평이 활력을 잃은 것처럼 보이게 한다. 그러나 토론이 없었다고 비평이 그 역할을 방기하거나 포기한 것은 아니다. 잡지별로 드문드문 평론이 게재되고, 계간평이나 월평, 서평 등의 형식으로 비평 활동이 지속되고 있다. 그런데 본격적인 평론 성격을 띠는 글은 매우 드문 것이 사실이다. 2010년 이후 비평의 현황을 주요 잡지별로 개괄해 보기로 한다.

월간 『어린이와문학』은 매년 1월호부터 3월호까지 전년도의 동화, 동시, 청소년소설 등을 중심으로 좌담회 형식으로 작품을 정리하고 평가하는 작업을 수행해 오고 있다. 좌담회라는 형식 때문에 한 작품에 대한 깊이 있는 비평은 미흡하지만 한 해 동안 화제가 된 작품과 의미 있는 작품, 한 해 아동문학의 경향과 특징 등이 어느 정도 정리되고 있다. 그리고 석 달에 한 번씩 '계간평'을 내보냈는데, 배봉기와 송언이 번갈아 집필하였다. 동화작가인 송언이 쓰는 비평문은 참 편하게 읽힌다. 작가의 창작 경험을 곁들여 작품에 대한 감상과 평을 서술하기 때문에 공감되는 점이 많다. 예컨대, 의인동화 쓰기가 어떤 점에서 어려운데 이 작품은 그런 어려움을 절묘하게 극복하고 좋은 작품을 만들어 냈다, 그런데 이러이러한 점은 좀 아쉽다 같은 식이다. 문학 이론을 인용하지 않고 쉬운 말로 작품의 의미와 가치를 잘 설명하고 있다. 배봉기의 글도 의미 있는 작품들을 골라서 하나하나의 주제와 문학적 성과를 짚어 주고 있다.

계간 『창비어린이』는 계간평 '이 계절에 눈길을 끄는 문학'이라는 꼭지에서 두세 달 동안 출간된 동화책, 동시집, 청소년소설 등을 골라 간단하게 소개하고 있다. 책 한 권당 반 페이지 정도를 할애하기 때문에 책의 전체적인 주제와 감상 등이 중심이 되고 때때로 작품평이 두어 문장 기술된다. 비평이라기보다는 책 소개에 가깝지만 동료 작가나 비평가, 독서교육자 들에게 좋은 안내자 역할을 한다.

『어린이책이야기』는 서평을 꽤 비중 있게 다루고 있다. 그림책, 동시, 동화, 청소년소설 부문으로 나누어 서평을 싣고 있는데, 책 한 권당 5~7쪽 정도 분량으로 서평치고는 상당히 자세하고 깊이 있는 글이어서 책 소개에 머물지 않고 문학적 의미와 가치를 다각도로 조명하고 있다. 계간으로 발간되는 특성상 한 호에 열 권 정도를 다루고 있으니 중요한 책은 거의 다 다루고 있을 것으로 보인다.

아동문학 잡지 가운데 주목을 요하는 책이 동시 전문 잡지 『동시마중』(격월간, 2010년 5월 창간)이다. 젊은 시인들이 의기투합하여 창간한 『동시마중』은 침체되어 있던 동시단에 새바람을 불러일으켰으며, 이 잡지로 인해 우리 동시단은 한층 활발하게 발전하고 있는 중이다. 『동시마중』은 동시 작품의 비중이 가장 크지만 에세이와 시인의 편지, 비평 등도 골고루 게재하고 있다. 최근호(2015년~2017년)를 보면 '격월평'(송선미, 정유경, 김륭, 유강희 등이 집필)이 현장 비평의 역할을 하고 있고, '동시사'(김제곤 집필)는 동시단의 큰 시인들 작품을 재조명하고 있다. 그동안 우리 아동문학 잡지의 월평은 주목되는 작품을 골라 짧게 언급하는 정도였는데, 『동시마중』의 월평은 분량만 해도 짧게는 10여 쪽에서 길게는 20여 쪽에 걸쳐 있고, 선정된 작품의 의미와 문학성을 섬세하고 깊이 있게 짚어 내고 있다는 점에서 본격 비평 수준에 육박한다. '격월평'에서는 시를 참 잘 고르기도 하지만 전문을 다 인용하면서 논의하므로 독자 입장에서는 좋은 시를 통째로 소개받을 수 있고, 이 시에 대한 필자의 상세한 해설과 평을 읽으니 시의 의미와 감동을 오롯이 전달받을 수 있다.

이 밖에도 『아동문학평론』 『열린아동문학』 등에서 꾸준히 서평이 게재되고 있으니 새로 출간되는 책 중에서 어느 정도 작품성이 보장된 텍스트는 서평의 대상이 되는 것 같다. 그런데 여기서 눈여겨볼 잡지가 『열린어린이』이다. 이 책은 서평지 성격을 지닌 월간 잡지로 어린이책에 대한 정보를 필요로 하는 도서관 사서, 독서교육가, 학부모 들에게 동화, 동시, 그림책, 옛이야기 등에 대한 알찬 정보를 제공해 주고 있다. 이 잡지의 '어린이책 깊이 들여다보기' 코너에 실리는 글은 본격 비평에는 미치지 못하지만, 두서너 권의 책을 골라 상당히 깊이 있는 분석과 평가를 하고 있다. 세 사람이 한 달씩 돌아가면서 쓰고 있는데, 김지은이 2008년부터 2013년까지 동화평을, 이안이 2011년부터 2013년까지 동시평을 집필하였고, 필자가 2012년부터 2016년까지 동화평을 썼다. 그리고 2017년에는 김유진과 박성애가 동화평을, 김현욱이 동시평을 썼다.

3) 장르별 전문 비평가와 신인 평론가의 등장

최근 아동문학비평의 동향을 얘기할 때 빼놓을 수 없는 현상이 장르별로 전문화된 비평가들이 활동하기 시작하였다는 점이다. 동시 분야는 여러 해 전부터 꾸준히 활동하고 있는 김이구, 김제곤의 비평이 여전히 예리하고, 이안의 평론도 동시를 쓰는 시인만이 감지할 수 있는 심미안과 감성으로 독자를 즐겁게 하고 있으며, 정유경의 비평도 재미있다. 동화 분야는 필자를 포함하여 유영진, 김지은, 박숙경, 조은숙 등이 꾸준히 현장 비평을 하고 있고, 청소년소설 분야는 오세란이, 그림책 분야는 최은희, 엄혜숙, 김세희, 현은자, 신혜원 등이, 옛이야기 분야에서는 서정오, 김환희, 신동흔 등이, 외국문학 분야에서는 김경연, 김서정, 유영종 등이 활동하고 있다.

또 요즘 아동문학비평에서 주목할 현상이 있는데, 바로 신인 비평가들이 속속 진입하고 있다는 점이다. 신인 평론가의 제일 큰 수원지는 『창비어린이』의 신인문학상(평론 부문)이다.

장르별로 활발하게 활동하고 있는 젊은 비평가들과 신인 평론가들의 새롭고 다양한 목소리가 아직까지 기존 비평에 화제를 불러일으키거나 활력을 불어넣고 있다고 볼 수는 없지만 리얼리즘에 편향된 기존 비평에 새로운 관점을 제공하고 있는 것은 사실이다.

4) 아동문학비평의 새로운 동향

문학비평가는 문학작품의 의미를 해석하고 작품의 구성과 아름다움을 해명하며, 작품의 사회적·인생론적 가치를 평가한다. 그런데 우리 아동문학비평가들은 작품의 섬세한 의미를 드러내는 작업보다는 미적 탁월성이나 결핍된 문학성을 평가하는 일, 또는 작품의 사회적 의미를 평가하거나 창작 방향을 제시하는 작업에 더 관심이 많았다. 그 이유는 아마도 의미가 쉽게 드러나는 아동문학의 특성 때문일 것이다. 평론가가 아닌 일반 독자들도 작품이 함유하는 의미를 쉽게 알아낼 수 있고, 거기서 더 다른 의미를 발견할 여지가 없는 텍스트는 평론가들의 심층적인 독서 의욕을 자극하지 못했다. 그래서 우리 아동문학평론에 반향을 불러일으킨 글은 아동문학에 '문학을 채우'라는 질타나 '해묵은 동시를 던져 버리'라는 과감한 충고였고, '일하는 아이들과 유희정신을 넘어'야 한다는 거대 담론이었다. 성인문학비평이 작품의 의미해석에 많은 관심을 기울이는 것과 비교해 본다면 이런 경향도 아동문학비평의 특수성이라고 할 만하다.

그런데 2010년 이후에는 아동문학 동네에서 문단의 주목을 끄는 거대 담론이 거의 발화되지 않았고 그래서 많은 사람들이 아동문학에 비평이 있는지를 묻곤 하는 것 같다. 하지만 나는 지금도 여전히 좋은 비평이 존재한다고 생각한다. 1990년대 중반 이후 2010년 이전의 비평이 작가를 가르치고 문단이 가지고 있지 않은 것들을 채우기 위해 노력했다면, 요즘에는 작품을 깊이 있게 해석하고 작품의 세세한 의미를 설명해 주려는 비평가가 더 많아졌다고 본다.

좋은 작품을 찾아 그 작품의 숨겨진 의미를 해석해 주고, 이 작품이 왜 좋은지를 분석하고, 이 시대에 그 작품이 지니는 의미를 설명해 주는 비평은 읽는 즐거움을 준다. 예컨대, 유영진은 유은실의 『일수의 탄생』을 비평하는 글(「당신의 환상은 무엇인가?」, 『창비어린이』 2014년 여름호)에서 라캉의 이론을 끌어들여 새롭고 깊이 있는 의미를 발굴해 냈다. 『일수의 탄생』(유은실, 비룡소, 2013)에 대해서는 여러 평론가와 작가들이 이러저러한 해석을 내놓은 바 있는데, 유영진은 이 작품의 의미를 '진정한 환상', '포기되지 않는 환상'을 찾아가는 인간을 그린 것이라고 해석했다. 일수가 다니던 서예 학원 원장이 써 준 메뉴판에 메뉴 가격이 빈칸으로 되어 있는 것은, 주인공이 찾아가는 환상의 가치는 본인이 주체적으로 찾아낼 때 가치 있다는 것을 의미하는 것이라고 주장하였다. 작가가 의도하였든 의도하지 않았든 이러한 해석은 작품의 전체 맥락으로 볼 때 상당히 설득력 있는 해석이며, 작품의 의미역을 풍부하게 하는 비평 행위이다.

김지은은 심리철학과 철학교육을 전공한 비평가답게 요즘 어린이들의 심리와 욕망, 사회 변화의 징후가 아동문학에 어떻게 스며들어 있는지를 예리하게 해부하고 그 인문학적 의미 등을 서술한다. 예컨대, 그는 슬픔의 본질을 '정의의 출발'이라고 설명한 후, 요즘 아이들이 책을 읽고도 울지 않는 현실을 우려하고 그 원인을 진단하면서 슬픔을 다룬 동화가 지니는 힘에 대해 설명한다.(「슬프지 않은 어린이, 슬픔을 말하는 어린이문학」, 『열린어린이』 2008년 1월호) 슬픔을 느끼지 못하는 원인은 아이들을 지나친 경쟁으로 몰아가는 어른들 때문이며, 검은 기름을 뒤집어쓴 서해안의 가마우지나 아버지를 잃은 소녀의 슬픔에 공감하는 인간들만이 정의롭고 평화로운 사회를 만들 수 있다는 것이다. 이것이 슬픔을 말하는 어린이문학이 필요한 이유이다.

이 밖에도 '변신' 모티프의 심리적 의미를 설명하고 '변신'을 주제로 한 동화를 선정하여 아이들의 변신 욕망과 그 문학적 의미를 설명하는 글(「달라진다는 것, 변신을 향한 어린이의 욕망」, 『열린어린이』 2013년 8월호)이나, 오늘날 우리 동화 속 주인공들이 어른의 희망을 대행하거나 어른의 상처를 치유하는 역할을 맡는다고 진단하는 글(「어른의 상처를 복원하는 아이들」, 『열린어린이』 2013년 11월호)에서는 우리 사회와 어른들의 왜곡된 욕망과 그것이 아이들에게 주는 상처를 드러낸 작품의 의미를 깊이 있게 해석하고 있다.

『일수의 탄생』에 대한 유영진의 해석이나 '변신'을 주제로 한 동화에 대한 김지은의 해석을 1차 독자인 어린이들이 이해하기는 어려울 것이다. 그러나 아동문학도 성인문학과 똑같이 깊이 있는 문학작품일 수 있다는 점, 아동문학이 이중의 독자를 겨냥하는 문학이라는 점 등을 생각할 때 이런 비평은 아동문학의 품격을 한 단계 상승시킨다. 유영진이나 김지은의 비평이 가능한 것은 우리 아동문학의 텍스트 수준이 그만큼 높아졌음을 말해 주는 것이기도 하다. 복합적이고 중층적인 의미를 담아내는 텍스트의 존재야말로 비평가들의 의욕을 자극하는 전제가 되기 때문이다.

필자가 발표한 몇몇 평론도 소개하고자 한다. 「어린이의 본성을 긍정하는 아동문학」(『열린어린이』 2012년 7월호·8월호)은 지금까지 우리나라 최고의 아동문학작품으로 꼽히고 있는 작품들의 이데올로기에 관한 문제를 제기한 글이다. 『창비어린이』(2011년 겨울호)에서 기획한 〈아동문학 '정전' 논의의 첫걸음〉이라는 특집 기사에서 우리나라 최고의 정전으로 방정환의 『만년샤쓰』, 권정생의 『강아지똥』 『몽실 언니』, 정채봉의 『오세암』 등이 선정되었는데, 선정된 책들의 저변에 어린이의 희생으로 어른이 덕을 보는 상황을 바람직하게 여기는 의식이 깔려 있음을 지적하였다. 아동을 독자로 하는 아동문학은 본질적으로 독자인 어린이의 생명력을 고양하고 그들의 본성과 욕망을 긍정해야 하는데, 이 작품의 작가들이나 이 작품을 정전으로 평가한 연구자들은 유교의 효 이데올로기에 빠져 있음을 지적한 것이다. 이 글은 이들 작품의 문제를 지적한 것에 그치지 않고, 향후 작가들의 창작 방향에도 시사점을 주는 글이라고 생각한다.

아동문학비평의 과제

한국 아동문학비평의 동향을 서술하는 가운데 자연스럽게 비평의 성과와 과제도 함께 드러난 것 같다. 구체적인 작품에 대한 의미를 해석하는 비평이나 시대적 징후를 드러내는 문학에 대한 사회적·인문학적 의미를 해명하는 비평, 한국 아동문학이 자기도 모르게 추구해 온 어른 관점의 문학을 지적하는 비평 등은 2010년 이후 아동문학비평이 거둔 소중한 성과라고 할 수 있다. 반면 이 시대가 요구하는 아동문학의 역할이나 문제를 통찰하는 본격적인 비평이 많지 않았다거나, 소통과 대화가 부족했던 점은 우리가 해결해야 할 과제라고 할 수 있다.

그런데 아동문학비평에 대화와 소통이 부족한 이유를 생각해 보면, 이 시대가 요구하는 문제를 조망하는 시야와 고민이 결핍되어 있는 것이 가장 중요한 문제이겠지만 개별 비평가들이 타인의 글을 성실하게 읽어 주지 않는 것도 한 원인이라고 할 수 있다. 젊은 평론가들이 꾸준히 비평 활동을 해 왔음에도 소통이나 토론으로 이어지지 않아 비평이 활력을 잃은 느낌을 주는 이유는 비평가나 작가들이 다른 이의 비평에 대해 언급을 삼가기 때문이다. 동화나 동시는 책이 팔리는 정도로 독자와의 만남이 어느 정도였는지 판단할 수 있고, 드문드문 평론가들의 글을 통해 성취 정도를 짐작해 볼 수 있지만, 평론은 발표하고 난 뒤에도 아무런 메아리가 없으니 벌판에서 혼자 중얼거리고 마는 듯 막연하고 공허하다.

소통과 대화의 부재를 해결하기 위해서는 비평가들 스스로 다른 비평가의 글을 성실히 찾아 읽고 쟁점을 찾아내어 토론을 벌여 나가는 것이 가장 바람직하겠지만, 비평가들이 싸움을 즐겨 하지 않을 때에는 잡지 편집진이 적극적으로 토론과 소통의 장을 마련할 필요가 있다. 시대 쟁점이 될 만한 주제를 잡아 평론을 자주 실어야 하고, 여러 평론가를 동원하여 '작가론' 같은 형태의 글을 연재할 수도 있을 것이다.

사회와 문화 현상이 변화하고 아동을 둘러싼 현실과 그들의 욕망이 변화하고 있는 시점에서 지금 산출되고 있는 문학은 그대로 괜찮은 것인가, 전 지구적으로 닥쳐오는 자연의 재앙과 문화 간, 종교 간의 갈등 상황에서 아동문학은 어떻게 대응해야 할 것인가, 신자유주의가 몰고 온 경쟁 체제 속에서 하루하루를 버티고 있는 아이들에게 필요한 문학은 어떤 것이어야 하는가, 결혼 이민자와 탈북자, 이주 노동자의 급증으로 급격하게 다문화 사회로 진입하고 있는 시대 현실에서 아동문학이 나아갈 방향은 무엇이어야 하나.

아동문학비평은 이런 시대적 요구들에 대해 고민해야 하고, 새로운 방향을 제시해야 한다. 시대의 문학 현상을 조정하고 이끌어 나가는 거대 담론 말고도 아동문학비평의 역할은 많다. 아동문학 시장이 불황이라고는 해도 창작 분야는 여전히 좋은 작품이 생산되고 있는데 비평은 제 몫을 충분히 해내지 못하고 있다. 새롭게 솟구치는 작품들을 밝은 눈으로 가려내어 그 의미와 가치를 알리는 데도 아직은 미흡할 뿐 아니라, 공모전을 통해 새롭게 등장하는 작품들의 흐름을 짚어 내고 의의와 문제점을 지적하는 비평도 더 필요하다. 장르별 전문 비평가가 등장했다고는 해도 저학년동화, 고학년동화, 판타지(한국적 판타지)동화, 그림책, 청소년소설 등 각 장르별로 중요한 작품을 찾아서 의미를 부여하는 작업도 비평가의 손길을 기다리고 있다. 아동문학비평가층도 두터워졌으니 우리 비평의 앞날이 어둡지만은 않다.

『어린이책이야기』 2015년 봄호

어린이는
판타지세계에서
어떻게 성장하는가

성장하는 존재, 어린이

> 아직도 많은 사람들은 어린이의 생활을 과정으로, 즉 끊임없이 움직이고 변화·발달하는 형태로 이해하지 못합니다. 지금도 사람들은 종종 어린이를 물건을 넣거나 빼는 궤짝과 동일시합니다.(코르네이 추콥스키, 『두 살에서 다섯 살까지』, 양철북, 2006)

아동기의 특성은 여러 측면에서 정의할 수 있겠지만 가장 두드러진 특징을 말하자면 변화와 성장이라 할 수 있다. 그렇다면 어린이의 삶과 정서, 그들의 고민과 갈등을 소재로 하고, 어떤 의미에서든 '교육'이라는 의도가 스며 있을 수밖에 없는 어린이문학에서 '변화와 성장'이야말로 가장 중요한 주제 가운데 하나가 될 것이다. 아니, 넓은 의미에서 보면 모든 어린이문학의 주제는 '성장'과 관련되어 있다고 말할 수 있다.

이 글에서는 판타지동화에서 '성장'이라는 모티프가 어떻게 수용되어 있는지를 여러 각도에서 조명해 보고자 한다. 먼저, 전통적인 서사 양식에서 '성장' 이야기는 판타지동화와 어떤 구조적 상관성이 있는지 알아보고, 판타지동화의 독서 체험이 어린이 성장에 어떻게 작용하는지 살펴보고자 한다. 그리고 판타지동화에서 현실과 판타지는 어떤 관계가 있으며, '성장'이라는 주제가 리얼리즘동화와 판타지동화에서 각각 어떤 방식으로 전개되는지를 살피고자 한다.

서사문학의 영원한 주제, 성장

'성장'이라는 주제는 어린이문학에서뿐 아니라 신화로부터 시작하여 로맨스romance, 고소설, 그리고 근대소설로 이어지는 전통적인 서사문학에서 중요한 주제로 다루어져 왔고, 근대소설 이후에는 그것 자체가 '성장소설'이란 고유한 서사적 유형을 형성하고 있다.[3]

이러한 성장 이야기 유형은 대체로 주인공의 정신적 변화 과정, 즉 미숙에서 성숙으로의 전환이라는 성장의 모티프를 기본 형태로 하고 있다. 신화나 영웅소설에서 주인공들은 신비한 탄생 내력과 더불어 비범한 성장 과정을 보여 주는데, 그러한 성장 모습은 고난과 역경의 극복 과정이라는 서사 문법에 따라 진행되며, 판타지동화는 어린이문학

3 여기서의 성장소설은 입사소설(initiation story), 또는 통과의례소설과 비슷한 개념이다. 이는 사춘기 소년이나 소녀가 죽음과 성(性), 또는 선과 악의 도덕적 갈등, 그리고 미와 추, 자아와 같은 일련의 충격적 경험의 의미를 수용하면서 아울러 이전과는 다른 변화의 효과를 가지고 어떻게 성숙되는가를 다룬 소설이라 할 수 있다.(이재선, 『현대한국소설사』, 민음사, 1991)

가운데 이와 같은 성장 이야기의 서사 문법을 가장 충실하게 수용한 장르이다.

판타지동화 가운데 성장의 모티프가 중심이 된 장르는 교통형 판타지[4]이다. 교통형 판타지의 시공간적 배경은 대개 '현실세계(1차 세계)' → '비현실세계(2차 세계)' → '현실세계(1차 세계)'로 전개되는데, 이런 이야기 전개 방식은 신화, 로맨스, 고소설 등에서 전통적으로 나타나는 형식과 닮아 있어서, 성장 모티프를 수용하기에 가장 적절한 구조를 가지고 있다고 할 수 있다.[5]

판타지동화의 이런 이야기 구조는 조지프 캠벨이 세계의 신화, 전설, 민담을 면밀히 검토한 끝에 간명하게 정리한 ⓐ떠남depature→ ⓑ통과initiation→ ⓒ회귀return 혹은 ⓐ분리seperation→ ⓑ변화transformation→ ⓒ귀환return이라는 입사식入社式 이야기 구조와 정확히 대응한다.

4 판타지동화의 유형을 가르는 기준은 몇 가지가 있을 수 있다. J. R. R. 톨킨은 1차 세계, 2차 세계라는 용어를 만들어 판타지의 유형을 잘 정리하였는데, 이 용어는 판타지세계와 현실세계의 존재 방식에 따라 유형을 나눈 것이다. 자호르스키와 보이어는 톨킨의 용어를 빌려 2차 세계가 존재하며 2차 세계에서 비합리적인 사건이 일어나는 이야기를 상위 환상(High Fantasy)으로, 모든 이야기가 현실세계를 무대로 펼쳐지면서 그 안에서 비합리적인 현상이 등장하는 이야기를 하위 환상(Low Fantasy)으로 명명하였다. 이 분류 방식에 의하면 2차 세계가 존재하기만 하면 모두 상위 환상으로 포괄되는 것이어서, 톨킨의 『호비트』나 『반지의 제왕』 같은 작품처럼 1차 세계는 아예 존재하지 않고 2차 세계만 존재하는 작품과, 1차 세계와 2차 세계가 모두 존재하면서 이 두 세계를 왕래하는 유형의 판타지작품(필리파 피어스의 『한밤중 톰의 정원에서』 같은 작품)을 구별하여 설명하지 못한다. 그래서 필자는 현실의 시공간을 배경으로 하되 그 안에서 비현실적인 사건이 벌어지는 작품을 '1차 세계형 판타지'로, 현실적인 시공간과 비현실적인 시공간이 모두 존재하면서 그 두 공간을 왕래하는 판타지 유형을 '교통형 판타지'로, 처음부터 비현실적 시공간만을 배경으로 비현실적인 이야기가 펼쳐지는 판타지를 '2차 세계형 판타지'로 명명하기로 한다.

5 물론 성장 모티프가 교통형 판타지에만 드러나는 것은 아니다. 『수일이와 수일이』 같은 1차 세계형 판타지의 경우, 숙제를 하기 싫어하고 학원에 가기 싫어하는 수일이가 자기와 꼭 같이 생긴 또 하나의 수일이 때문에 끔찍한 고통을 겪고 나서 자기 자리로 돌아가는 이야기에서도 성장 모티프가 중심축을 이룬다.

이런 서사문학의 주인공은 ⓐ미숙하거나 결핍된 상태에서 여행을 떠나 ⓑ죽음과 맞먹는 시련과 고난을 극복하고 ⓒ재생으로 상징되는 승리를 거두거나, ⓐ일상의 세계에서 초자연적인 경이의 세계로 여행을 떠나며 ⓑ놀랄 만한 힘을 가진 자를 만나 결정적인 승리를 거둔 다음 ⓒ신비로운 모험을 끝내고 동료들에게 은혜를 베풀기 위해 당당히 돌아오는 과정을 거친다.

이런 통과제의 이야기는 고조선과 고구려의 건국신화인 '단군신화'와 '주몽신화', 서사무가인 '바리데기 신화', 구약성경에 나오는 '모세 이야기'와 같은 신화나, 호메로스의 '오디세이' 같은 서사시, '심청전', '춘향전'과 같은 고소설 등 헤아릴 수 없이 많다.[6]

판타지동화는 바로 이런 서사문학의 전통과 관습에 따라 이루어진 이야기가 많은데, 『끝없는 이야기』 『해리 포터와 마법사의 돌』 『괴물들이 사는 나라』 『영모가 사라졌다』 등과 같은 교통형 판타지는 거의 다 이런 구조를 가지고 있는 것이다.

판타지동화의 주인공이 살아가는 현실세계는 부조리한 공간이다. 주인공은 항상 문제를 가지고 있고, 사회적으로 혹은 육체적으로 무언가가 결핍된 인물이다. 미하엘 엔데의 『끝없는 이야기』(비룡소, 2003)에서 바스티안은 허약하고 소극적이고 부정적인 인물이다. 엄마는 일찍 죽고, 아버지는 아들에게 무관심하다. 뚱뚱하고 못생긴 바스티안은 운

6 '심청전'과 '춘향전'도 입사식 구조를 가진 이야기로 설명할 수 있는데 두 소설 줄거리를 입사식 구조에 따라 간략히 도식화하면 다음과 같다.
'심청전'의 경우: 가난한 봉사의 딸 심청 → 인당수에 빠져 용궁에 감(죽음과 같은 시련) → 연꽃을 타고 다시 태어나 왕비가 됨
'춘향전'의 경우: 기생의 딸, 비천한 신분인 춘향 → 변 사또의 수청을 거절하여 감옥에 갇혔다가 죽음 직전까지 감 → 이 도령과 결혼하여 어사 부인이 됨

동신경도 둔하고, 소극적인 성격이어서 선생님에게도 사랑을 받지 못하고 아이들에게도 늘 놀림을 당한다.

현실 속 불만족과 결핍 때문에 절망의 시간을 살던 바스티안은 2차세계(환상계)에서는 그와 반대로 아름답고 용감하고 지혜로운 구원자가 된다. 이렇게 판타지세계를 체험하고 다시 현실계로 돌아왔을 때의 바스티안은 이미 옛날의 그가 아니다. 물론 바스티안이 좌절과 절망을 극복하고 전혀 다른 소년이 되기 위해서 환상계 안에서 치른 대가는 냉혹하다. 이 고통스러운 체험이 진정한 자아를 회복하게 하는 계기가 된 것이다.

『괴물들이 사는 나라』(모리스 센닥, 시공주니어, 1994)에서 맥스는 집에서 괴물 장난을 하다가 엄마에게 꾸중을 듣고 판타지세계로 여행을 떠난다. 괴물들 세상으로 머나먼 여행을 떠난 맥스는 괴물들과 온갖 소동을 벌이고, 괴물 세상에서 싫증을 느낀 후에 다시 자기 방으로 돌아와 엄마가 차려 놓은 따듯한 저녁밥을 먹는다. 자신 안에 감추어져 있던 야수성이 환상계에서의 체험을 통해 해소되는 것이다. 이제 맥스는 마음의 평화를 찾고 자아 정체성을 회복한 것이다.

이 두 작품에서 바스티안과 맥스를 둘러싼 현실세계는 아무것도 바뀌지 않았다. 환상계에서 빠져나온 뒤 바스티안이 살아가야 할 세상이나, 괴물들이 사는 나라에서 돌아온 맥스의 일상은 옛날과 다름이 없다. 하지만 그들은 현실의 결핍과 고통을 극복할 수 있는 힘을 얻게 되었는데 그것은 그들 자신의 내면이 변하였기 때문이다. 주인공이 자신을 둘러싼 부조리한 세계와 화해하고 자신의 정체성을 회복할 수 있는 이유는 판타지동화의 구조적 특성에서도 비롯되는 것으로, 판타지공간이 바로 부조리한 현실공간의 문제를 해소하는 기능을 하기 때문이다. 판타지동화의 2차 세계(판타지공간)는 입사식 이야기의 ⓑ통과 initiation/변화transformation의 과정에 해당한다.

그런데 모든 판타지동화 속 주인공이 현실세계에서 심각한 갈등이나 문제 상황에 처해 있는 것은 아니다. 현실세계에서 미성숙했던 주인공이 시련과 고난을 모험으로 극복하는 과정에서 정신적으로 성장해 가는 이야기, 혹은 현실에서의 불만과 결핍을 판타지공간의 경험으로 치유하는 이야기와는 달리, 판타지세계 체험이 그저 단순히 즐거운 놀이의 기능을 하는 것처럼 보이는 이야기도 있다. 아스트리드 린드그렌의 '삐삐 롱스타킹' 시리즈나, 필리파 피어스의 『학교에 간 사자』, 채인선의 『학교에 간 할머니』 따위가 그러한 예에 해당한다.

그런데, 표면적으로 보면 치유와 놀이가 아주 다른 것 같아 보이지만 그 본질을 살펴보면 이 두 가지 기능은 크게 다르지 않음을 알 수 있다. 치유 기능을 하는 이야기는 주인공이 현실세계에서 매우 심각한 문제나 갈등을 지니고 있는 경우이고, 놀이 기능을 하는 이야기는 그 문제나 고민이 좀 가볍다는 점이 다를 뿐이다. 즉, 놀이 기능을 하는 이야기의 경우에도 주인공이 현실세계에서 전혀 문제가 없는 것이 아니라는 것이다.

필리파 피어스의 『학교에 간 사자』를 읽다 보면 작가가 어쩌면 그렇게 어린이 마음을 잘 읽고 있는지 경탄하게 된다. 어린이는 어떤 때 두려워하며, 어떤 때 분노를 느끼는지, 그들이 바라는 것은 무엇인지, 그리고 그들이 어떤 과정을 거쳐 심리적 안정과 만족감을 얻는지, 또 그들은 일상생활에서 어떤 상상 놀이를 통하여 현실의 어려움을 극복하는지 참으로 섬세하게 그려 내고 있다.

이 책 속에 실려 있는 「무지무지 잘 드는 커다란 가위」를 살펴보자.

팀은 걸핏하면 말썽을 부려 엄마 아빠에게 꾸중을 듣는 아이이다. 자기를 빈집에 남겨 둔 채 할머니 병문안을 간 엄마 때문에 팀은 분노에 가득 차 있다. 그때 낯선 남자가 '무지무지 잘 드는 커다란 가위'를 팔러 온다. 팀은 그 가위로 아빠 외투, 양탄자 등을 닥치는 대로 잘라 버린다. 시간이 지나자 이 가위는 저 혼자서 마룻바닥과 슬레이트 지붕까지 싹둑싹둑 자른다. 팀의 가위 놀이는 아빠 엄마에 대한 통쾌한 복수의 의미를 지닌다. 다행히 이 가위 놀이는 무엇이든 붙이는 접착제를 팔러 온 할머니 덕에 해피엔딩으로 끝나고, 팀의 억눌린 마음도 원만하게 해소된다. 상상 놀이를 통해 현실세계의 문제를 치유하게 된 것이다.

아스트리드 린드그렌이 쓴 '삐삐 롱스타킹' 시리즈는 어린이의 놀이 자체가 어른 세계로부터 해방되고 현실의 억압에서 벗어나는 모습임을 보여 준다. 아무에게도 간섭받지 않고, 놀고 싶은 대로 놀이에 몰두하는 삐삐의 모습이나 재기발랄한 삐삐의 언어유희는 어른의 합리적이기만 하고 틀에 억눌린 세계를 질타하며, 어린이들에게 정신적 해방감을 만끽하게 한다.

어린이는 판타지세계를 통하여 어떻게 성장하는가

어른들은 판타지동화에 대해 잘못된 편견이나 오해를 갖는 경우가 더러 있다. 판타지동화를 환상적인 분위기와 이미지의 편린 같은 것으로 오해하기도 하고, 판타지동화가 어린이들에게 헛된 공상이나 거짓 위안을 주어 현실에서 도피하게 만들고 정서적, 사회적으로 부작용을 초래한다고 우려하기도 한다. 만약 환상세계에 속아 잠시 위안을 받았더라도 그 순간이 지나면 한층 더 어두운 자기 현실로 돌아와 더 비참한 지경에 빠질 수 있다는 것이다.[7] 그러나 이러한 우려는 어린이들이 판타지를 어떻게 이해하며 받아들이는가, 또 판타지동화에서의 환상세계와 현실의 관계는 어떠한가를 잘 모르는 데서 빚어진 것이다.

어린이들에게 판타지는 삶과 결부되기 때문에 역동적인 그들의 생명력과 함께 판타지도 역동적이어야 한다. 어린이들에게 판타지는 잠시 현실을 피해 앉아 있다가 오는 벤치가 아니다. 어린이들은 판타지를 가지고 일상의 현실을 이해하고 해석하려고 한다. 그리고 현실을 바꿔 놓으려고 한다. 좋은 판타지동화의 경우 판타지공간은 언제나 현실과 아주 강렬한 긴장 관계에 있다.

C. S. 루이스의 『사자와 마녀와 옷장』에서 '환상으로 연결되는 문을 반드시 약간 열어 두어야 한다'는 법칙은 환상세계가 현실과는 유리된 전혀 별개의 세계일 수 없음을 말해 주는 것이다.

『끝없는 이야기』에서 환상세계가 '무화無化하는 병(환상세계가 한 부분씩 뭉텅뭉텅 없어지는 병)'에 걸린 이유도 현실계 인간들이 더 이상 환상세계를 꿈꾸지 않기 때문이며, '늙은 황제의 도시'에 사는 미치광이 황제들이 그렇게 미치광이가 된 이유는 환상세계를 현실도피 공간으로 여기고 현실로 돌아갈 소망을 잊어버렸기 때문이다. 현실세계의 기억이 아무리 아프고 힘들더라도 환상세계에 머무는 주인공은 현실의 문제를 항상 기억하고 있어야 한다. 환상세계에 들어왔다는 것 자체로

7 이오덕, 「허황하고 괴상한 이야기들」, 『어린이책 이야기』, 소년한길, 2002
여기서 이오덕은 판타지 자체의 문제점을 지적하는 것은 아니고 작품의 개연성 문제를 지적하고 있다.

현실의 문제를 해결할 수 있는 것이 아니다. 환상세계는 현실의 고통을 극복할 수 있는 경험과 지혜를 제공할 뿐이다.

『끝없는 이야기』에서는 현실계에서 환상계로 들어갈 때와 반대로 환상계에서 현실계로 나올 때 바스티안이 아주 힘든 고통을 겪게 되는데 이는 성장의 과정이 그렇게 만만한 것이 아님을 보여 준다. 바스티안이 허름한 학교 창고에서 '끝없는 이야기'라는 책을 읽다가 그 책 속으로 들어가기까지 과정은 여러 번 시도한 끝에 아주 천천히 진행되며, 주저함을 동반한다. 그리고 현실계에서는 꿈도 꾸지 못했던 온갖 권력과 아름다움에 심취하여 자신이 누구인지조차 잊어버린 바스티안은 환상계 안에서 오만과 망상에 빠져 현실로 되돌아갈 수 없는 위기에 처하기도 한다. 이런 바스티안이 현실계로 돌아올 수 있는 방법은 현실에 대한 기억을 회복하는 것뿐이다. 그는 결국 사람들의 꿈을 기반으로 광산에서 캐낸 현실계 아버지에 대한 영상과 자신에 대한 성찰, 그리고 친구들 도움으로 환상세계에서 퍼 올린 생명의 물을 가지고 다시 현실로 돌아온다.

> "사람들 중에는 영원히 환상계로 못 가는 사람들이 있단다." 코레안더 씨는 말했다. "또 갈 수는 있지만, 영원히 그곳에 머무는 사람들도 있어. 그리고 환상계에 갔다가 다시 돌아오는 사람들이 있는 거야. 바스티안 너처럼. 이런 사람들이 양쪽 세계를 건강하게 만든단다."

환상계를 경험하고 나온 바스티안에게 들려주는 코레안더 씨의 이 말은 현실에만 붙잡혀 꿈을 꾸지 못하는 사람이나 현실과 유리된 환상에 빠진 사람 모두에 대한 미하엘 엔데의 질타나 다름없다. 현실에 뿌리를 박고 환상과의 장력을 유지하는 사람만이 자기 자신뿐 아니라 사회를, 아니 환상계와 현실계 모두를 건강하게 만들 수 있다. 환상세계에서의 여행은 결국 자신의 잃어버린 자아를 찾아 떠나는 여행이며, 환상세계에서 겪은 모험으로 자신감을 가지고 현실의 문제를 가꾸어 나갈 힘을 얻게 되는 것이다. 이것이 참다운 성장 동력이 되며, 성장기 독자의 기대를 만족시키는 성장 이야기가 된다.

그런데 만일 판타지세계가 현실세계와 긴장 관계를 유지하지 못하고 그저 독자들의 욕망을 대리 체험함으로써 값싼 위안을 제공한다든지 신기한 사건으로 독자의 흥미에만 영합하는 경우, 이야기는 통속적인 읽을거리에 지나지 않게 된다.

'해리 포터' 시리즈의 경우 주인공인 해리 포터의 출생과 생애는 신화 속 '영웅의 일생'과 유사하며, 이야기 전체 구조는 입사식 이야기 구조를 잘 활용하고 있어서 성장 이야기로 성공할 조건을 두루 갖추고 있다. 또 작가가 창조한 환상세계의 법칙은 아주 논리 정연하고, 호그와트 마법 학교에서 벌어지는 사건은 정교하게 묘사되어 있어서 독자를 매혹시키는 바가 있다. 그런데 문제는, 이 작품이 현실의 어떤 문제를 진지하고 심각하게 고민하게 하지 않는다는 데 있다. 이 소설을 처음부터 끝까지 지탱하는 갈등 구조는 볼드모트로 대표되는 악의 세계와 호그와트로 대표되는 선의 세계 사이의 대결이다. 우여곡절을 겪은 끝에 결국 선의 세계가 승리할 것은 뻔한 일이다. 물론 이야기 중간중간에 동급생들의 우정과 모험, 시기, 질투와 그에 대한 인과응보가 양념처럼 버무려져 있지만 이것은 이야기의 흥미를 유지하기 위한 장치에 불과하며, 큰 틀에서는 상투적인 권선징악 스토리에 지나지 않는다.

게다가 뒤로 갈수록 영웅적인 모험담이 점차 화려해지는 반면 주인공의 인격적 성숙은 작가의 관심에서 벗어나 있는 듯하다. 마법에 익숙해지면서 해리 포터는 점차 자만심에 싸이고 말투도 거칠어진다. 예컨대 방학 때마다 돌아가는 이모 집에서 벌어지는 에피소드를 보면 해리 포터는 너무 쉽게 마법에 의존하여 문제를 해결하려 든다.(머글들 세계에서 마법을 쓰는 것이 금지되어 있음에도 해리 포터는 걸핏하면 마법을 사용하며 이모네 식구들을 경멸의 시선으로 내려다본다.)

이와 같은 행동은 성숙한 인격을 가진 이의 행동이라고 보기 어렵다. 해리 포터가 호그와트 마법 학교라는 판타지공간으로 떠났다가 현실세계로 돌아올 때는 좀 더 성숙한 인간이 된다든지, 현실공간에서의 결핍을 해결할 수 있는 힘을 갖추게 되어야 함에도 불구하고 달라진 것은 단지 마법 기술과 악당을 물리칠 힘이 더 강해졌다는 것뿐이다. 사실은 처음부터 해리 포터가 현실세계와 관련된 어떤 문제의식도 가지고 있지 않았기 때문에 호그와트의 마법 학교는 그저 독자들 흥미를 만족시켜 주는 데 그칠 수밖에 없었을 것이다. 이와 같이 현실과 관련을 맺지 못한 서사 형식은 작가가 판타지문학의 진정한 가치를 인식하지 못하고 있음을 말해 주는 것이며, 계속 이와 같은 이야기가 되풀이된다면 필연적으로 이 작품은 통속화·대중화의 길을 가게 될 것이다.

한편, 현실의 결핍을 대체하기만 하고 문제를 극복할 수 있는 성장의 단서를 제공하지 못할 때 판타지동화는 허무한 '공상' 이야기로 전락할 위험이 있다. 임정자의 「낙지가 보낸 선물」(『어두운 계단에서 도깨비가』, 창비, 2001)의 경우가 그러한 예다.

때리기를 잘하는 엄마와 늘 맞는 아이 남수가 살았다. 하루는 엄마가 큰 시장에서 낙지 한 마리를 사다가 요리를 하려고 전골냄비를 가스레인지 위에 얹고 전화를 받으러 간 사이에 남수는 낙지를 불쌍하게 여겨 냄비를 들고 방으로 들어간다. 그것 때문에 또 남수는 오들오들 떨며 회초리를 맞는다. 그리고 며칠 뒤 남수에게 작은 꾸러미 하나가 배달되어 왔는데 꾸러미에는 '먼 나라로 간 낙지가'라고 씌어 있다. 풀어 보니, 낙지 빨판이 붙은 운동화가 들어 있다. 남수는 엄마가 회초리로 때리려고 하면 이 신발을 신고 달아나서 벽을 타고 올라가기도 하고 25층 벽에 붙어 흔들리기도 하며 높은 건물 유리창을 닦기도 한다.

이 작품의 경우 주인공이 현실에서 직면한 문제 상황은 엄마의 꾸중과 매질로 인한 육체적이고도 인격적인 고통이다. 작가는 주인공을 이 고통에서 벗어나게 하기 위해 빨판이 달린 운동화를 등장시킨다. 그런데 환상세계에서 경험한 빨판 달린 운동화가 잠시 동안 현실 속 고통을 잊게 할 수는 있겠지만 진정한 해결 방안은 될 수 없다. 주인공은 현실의 결핍을 충족할 아무런 단서도 얻지 못했다. 주인공의 내면이 변화한 것도 아니고, 엄마 태도가 변하지도 않았다. 빨판 달린 운동화는 거짓 위안에 불과할 뿐이다. 이오덕은 이 작품의 문제점을 "이 초현실이란 것이 단지 그런 환상에 그치는 것이 아니고, 현실 속에서 그 현실과 하나로 녹아 있는 것도 아니고, 현실과 초현실이 뒤죽박죽으로 섞여 있다. 환상의 세계가 현실 속에서 필연으로 느껴지도록 하는 아무런 과정이나 장치도 없이 아주 멋대로 이야기를 만들어 놓았다"고 지적하고 있다.(이오덕, 「허황하고 괴상한 이야기들」, 『어린이책 이야기』, 소년한길, 2002) 그런데 이 작품에서 문제점은 현실과 초현실이 섞여 있다는 것이 아니라, 환상 속 사건이 현실 문제를 극복하는 단서로 작용하지 못한다는 것이다.

맛있는 음식을 먹는 꿈을 꾸다가 깨어난 어느 거지와 삼국유사의 '조신몽'에 등장하는 조신의 경우 두 상황은 비슷하지만 본질은 전혀 다르다. 꿈에서 깨어난 거지는 꿈속 상황이 더욱 그리워질 것이고 현실에서의 결핍감은 꿈을 꾸기 전보다 훨씬 심각해질 것이다. 그러나 꿈속에서 온갖 부귀영화와 신산한 인생을 모두 경험하고 인생이 한갓 꿈에 지나지 않음을 깨닫고 내면의 변화를 겪은 조신은 현실에서의 가난을 이겨 낼 힘을 얻게 되는 것이다.

성장 이야기, 리얼리즘동화와 판타지동화의 차이

리얼리즘동화와 판타지동화에서의 성장 이야기를 비교해 보면 판타지동화에서 '성장' 모티프가 어떤 기능과 성격을 가지는지 더 명료하게 이해할 수 있다. 주지하다시피 리얼리즘문학은 세계관으로서의 리얼리즘과 기법으로서의 리얼리즘의 두 측면으로 나누어 생각할 수 있다. 리얼리즘문학은 인간 사회의 위선과 거짓, 모순의 문제를 고발하는 주제를 지니고 있으며 한편으로는 현실을 있는 그대로 리얼하게 묘사해 내려 한다. 그래서 리얼리즘동화는 어린이 시각에서 본 현실의 모순과 부조리를 사실적인 기법으로 그려 내게 된다. 리얼리즘동화의 사례로 박기범의 『문제아』(창비, 1999)와 야마나카 히사시의 『내가 나인 것』(사계절, 2003)을 살펴보려 한다.

박기범의 「문제아」에서 평범한 소년이었던 주인공 창수는 자신을 이해하지 못하는 선생님들과 친구들에게 둘러싸여 자신도 모르는 사이에 '문제아'가 되어 간다. 창수는 자기 힘으로는 이런 상황을 극복할 수 없다. 그래서 새로운 담임을 만나면 자신에 대한 오해를 풀고 새로운 삶을 살 수 있을 것이라고 생각하고 6학년이 되기만을 기대한다. 하지만 5학년 때 담임교사에게 모든 이야기를 들은 새 담임교사는 창수를 '문제아'라고 더 뚜렷하게 낙인찍는다. 이제 창수는 어떤 새로운 삶도 꿈꿀 수 없다. 창수가 사회와 화해하지 못하고 여전히 문제아로 남는 이런 결말을 우리는 '소설적 진실'이라 말할 수 있을 것이다. 어린이들을 둘러싼 이 시대의 현실은 그렇게 호락호락하게 해피엔딩을 선물하지 않을 것이고, 따라서 이 결말이 우리의 현실을 진실하게 반영한다고 할 수 있기 때문이다.

「문제아」의 주인공 창수가 학교라는 세계와 대결하여 결국 패배하고 마는 과정을 보여 주고 있다면, 『내가 나인 것』은 주인공이 자기를 억압하는 강고한 현실과 싸워 마침내 이기는 과정을 보여 주는 작품이다. 『내가 나인 것』의 주인공 히라타 히데카즈는 "무시무시한 지진이 일어나 우리 집이 폭삭 내려 앉"기를 바랄 정도로 집을 싫어한다. 자식 교육에 욕심이 지나친 엄마는 공부 잘하고 똑똑한 형제들과 히데카즈를 비교하면서 늘 꾸중만 한다. 우여곡절 끝에 히데카즈는 집을 나오게 되고 어머니와 대결하여 끝내 어머니를 굴복시키고 자신의 정체성을 찾아간다.

판타지동화 속 주인공이 불만족스러운 현실에서 환상을 체험한 후 현실의 갈등을 극복할 수 있는 힘을 얻는 것과는 달리 리얼리즘동화 속 주인공이 불만족스러운 현실을 극복하지 못하고 자신을 둘러싼 사회와 화해하지 못하는 결말을 보이는 경우가 많은 것은 당연한 귀결이라고 할 수 있다.

그런데 이 두 동화에서 주인공은 결국 행복해졌을까. 「문제아」의 창수야 물론 계속해서 '문제아'라는 낙인을 안고 살아가야 하니 행복해지기는 어렵다고 해도 『내가 나인 것』의 히데카즈는 어떠할까. 엄마를 굴복시키고 엄마 스스로 자신의 잘못을 시인하게 했으니 앞으로 히데카즈는 행복해질까. 답은 그렇게 낙관적이지 못하다.

이 두 작품의 경우를 보면 리얼리즘동화가 개인의 변화나 성장보다는 외부세계의 변화를 요구한다는 것을 알 수 있다. 『끝없는 이야기』의 바스티안이나 『괴물들이 사는 나라』의 맥스가 환상세계를 경험함으로써 자기 자신이 변화하여 더 행복해지는 길로 들어섰다면, 리얼리즘동화 속 두 주인공의 미래는 그렇게 밝아 보이지 않는다. 물론 두 주인공이 '성장'을 한 것은 분명하다. 자기를 억누르는 현실의 막강한 힘을 인식하였다는 것, 그리고 어쨌든 그런 세계를 살아갈 수밖에 없음을 깨닫는 것 자체가 정신적 성숙을 의미하기 때문이다. 그러나 그런 성숙은 바람직한 변화라고 할 수 없다.

리얼리즘동화가 현실을 이렇게 진실하게 반영하기는 하지만, 과연 이런 경향의 이야기가 어린이의 발달 단계에 비추어 바람직한 것일까 하는 의문이 든다. 이와 같은 독서 체험을 통하여 어린이들이 현실을 직시할 수 있는 안목을 얻었다 할지라도 우리의 삶과 세계는 비관적이며 암울한 것이라고 생각한다면, 그리고 그들이 아직 현실의 냉혹함에서 희망을 발견하지 못한다면 이와 같은 독서 체험 자체가 또 하나의 좌절의 경험으로 작용할 수도 있기 때문이다.

어린이에게 판타지동화가 필요한 이유

어렸을 때 마술 두루마기에 관한 옛날이야기를 들은 적이 있다. 가난한 어느 총각이 착한 일을 하여 한 노인으로부터 두루마기 한 벌을 얻었는데, 알고 보니 이 두루마기는 그것을 입으면 누구의 눈에도 보이지 않게 되는 마술 두루마기였다. 그래서 이 총각은 두루마기를 입고 평소에 해 보고 싶었던 일을 하며 신나게 살아간다. 처음에는 힘세고 나쁜 악당을 혼내 주기도 하고 친구들이 모인 곳에 가서 장난으로 그들을 놀래 주기도 하다가 나중에는 주막에 들어가서 음식도 집어먹고 부잣집에 들어가서 돈도 가져온다. 그런데 어느 날, 총각이 모닥불 옆에 서 있다가 불똥이 튀어 두루마기 자락에 구멍이 나고 만다. 할 수 없이 붉은 천으로 그 자리를 꿰매었는데 총각이 두루마기를 입고 어디를 갈 때마다 붉은 점이 같이 움직였다. 결국 총각은 붙잡히고 두루마기도 빼앗기고 말았다.

필자는 이 이야기를 들으면서 나에게도 그런 두루마기가 있었으면 얼마나 좋을까 하는 상상을 하였다. 그리고 그 두루마기에 구멍이 나서 들키고 만 사실이 못내 안타까웠다. 총각이 끝까지 두루마기를 간직했다가 좋은 일에만 잘 썼으면 참 좋았을 텐데……. 그런데 이 이야기를 지은 옛날 사람들은 왜 두루마기에 구멍이 나는 것으로, 그래서 두루마기를 잃게 되는 이야기로 결말을 지었을까.

아무리 착한 사람이라도 아무도 모르게 자기가 하고 싶은 일을 마음대로 하다 보면 결국 나쁜 짓을 하고 싶은 유혹에 빠지게 되기 때문에 그런 마술 두루마기가 존재해서는 안 된다고 말하는 이야기로 해석할 수도 있다. 그런데 다른 관점에서 보면, 이 옛이야기가 판타지와 현실의 관계를 얼마나 냉정하게 인식하고 있는가를 알 수 있다. 즉, 현실의 법칙을 거스르는 마법 도구는 그저 마법일 뿐이다, 이야기는 이야기이고 현실은 엄연히 내 앞에 존재하고 있다, 현실적으로 우리의 소원을 들어주는 두루마기는 존재하지 않으니 어서 이야기에서 벗어나 현실로 돌아오라고 촉구하는 결말인 것이다.

어린이들은 알고 있다. 이야기는 이야기일 뿐임을. 그래도 그들은 그 이야기를 통해 현실의 아픔을 위안받고, 불만을 해소한다. 그 세계에서 해방을 체험하고 놀이를 즐기며, 그 과정에서 정신적으로 한 단계 성숙하는 것이다.

『우리어린이문학』 2004 창간호

아동청소년문학에 나타난 SF적 상상력

왜 SF인가

한국의 아동청소년문학에서 과학소설이 오랫동안 불모지로 남아 있었던 이유는 판타지나 과학적 상상력과는 친숙하지 않은 우리나라 성인문학 토양과도 관련이 있다. 아동문학에서도 동심천사주의문학이나 리얼리즘문학이 주류로 인정받아 왔고, SF는 만화와 영화 같은 대중매체에서 흥미 위주로 다루어져 왔다. 어쩌면 문학을 하는 이들이 체질적으로 과학을 멀리하는 성향이 있는 것 같기도 하다.

그러나 아동의 특성을 생각해 보면 과학소설이 아동문학의 변방으로 남아 있는 것은 부자연스러워 보인다. 우선, 어린이들은 체질적으로 SF라는 장르와 친연성을 지니고 있기 때문이다. 미래세계를 앞질러 보여 주는 SF는 아동청소년의 관심사와 일치한다. 어른과 달리 어린이나 청소년의 시선은 항상 미래에 있어서, 미래세계에 대한 호기심과 기대로 가슴이 설렌다. 변화될 세상은 그들이 살아야 할 세상이기 때문에 미래 모습을 예측하고 가정해 보는 일이 이들에게는 일종의 생명 활동이라고 할 수 있다.

둘째, 어린이는 신기하고 새로운 사건에 흥미를 느끼며 상상력이 풍부하다. 그들은 현재 지구상에 존재하지 않는 동물, 사물, 현상에 강렬한 호기심을 느낀다. 성인문학이었던 『걸리버 여행기』가 아동들 차지가 된 이유는 현실에 존재하지 않는 거대한 인간과 손톱만 한 인간들을 상상하는 것만으로도 즐거웠기 때문이다. 그러므로 기이한 사건이 펼쳐지는 SF라는 장르 자체가 어린이다운 상상력의 산물이라고 할 수 있다.

이외에도 SF는 '이야기'로서의 강점을 지니고 있다. 소설의 본질은 '이야기'다. 이 이야기성을 가장 효과적으로 구현할 수 있는 장르가 SF이다. SF 작가는 마음껏 상상의 날개를 펼쳐서 신기한 사건, 누구도 경험하지 못한 사건을 만들어 낼 수 있다. 현실에서 불가능한 시공간을 창조할 수 있고, 초능력을 가진 인간이나 괴물, 로봇도 만들어 낼 수 있으며, 작가가 설정한 서사의 법칙만 지킨다면 어떤 사건도 꾸며 낼 수 있다.

최근에 젊은 작가들은 대담하고 자유로운 상상력으로 기존 SF의 경계를 허무는 작품을 활발하게 발표하고 있는데, 문학성이 뛰어난 작품도 많아 SF 장르의 질적 수준이 크게 발전하고 있는 중이다. 이 글에서는 한국 SF아동청소년문학이 지나온 여정과 최근에 출간된 SF아동청소년문학작품이 상상하고 있는 미래상과 작품의 의의, 발전 가능성에 대해 논의해 보기로 한다.

초기 SF아동소설의 양상

1) 과학 발전에 대한 기대와 미래세계를 향한 낙관적 전망

한국에서 본격적인 SF아동청소년문학이 나온 것은 1950년대에 작가 한낙원(1924~2007)이 등장한 이후부터라고 보아야 하겠지만, 일제 강점기였던 1930년대에도 과학소설의 맹아로 보이는 작품이 있었다. 노양근의 「날아다니는 사람」(1936)에서는 발명가를 꿈꾸는 소년을 등장시켜 미래사회에서는 과학과 기술 발달이 인류를 편리하고 풍요롭게 하리라는 이야기를 펼쳐 보인다. 대장장이가 되는 것이 꿈인 명구는 밥을 못 먹는 가난한 친구를 보면서 '공기 가운데서 쌀보다도 더 맛난 쌀'을 만들 상상을 하기도 하고, 언덕이든 산이든 마음대로 달릴 수 있는 말자동차를 만들 생각을 하기도 한다. 외나무다리를 건너다가 냇물에 떨어져 다리를 다치자 사람은 하늘을 날아다닐 수 없을까 하고 궁리하다가 풍선에 인형을 매달아 날리는 실험을 한다. 학교 운동장을 빙빙 도는 인형을 보며, 아이들은 날아다니는 사람이라며 환호한다. 명구는 당시 아동문학에서 쉽게 볼 수 없는 캐릭터였다. 이 작품은 식민지 시대 소년들에게 과학이 발전할 미래사회에 대한 기대를 품게 하고 답답한 현실을 벗어날 수 있을 거라는 희망을 준다. 본격적인 과학소설이라고 할 수는 없지만 과학적 상상력으로 현실 문제를 해결하고자 하는 의욕과 새로운 문명의 꿈을 심어 준 작품이다.

이 작품 이후로 우리나라에는 과학소설로 볼 수 있는 작품이 거의 발표되지 않다가 한낙원의 등장 이후 과학소설이 어린이들에게 큰 인기를 끌며 중요한 독서물로 등장하게 된다. 한낙원은 1950년대에 등단하여 한국 과학소설을 개척한 인물이며, 1990년대까지 수많은 과학소설을 창작해 온 대표적인 소설가이다.

한낙원의 첫 과학소설인 『잃어버린 소년』(연합신문 연재, 1959 / 배영사, 1964)은 세계연방정부가 수립된 미래시대가 배경이다. 한라산 우주과학연구소의 특별 훈련생인 용이와 철이, 현옥이 등이 우주선 X-50호를 타고 우주정거장으로 비행하면서 사건이 펼쳐지는데, 이들은 우주 괴물들에게 납치되지만 외계인들 감시를 벗어나 달 기지로 탈출한다. 이들은 여기서 또 다른 외계인들과 만나 도움을 받기도 하고, 용기와 슬기로 온갖 어려움을 극복하면서 임무를 마치고 무사히 지구로 귀환한다.

『금성 탐험대』는 1962년부터 약 2년 동안 『학원』에 연재되어 청소년 사이에 선풍적인 인기를 끌었고, 단행본 출시 이후 무려 10쇄를 찍었다. 이 작품은 미국과 옛 소련 간에 우주개발 경쟁이 뜨겁던 냉전 시대를 배경으로, 양국 우주선에 한국인 청년이 조종사로 탑승하여 활약을 펼치는 흥미로운 소설이다. 미국 정부가 금성을 탐험할 목적으로 쏘아 올릴 우주선에는 하와이 우주항공학교의 한국인 학생 고진과 최미옥이 탑승할 예정이다. 하지만 발사 직전에 고진은 소련 스파이에 납치돼 소련 우주선에 탑승하고, 최미옥은 미국 우주선에 탑승하면서 흥미로운 사건이 전개된다. 이 작품이 연재되기 1년 전에 미국의 케네디 대통령은 "향후 10년 안에 사람을 달에 보낼 것"이라는 선언을 했다. 그러나 모두들 "터무니없는 헛소리"라고 믿지 못하던 시대에 한낙원은 달을 넘어 금성을 탐험하는 우주선을 상상한 것이다.

이 작품은 우주선 내부 생활상이나 우주에 대한 과학적인 지식을 최대한 정확하게 반영하려고 노력하였고, 당시로서는 매우 새로운 지식들이 녹아들어 있어 독자들은 흥미로운 이야기를 읽으며 우주에 대한 상식과 과학기술에 대한 꿈을 가질 수 있게 되었다. 다만, 금성에 착륙하여 탐험하는 장면에서 아프리카나 아마존의 정글이나 호수와 같은 풍경으로 금성을 묘사한 부분은 과학적 사실과 어긋나고, 외계 행성을 지나치게 낭만적으로 묘사하고 있다는 점이 아쉽다.

이 작품에는 금성을 개척하면 인류에게 필요한 자원을 얻을 수 있다는 생각이 투영되어 있어 우주개발에 대한 이 시대의 낙관적 분위기를 읽을 수 있다. 과학 발전으로 빚어질 문제나 금성 탐험 과정에서 발생할지도 모를 문제에 대한 우려는 거의 없는데, 이는 과학 발전이 시대의 중요하고도 급한 과제라는 작가 의식이 투영된 것으로 보인다. 또 한국을 우주 강국으로 묘사하고 있는데, 이는 과학 발전으로 경제를 개발시켜 선진 강대국으로 도약하고자 하는 당시의 희망을 반영한 것이라 할 수 있다.

한낙원 뒤를 이어 과학소설을 발표한 이들은 서광운, 김학수 등이 있다. 서광운의 『북극성의 증언』(1966)은 지구상의 인구 증가와 이로 인한 식량 부족 문제를 해결하는 것이 중요 과제인 미래의 어느 시대를 배경으로 하고 있다. 정부는 식량 생산에 획기적인 방법을 찾다가 '식물자력선연구소'를 설치하는데, 이 연구소에 우주 괴물이 침입하여 연구원들을 화성으로 납치한다. 화성은 과학이 매우 발달한 곳으로 묘사되고 있어서, 이들이 방문하는 최첨단의 온실이나 휴양소는 과학문명이 발달한 지구상의 선진국같이 보인다. 마치 후진국의 지식인이 선진국을 견학, 여행하는 듯한 인상을 주는 것이다.

이 작품은 과학 이론이 이야기 속에 녹아들지 못하고 등장인물의 설명으로 제시되는 부분이 많아 독자의 흥미를 반감시킨다. 이렇다 할 중심 사건 없이 인물들이 화성에서 겪은 신기한 일을 소개하는 방식으로 전개되어 긴장감도 떨어진다. 이 작품에서는 과학문명의 발달이라는 것이 주로 식량 생산과 같은 농업이나 식물학 쪽에 초점이 맞추어져 있다. 이는 농업 중심이었던 1960년대 한국의 산업구조를 반영하는 것이다.

초기 과학소설들은 대개 흥미 위주의 우주 활극space opera이 주요한 사건을 이룬다. 소설의 과학적인 설정 또한 첨단 이론으로 뒷받침되기보다는 당시에 웬만큼 알려진 과학 지식에 의존하고 있다. 독자 흥미를 유발하기 위해서 외계인과의 전투 장면도 심심치 않게 등장하는데, 이런 사건이 개연성 없이 전개되다가 결국 주인공들의 모험과 난관이 무사히 극복되는 해피엔드로 마무리된다.

초기 과학소설에서 등장하는 외계인들은 지구인과 대체로 우호적인 관계를 유지하며 지구인에게 피해를 끼치는 정도도 가벼워서 인간 사회에도 존재하는 악인 정도로 묘사되고 있다. 또 외계인은 대단히 발전한 과학문명을 가지고 있는 것으로 설정된 경우가 많다. 지구인과 외계인의 이러한 관계는 당시의 한국인과 외국인의 관계로 읽을 수 있다. 해방 이후 우리 앞에 나타난 외국인들(주로 서양인)은 한국보다 훨씬 발전한 과학기술을 가지고 있었으며, 우리에게 경제·군사적으로 많은 원조를 해 주었기 때문에 한국인들은 외국인들에 대해 두려움과 동시에 부러움과 호감을 가지고 있었다.

이처럼 초기의 과학소설가들은 지구 사회나 과학문명의 미래상에 대해 상당히 낙관적으로 전망하고 있는데, 이는 당시 지식인들의 기대를 반영하고 있는 것이다. 이러한 낙관적 과학관은 독자들에게 과학과 우주를 친밀하게 느낄 수 있게 해 주었다는 점에서 긍정적이지만, 지나치게 순진한 태도로 일관하고 있다는 것은 아쉬운 점으로 지적할 수 있겠다.

2) 과학기술만능주의 비판

미래세계에 대해 낭만적이고 낙관적인 전망을 바탕으로 한 SF아동소설이 아동 SF물의 주류를 이루고 있던 1960년대에 그와는 정반대의 세계관으로 과학기술만능주의를 신랄하게 비판한 작품이 있어 주목된다. 『금성 탐험대』『북극성의 증언』 등과 비슷한 시기에 출간된 정휘창의 『밀리미터 학교』(배영사, 1968)가 바로 그 작품이다. 「원숭이 꽃신」으로 유명한 정휘창의 이 작품은 그동안 아동문학계에서 잊혀져 있다가 김종헌과 신재기가 엮어 낸 정휘창 동화선집 『밀리미터 학교』(소소담담, 2017)가 발간되면서 재조명되었다.

달나라 여행도 마음대로 할 수 있게 된 서기 2345년의 어느 산골에 작은 학교가 하나 있다. 열두 살에서 열네 살 사이의 여자아이들이 다니는 '밀리미터 학교'의 교육 신조는 '기계처럼 빠르게, 기계처럼 바르게'이다. '밀리미터 학교'라는 이름은 무엇이든 밀리미터 단위까지 정확하게 측정하고 생각할 것을 주장하는 당시의 과학주의 이데올로기를 반영한 것이다.

이 작품에 묘사되는 여러 가지 기계는 오늘날의 로봇이나 컴퓨터, 스마트폰 같은 것과 놀라울 정도로 비슷하다. 밀리미터 학교에 부임해 온 로봇 교사는 눈부시게 발전해 가고 있는 로봇 기술을 떠올리게 하며, 'C형 미인'으로 설계된 '표준교사 티엠 108'을 통해서는 성형 의술의 발전으로 규격화된 미인이 양산되는 오늘날 우리 사회상을 엿볼 수 있다. 주인공 숙이가 정신이상자로 몰려 입원을 한 병원의 환자들 가운데에는 사이보그(허리 위로는 사람, 허리 아래는 바퀴가 달린 기계 인간)나 인간과 동물의 결합체(원숭이 몸에 사람의 머리를 붙인 인간, 개의 성대를 이식하여 개가 짖는 소리밖에 내지 못하는 인간)도 있다. 또, 밀리미터 학교의 선생이나 학생뿐 아니라 온 세상 사람들이 다 목에 걸고 다니는 '손머리'는 오늘날의 스마트폰과 비슷한 기계이다. 손머리는 듣는 대로 녹음을 해 두고 보는 대로 사진을 찍어 둔다. 필요할 때 언제라도 다시 듣고 다시 볼 수 있게 되어 있다.

이 작품의 문학적 가치는 로봇이나 기계장치를 예측한 것 자체보다는 이런 것들이 현실화될 때 나타나는 인류 사회의 미래상에 대한 통찰에 있다. 로봇 교사가 등장하자 효율이 떨어지는 인간 교사들은 학교 밖으로 쫓겨나고, 수위 할아버지는 자살을 하게 되는데, 이런 사건은 오늘날 컴퓨터와 인공지능에 의해 일자리를 잃어 가는 현실을 정확하게 보여 준다.

로봇 교사는 완벽한 웃음 짓기, 표준적인 웃음 짓기, 표준 걸음걸이를 가르치며, 학생들뿐만 아니라 어른 교사들도 로봇 교사가 가르치는 것을 배워야 하기 때문에 얼굴이 일그러지도록 애를 쓴다. 로봇 교사가 가르치는 표준 웃음, 표준 걸음은 능률성·경제성을 이상으로 삼는 자본주의사회에서 인간조차 기계가 되어 가는 현상을 질타하는 것인데, 여기서 인간을 규격화·획일화하려는 전체주의의 면모가 발견되기도 한다. 또, 사람이 불행한 것은 두뇌를 혹사시키기 때문이라고 해서 생각을 금지시키고, 그리움, 기억, 동정, 슬픔, 분노 같은 감정 표현을 억제하는 것은, 기계가 인간을 대체하게 될 때 초래될 인간성 상실을 경고하는 것이다. 기능이 다한 신체 부위를 동물의 그것으로 바꾼 환자 이야기 또한, 인간과 동물의 차이 혹은 진정한 인간성이란 무엇인가 등에 대한 철학적 질문을 떠올리게 한다.

정확성과 효율성만을 강요하던 '밀리미터 학교'의 교장인 얼뜨기가 소설 결말에서, 위험에 빠진 딸을 살리며 인간적 감정을 회복하고, 사람을 사람답게 키워 달라고 부탁하는 장면은 인간성을 옹호하는 작가의 휴머니즘적 세계관이 강렬하게 드러나는 핵심적인 장면이다. 1960년대 출간된 SF아동소설 가운데, 과학기술만능주의를 비판한 동화가 비록 이 한 작품에 불과하지만 이 작품은 과학만능, 물질만능의 가치관이 싹트기 시작하던 우리 사회에 기계문명이 초래할 비관적인 미래를 앞질러 경고하면서 인간 존엄성을 지키는 길을 제시하고 있다는 점에서 대단히 중요한 작품이라고 평가할 수 있다.

최근 SF아동청소년문학의 세계관

과학소설은 과학기술이 극도로 발전할 인류의 미래를 상상하면서 현재 인간 사회가 지니고 있는 문제를 보여 주기도 하고, 지혜와 통찰로써 인류 미래에 대해 경고하기도 한다. SF 작가들은 미래의 사회·경제·지구 환경을 어떻게 묘사하고 있을까. 인간들은 지금보다 더 행복해질 수 있을까.

1) 과학기술은 재앙인가, 기회인가

작가들이 상상하는 과학기술 사회의 미래상은 그들의 과학관과 미래관에 따라 비관과 낙관의 스펙트럼을 그린다. 상당히 비관적인 관점, 성찰이 필요한 것으로 보는 관점, 긍정적인 관점의 작품 들을 나누어 살펴보기로 한다.

•디스토피아로 가는 길

인간이 인간을 만들어 내는 문제는 신의 영역에 도전하는 불경스러운 일로 여겨지기도 하지만 과학자들의 학문적 호기심을 자극하는 도전 과제이기도 하다. 맞춤 인간을 만드는 방법은 기계를 이용하는 방법과 인간의 유전자를 이용하는 방법이 있다. 사람보다 훨씬 뛰어난 인공지능을 탑재하고 사람과 전혀 구별이 불가능한 외모를 지닌 로봇이 개발된다면, 인간의 유전자와 줄기세포를 마음대로 조작하여 부모가 원하는 아이를 만들어 낸다면, 인간 사회에는 어떤 일이 벌어질까. 맞춤 인간 문제는 전통적으로 SF 작가들의 상상력을 자극하는 흥미로운 주제였는데, 최근 우리나라에도 이 문제를 다룬 작품이 자주 등장한다.

이은용의 작품 『열세 번째 아이』(문학동네, 2012)의 주인공 장시우는 유전자를 조작하여 외모, 두뇌, 성격, 운동능력까지 계획하여 만들어 낸 맞춤 아이다. 로봇공학자인 시우 엄마는 감정 로봇 레오를 동생으로 선물하지만 시우는 레오를 좋아하지 않는다. 이 작품은 유전공학과 로봇공학이 극도로 발전한 미래사회를 배경으로 생명체의 본질에 대한 질문을 제기한다. 생각할 줄 알고, 감정이 있는 로봇이 인간과 따듯한 정을 나눈다면 그것도 생명을 지닌 존재라고 할 수 있을까. 과학자의 프로젝트에 의해 태어난 아이는 인간일까, 로봇일까. 인간들이 나쁜 목적으로 자기 의도에 맞는 맞춤 아이를 만들어 낸다면 인류에게는 어떤 일이 생길까. 작가는 진지하게 생명 윤리 문제를 제기하면서 과학에 대한 불신을 드러낸다.

『열세 번째 아이』가 유전자조작과 로봇 기술로 맞춤형 아이를 만들어 냈을 때의 윤리 문제를 제기한 것이라면, 『복제인간 윤봉구』(임은하,

비룡소, 2017)는 복제인간이 태어나 성장한 이후의 상황을 상상한 작품이다. 천재 과학자 윤민주 박사의 둘째 아들인 윤봉구는 자신이 형 윤민구의 복제인간인 것을 알고 혼란에 빠진다. 엄마는 왜 자신을 만들었을까, 자신은 가짜에 불과한 것 아닌가 하는 존재론적 고민에 빠지기도 한다. 마침내 봉구는 자신이 형의 약한 심장을 대체하기 위해 만들어진 복제인간이므로 형에게 심장을 빼앗길지도 모른다고 오해하여 아무도 모르는 곳에 숨는다. 결국 윤봉구는 산부인과 의사인 이모의 설명을 듣고서, 엄마가 과학자의 학문적 호기심으로 봉구를 만들었지만 봉구를 임신한 이후에는 사랑으로 길렀음을 이해하게 되고 소설은 해피엔딩으로 끝난다. 이 소설의 본질적인 주제는 복제인간도 진짜 인간과 똑같은 인간이라고 할 수 있는가, 하는 것이다. 두 형제가 툭탁거리면서도 밝게 성장한다든지, 엄마의 정을 따듯하게 그리는 장면에서 복제인간 문제에 대한 작가의 낙관적 시각을 읽을 수 있지만, 이 소설은 인간 복제가 야기하는 윤리적·철학적·존재론적 문제 등에 대한 치열한 고민을 바탕으로 한 것이 아니기 때문에 독자에게 가벼운 재미를 주는 데 그치고 있다.

이현의 『로봇의 별』 1, 2, 3(푸른숲주니어, 2010)도 로봇 기술이 극도로 발전한 시대를 배경으로 한 작품이다. 인간보다 우수한 지능을 갖추고 사고력과 감정까지 지니고 있는 로봇은 인간과 어떤 관계로 살아가게 될까. 인간인 엄마 태경의 딸로 살아온 인공지능 로봇 나로와 아이 돌보기 로봇으로 살아온 현주 씨는 인간들에게 잡혀서 폐기 처분 대상이 될 위험에 처하자 로봇 나라로 탈출하려고 한다. 자신의 몸에서 로봇의 3원칙(인간들에게 절대적으로 복종하도록 한 규정)을 제거하고 인간의 노예가 되기를 거부한 로봇들과 인간은 마침내 전쟁에 돌입하게 된다. 이 과정에서 인간의 마음을 위로하기 위해 어린아이 로봇으로 만들어진 아라와 나로는 소닉 핸드라는 강력한 무기를 가지고 전쟁에 앞장서게 된다. 그러나 결국 그들은, 소닉 핸드로 세상을 모두 가지려는 노란 잠수함(슈퍼컴퓨터)도 돈으로 세상을 모두 사려는 피에르 회장도 모두 쌍둥이처럼 똑같은 존재라는 생각을 하게 되면서 인간과 로봇이 평화롭게 공존하는 방법을 찾으러 먼 길을 떠나게 된다. 이 작품은 인간과 로봇이 전쟁을 하는 과정에서 인간의 본질에 대한 진지한 질문을 던진다. 로봇의 삶을 통해 바람직한 인간, 바람직한 사회상을 제시하고, 인간이 인간인 이유에 대해 성찰하게 한다.

배미주의 『싱커』(창비, 2010)의 무대는 지하 도시 '시안'이다. 갑작스러운 온난화에 따른 해수면 상승으로 지구에 전쟁이 발발하게 된 2060년, 치명적인 바이러스까지 퍼지게 되면서 인류는 멸망할 위기에 처하게 된다. 이에 인간들은 바이러스에서 안전했던 지하 도시 시안으로 피신하고 지상과의 교류를 단절하여 간신히 살아남는다. 여기에 바이오옥토퍼스사의 회장 파에타가 개발한 약 덕분에 인간의 수명은 200살까지 늘어나고, 시안의 시민은 값비싼 유전자 상품으로 뛰어난 외모부터 지능, 육체의 힘까지 누리게 된다. 지하 도시 시안은 겉으로 보기에 가장 안락하고 완전한 도시이지만 이면을 깊이 들여다보면 허망한 도시이며, 디스토피아라고 할 수 있다. 장수 사회가 되니 복잡한 사회문제들이 발생하고, 소외 계층은 경제적인 불평등 상태에만 놓이는 것이 아니라 인생 전반을 열등한 상태로 살아가야 한다. 과학이 발달할수록 인간 사회의 불평등은 심화될 수밖에 없다.

문선이의 『지엠오 아이』(창비, 2005)도 유전공학이 발달할 미래사회에 대한 우려를 제기하는 작품이다. 사람과 동물, 식품 모두 유전자조작이 일반화된 사회에서 발생하는 부작용이나 폐해에 초점이 맞추어진다. 유전공학이 발달할수록 슈퍼 바이러스가 발생하고, 희귀병이 늘어난다. 작가가 상상하는 미래사회는 끔찍한 디스토피아 세계이다.

방사능 오염이 일으키는 문제 또한 SF 작가의 주요한 관심사가 되고 있다. 『바닷속 태양』(문미영, 푸른책들, 2014)은 방사능에 의해 지상세계가 멸망한 이후의 인류 사회를 그리고 있다. 무분별한 소비로 지구는 더러워지고 온난화 현상이 심해져 사계절은 없어지며 지상세계는 모두 방사능에 오염되어 살 수 없게 된다. 인류는 해저에 도시를 건설하고 어린이들은 해저에서 태어나 자라나는 세상이 된다.

『아토믹스』(서진, 비룡소, 2016)도 방사능에 오염된 미래세계를 그리고 있다. 예상치 못한 강진으로 원자력발전소가 폭발하면서 발전소가 있던 마을의 주민들은 대부분 암 환자가 되고, 주인공 태평이는 방사능에 피폭되었다는 소문까지 나면서 주민들로부터 기피 대상이 된다. 아마도 2011년 3월 일본의 동북부 지방을 관통한 대규모 지진으로 촉발되었던 후쿠시마 원자력발전소의 방사능 누출 사고가 작품의 모티프가 된 것 같다. 이 소설은 때때로 방사능에 피폭된 도시의 참상과 두려움을 그려 내지만, 기본적인 설정은 영화 〈슈퍼맨〉의 공식을 따른 영웅담이고, 원전 폭발 이후의 참혹한 세계는 영웅이 활약하기 위한 무대로 기능한다. 주인공 오태평은 방사능에 피폭된 후 무슨 이유인지 모르게 슈퍼 파워를 얻어 지구를 지키는 아토믹스의 일원이 된다. 책 앞쪽 면지에 기록된 "자신의 숨어 있는 초능력을 믿는 친구들에게"라는 헌사로 미루어 볼 때도 이 소설은, 겉으로 평범해 보이는 어린 영웅이 얼마나 멋지게 괴수를 물리치는가를 보여 주는 데 초점이 맞추어져 있음을 알 수 있다. 이 소설은 방사능에 피폭된 오태평이 초능력을 갖게 된 이유나 오태평의 건강을 회복시켜 준 기적의 바닷물 시그마워터 같은 것들에 대해서도 과학적인 설명 대신 '우연성'에 의존하고 있다. 주인공이 특수 슈트와 헬멧을 쓰고 형질이 변화된 괴수들을 물리치는 바닷속 활극이 흥미롭기는 하지만, 그 활극은 방사능이나 원전이 초래할 미래세계에 대한 경고의 메시지를 잊게 한다.

• 기계문명에 대한 과도한 의존 경계

이현의 『마음대로봇』 1, 2(한겨레아이들, 2011)는 드물게 보는 저학년용 SF동화이다. 세계 최초의 맞춤형 로봇 대여점 '마음대로봇'에서는 돈을 벌기 위해 로봇을 개발하는데, 건망증이 있는 아줌마를 도와주는 로봇 '속다기', 주인이 생각만 하면 남들 몰래 그대로 행동해 주는 로봇 '남인척', 돈을 벌어 오는 로봇 '마니왕'을 차례로 만들지만 결국 인간 생활에 적용해 보니 뜻하지 않은 곳에서 부작용이 발생한다는 내용이다.

어떤 로봇도 만들 수 있을 미래에 인간 사회에서 벌어질 만한 일을 상상하는 것은 누구라도 할 수 있지만 그것이 작품 속에서 얼마나 개연성이 있는가, 인류에게 지혜와 통찰을 제시하는가는 작가 역량에 달린 일이다. 이 작품은 저학년 어린이들이 재미있게 읽고 나서도 은연중에 기계문명에 의존하는 삶의 맹점을 깨닫게 한다.

• 생명의 신비에 대한 인문학적 접근

박용기의 『64의 비밀』(바람의아이들, 2004)은 생물학, 진화론, 컴퓨터 등에 관한 정확한 지식을 바탕으로 논리 정연한 이야기를 펼쳐 나간다. 64라는 숫자의 비밀을 추적해 가는 추리 기법을 따라가다 보면 독자들은 유전공학의 신비와 만나게 된다. 바이러스가 인간의 DNA에 침투해서 인간의 생각을 조종하기 시작했다는 설정부터, 주인공 인기가 '알루'라는 박테리아의 도움을 받아 바이러스 침입을 막아 내는 과정을 몰입해서 읽다 보면 어느새 흥미 있는 생물학 지식을 전달받게 되는 것이다. 독서를 마치면, 탐구할수록 오묘한 자연의 질서와 아름다움에 감동하게 되며, 생명이란 무엇인가, 나는 누구인가와 같은 본질적인 질문을 마주하게 된다.

본질적으로 과학은 언제나 양날의 칼을 지니고 있다. 최근 우리 SF 아동문학은 과학이 발달할 미래상을 암울하게 상상하는 작품이 대부분을 차지한다. 『64의 비밀』은 이런 흐름의 반대쪽에 위치한다고 볼 수 있다. 정신문화나 종교적 성찰 없이 과학기술만이 극한까지 발전했을 때 초래될 재앙에 더 주목하면서 미래에 닥칠 수도 있는 불행한 사태를 경고하는 일은 작가의 책무라고 할 수 있다. 그러나 과학기술의 위험성을 지나치게 과장한다든가 허술한 근거로 관습적인 이야기를 만들어 내는 일은 경계해야 할 것이다.

2) 정치적·경제적 격차의 심화와 계급 갈등

SF아동문학이 상상하는 미래사회는 경제적·사회적 힘의 격차가 극심한 계급사회로 그려지는 경우가 많다. 대부분의 SF작품에 등장하는 거대 기업은 막강한 경제력을 바탕으로 정치권력까지 가지고 있으며, 이 소수의 부자들은 유전자 시술을 받아 수려한 외모와 우수한 지적 능력을 지닌 인간으로 살아간다. 반면에 정보와 과학 지식을 지니지 못한 대다수의 사람들은 빈민으로 전락하여 비참한 삶을 살아간다.

최양선의 『몬스터 바이러스 도시』(문학동네, 2012)가 상상한 미래사회는 빈민들이 사는 마을과 부유층이 사는 도시가 완전히 분리되어 있다. 빈민들이 사는 기스카누 마을은 대부분 폐자재로 지어진 집들로 이루어져 있고, 권력층과 부유층이 사는 녹슨시는 거대한 유리벽으로 지어진 백 층짜리 초고층 빌딩 도시이다. 기스카누 마을 사람들은 특별한 날이 아니면 녹슨시에 들어갈 수조차 없다. 최첨단을 달리는 빛의 도시인 녹슨시에 몬스터 바이러스가 출현하여 아이들이 흉측하게 변하는데, 그 이면에는 거대 제약회사 회장과 녹슨시 시장의 밀약과 음모가 숨어 있다. 제약회사 회장은 비밀리에 바이러스를 퍼뜨리고 한편으로는 치료제를 개발하여 막대한 부를 축적하려는 것이다.

앞서 『싱커』가 상상한 미래사회도 『몬스터 바이러스 도시』의 그것과 유사하다. 21세기 중엽, 동아시아연합(미국, 유럽연합 등에 대항하기 위한 동아시아국가연합)은 포화 상태에 이른 지구를 벗어나 외계 행성에서 살 수 있는 시스템을 실험하기 위해 지하세계에 '시안'이라는 인공 도시를 건설한다. 거대 기업이 시민들을 속이고 정보를 독점하는 현상은 『싱커』에도 나타난다. 거대 제약회사 바이오옥토퍼스는 장수 유전자를 개발하고 시민들에게 무료로 제공하여 사람들의 평균수명을 연장하는 한편 은밀하게 바이러스를 사람들에게 확산시키고 그 치료제를 만들어 막대한 부를 축적한다. 이렇게 축적된 부를 기반으로 정치권력을 독점하고, 병을 치료할 수 있는 값싼 치료제를 개발한 과학자를 돌연사로 위장하여 죽여 버리고, 사업에 방해가 되는 프로젝트는 폐기 처분한다.

또한 『로봇의 별』에 등장하는 초거대 기업 A그룹 회장 피에르는 지구 최대의 제약회사인 메디카에서 벌어들인 돈을 바탕으로 세계를 지배하려 한다. 반면에 책임지수 등급이 낮은 감마인이나 델타인 같은 하층계급은 로봇보다도 못한 삶을 살아간다. 인간과 로봇이 주인과 노예의 관계일 뿐 아니라 인간들도 사회적·경제적 힘에 따라 엄격하게 신분이 나뉘는 계급사회로 그려진다. 안미란의 『씨앗을 지키는 사람들』(창비, 2001)도 곡물의 씨앗을 독점하는 거대 기업의 횡포와 그에 맞서 싸우는 양심적인 소시민들의 이야기를 그리고 있다.

이렇게 정리하고 보니 최근 SF작품이 상상하는 미래는 매우 비슷하다. 지식과 정보가 발달하고 고급화될수록 소수자가 부를 독점하는 사회가 된다는 것이다. 거기에다 거대 기업(업종이 한결같이 제약회사라는 점도 주목할 만하다.)이 정치권력까지 소유하게 된다는 점도 비슷하다.

부자가 가공할 만한 재력을 바탕으로 정치적·사회적 권력을 독점하여 세상을 지배하는 모습은, 석유 재벌이나 무기 회사, 컴퓨터 관련 기업 같은 소수의 거대 기업이 세계 정치에 직접적인 영향을 미치고 자본이나 정보에서 소외된 노동자 계층은 빈곤층으로 전락하는 신자유주의 이후의 세계 정세를 보면 충분히 근거 있는 설정이라고 할 것이다. 이렇게 과학소설은 21세기 지구촌의 문제를 바탕으로 인류의 미래를 상상함으로써 이 시대의 문제를 환기하고 인류 사회에 경고 메시지를 던진다.

3) 치유의 힘 – 여성, 어린이, 자연

과학기술이 극도로 발달한 미래사회는 인류를 재앙에 빠뜨리고, 심각한 계급사회가 되며, 지구는 인간이 살 수 없을 만큼 오염되고 황폐화된다. 최근 우리나라 SF아동문학은 이 절망스러운 상황에서 인류를 구원할 주체로 여성과 어린이를 내세운다.

『몬스터 바이러스 도시』에서 인공 도시를 건설하고 바이러스를 퍼

뜨려 인류를 재앙에 빠뜨리는 존재는 정치가(녹슨시의 시장과 보좌관)와 기업가(제약회사의 회장)이며 이들은 남성이다. 반면에 기스카누 마을에 사는 모슬, 수로, 레아로 이어지는 여성 삼대는 자연 속에서 원초적인 생명력을 간직하고 있는 인물로 묘사되며, 괴바이러스에 감염된 버드(녹슨시 시장의 보좌관인 다반의 아들)의 병을 치유한다.

또 『로봇의 별』에 등장하는 나로, 아라, 네다는 로봇이지만 여성이며 어린아이이다. 이들은 로봇과 인간의 전쟁을 종식시키고, 새로운 세계인 로봇의 별을 찾아가는 인물이다. 나로 엄마도 나로가 로봇의 별로 탈출하도록 노심초사 도와주며 나로의 꿈을 지원해 주는 과학자이다. 반면에 돈으로 세상을 지배하려는 피에르 회장이나 강력한 살상 무기를 사용하여 인간을 지배하려는 슈퍼컴퓨터 노란 잠수함은 남성으로 묘사된다.

이러한 구도는 『싱커』에서도 그대로 펼쳐진다. 인공 도시 시안을 지배하는 거대 제약회사의 파에타 회장은 남성이고 '싱커'라는 게임으로 이 도시에 균열을 내고 새로운 생명력을 불어넣는 인물은 조그마한 소녀 미마이다. 미마는 부건, 다흡과 같은 친구들의 도움을 받아 기성세대의 부패와 모순을 무너뜨리고 새로운 세계를 건설하는 데 앞장선다.

과학기술이 극단적으로 발달한 미래의 디스토피아를 치유할 대안으로 제시되는 다른 방법은 역시 '자연 회복'이다. 파괴되거나 사라져버린 자연을 대신하여 건설된 『몬스터 바이러스 도시』의 초고층 빌딩, 『바닷속 태양』의 해저 도시, 『싱커』의 지하 도시 등은 기계장치의 일부에 문제라도 생기면 대재앙이 발생할 수 있다. 『싱커』에서 상상한 자연 회복 프로젝트는 참으로 흥미로우면서도 미래사회에서 가능할 것만 같은 공감을 느끼게 한다. 물고기도 나무도 홀로그램 속에만 존재하는 인공 도시를 회복시키는 방안은 '싱커'라는 게임과 '역진화 발생기'이다. 싱커는 반려수伴侶獸를 선택하고 뇌파 동조를 통해 그와 한 몸이 되어 신新아마존을 체험하는 게임으로, 미마는 반려수의 감각을 통해 다른 생물과 소통한다. 인간이 다른 생물의 의식과 섞이는 체험을 함으로써 자연을 체험하고 자연으로 돌아가는 길을 찾게 되는 것이다. 또 역진화 발생기는 "생물의 배아나 포자에 그 조상이 본래 지녔던 형질을 발현시킬 수 있는 물리적·전기적 환경을 인공적으로 제공함으로써 진화 과정에서 꺼졌던 스위치를 다시 켤 수 있게 하는 장치"로, 역진화는 그 생물이 가지고 있던 본래의 자질을 회복하는 행위이다.

지금까지 살펴본 것처럼 최근 우리의 과학소설은 선명한 이분법적 구도로 전개된다. 과학과 인공은 결국 인류에게 재앙을 가져다줄 것이며 그런 세계를 만들어 낸 세력은 기업가, 정치가 들이고 그들은 거의가 남성이다. 이와 같은 절망스러운 인류를 구원해 줄 주체는 여성과 어린이, 청소년 들이며 인류를 구원할 최후의 방법은 자연을 회복하는 것이다.

새로운 세상을 건설할 존재로 어린이와 청소년을 제시하는 것은 자연스러운 상상이라 할 수 있다. 인류 최후의 희망은 어린이에게 있으며 작가는 어른의 이기심과 무분별한 욕망을 치유하는 미래세대에게서 진정한 인간의 모습을 보는 것이다. 그런데 남성이 파괴적이며 물욕적인 인물로, 여성이 지혜로운 구원의 인물로 그려진 이유는 무엇일까. 아마도 첨단 기술과 정보를 소유한 강자는 주로 남성이고, 여성은 약자로 인식되는 이 시대 현실이 반영된 것이기도 하겠고, 남성 중심의 사회구조 속에서 억눌려 살아온 여성들이 현실에서 벗어나고자 하는 페미니즘적 의식이 변화된 미래를 꿈꾸는 SF소설의 지향과 상통하기 때문이기도 하리라. 그러나 이와 같은 구도가 여러 작품에서 비슷하게 반복되는 것은 SF를 관습적 장르로 격하시킬 위험성이 있다.

SF아동청소년문학의 소설적 설정과 기법

최근 젊은 작가들의 SF적 상상력은 대단히 다양하고 대담해졌다. 최근에 출간된 SF작품들의 설정이나 기법을 보면 대중들이 생각하고 있던 과학소설의 상식을 훌쩍 벗어나는 작품들이 적지 않다. 외계인과의 교통이나 시간 이동(백은영, 『타임 가디언』, 푸른책들, 2011) 같은 전통적인 SF적 설정도 여전한 가운데, 다른 생물과 인간의 의식 섞기(『싱커』), 타인과의 감정 공유 시스템 개발(이지문, 「개인적 동기」, 『잃어버린 개념을 찾아서』), 귀신과의 대화(송경화, 「소용돌이」, 『잃어버린 개념을 찾아서』), 염동력(듀나, 『아직은 신이 아니야』, 창비, 2013), 동화적 상상력과 결합(배명훈, 『끼익끼익의 아주 중대한 임무』, 킨더주니어, 2011) 등 매우 다양한 설정이 구사되고 있어 SF를 '과학소설'이라고 번역하는 것 자체가 부적절하다는 생각마저 든다. 과학소설들은 은연중에라도 과학이라는 근거를 전면에 내세우지만 『잃어버린 개념을 찾아서』에 실린 단편소설 중에는 과학이란 근거를 아예 염두에 두지 않은 작품도 있다. 그저 미래의 어떤 사회를 가상해서 이야기를 펼쳐 나가기도 하고, 미래도 과거도 아닌 어떤 사회, 현실에서는 존재하지 않는 사회를 설정하고 이야기를 펼쳐 나가기도 한다. 듀나의 「가말록의 탈출」의 배경은 미래라는 암시도 없고 어떤 시대인지도 명시하지 않고 있다.

최근에 발표된 SF작품에 나타난 흥미로운 설정을 몇 가지 살펴보자.

『타임 가디언』은 시간 이동을 모티프로 한 소설이다. 2060년 한국 타임 가디언 고등학교 졸업반인 아라와 세 아이가 타임 가디언 채용 시험을 치르기 위해 타임 홀에 들어갔다가 목표 지점에 가지 못하고 엉뚱한 시대와 장소로 좌초되면서 흥미진진한 사건이 벌어진다. 시간 여행에서 생겨나는 시간 왜곡 현상, 필연의 폭풍 같은 정교한 SF적 설정과 탄탄하고 개연성 있는 서사가 독자를 몰입하게 한다. 이 작품은 시간 여행이 가능해진 시대의 편리함과 흥미보다는 자연의 법칙을 거슬렀을 때 벌어질 수 있는 복잡한 일들과 재앙에 초점이 맞추어져 있다. 개인적인 욕망을 가진 사람이 과거의 사건에 개입하여 현재나 미래의 일을 바꾸려다가 엄청난 참사를 치르게 된다는 설정은 과학을 연구하는 인간들의 오만함에 대해 경고하는 의미를 지닌다.

이 밖에 송경아의 「소용돌이」처럼 우연히 죽은 고모의 영혼과 만나 대화를 나누거나, 다른 동물이나 사람의 속마음을 알아내는 능력이 생기는 이야기와 이지문의 「개인적 동기」같이 타인의 뇌를 스캔하여 감정 공유 시스템을 만들어 내는 이야기도 있다. 타인의 속마음을 꿰뚫어 아는 초능력은 옛이야기나 만화 같은 장르에서 많이 다루는 설정인데, 최근의 SF작품들에서는 초능력이 생겼을 경우에 일어날 수 있는 곤란한 상황이나 불편한 일들에 초점이 맞추어져 있어서 초능력의 이면을 들여다보았다고 할 수 있다. 남의 의식을 엿볼 수 있다면, 영혼을 만나 이야기를 나눌 수 있다면, 타인과 감정을 공유할 수 있는 시스템을 개발하여 실용화가 된다면 어떤 일이 벌어질까. 대중문학이 흥미 위주로 이야기를 풀어 간다면, 진지한 문학은 다양한 각도에서 성찰해 볼 수 있어야 한다. 편리한 일과 유익한 일뿐만 아니라 번거로운 일, 무해무득한 일, 귀찮은 일, 피해를 볼 수 있는 일까지도 말이다.

『끼익끼익의 아주 중대한 임무』는 기계나 물건이 부딪칠 때 나는 소리 '끼익끼익'을 인물화하여 만들어 낸 저학년용 SF작품으로 동화적 상상력을 SF와 결합시킨 이야기라고 할 수 있다. 작가는 기계들 사이에서 나는 소리에 그치지 않고 우주의 별들 사이에서 나는 소리도 찾아 들려주면서 어린이 독자들의 관심을 우주로 향하게 한다. 우주의 별들과 태양도 사람들의 관계처럼 서로 어울려 살아간다는 주제는 어린이들에게 SF적 상상력의 씨앗을 품게 해 줄 것이다.

최근 SF작품의 기법과 설정은 폭넓은 스펙트럼과 자유로운 상상력으로 그 외연이 대단히 넓어졌다. 소재나 주제에도 거침이 없다. 소재와 기법이 매우 다양해져서 SF와 판타지의 경계선이 모호한 작품도 많아 이것을 판타지라고 보아야 하는지 SF라고 보아야 하는지 곤혹스러운 작품도 있다.

SF아동청소년문학의 의의 - 현실에 대한 성찰과 비판

SF는 지금의 현실세계에서는 일어날 수 없는 사건을 그려 나가지만 현실보다 더 절실하게 현실을 반영하기도 한다. 그래서 SF를 또 다른 리얼리즘이라고도 말한다. 리얼리즘의 기법만으로는 라틴아메리카 민중의 슬픔과 고통을 여실히 반영할 수 없는 한계(보르헤스는 "서구인에게 세계는 제대로 작동하는 코스모스이지만 아르헨티나인에게는 혼돈이다."라고 말했다.) 때문에 현실과 환상, 사실과 허구가 뒤섞이는 마술적 리얼리즘이 필요했던 것처럼, 리얼리즘의 기법으로는 우리 현실을 담아내기에 턱없이 부족하다고 생각한 작가들은 SF 기법으로 소설을 창작하고 있다. 우리 주변에서 일어나는 현실이 충격적이고 놀라워서 오히려 비현실처럼 느껴질 때 SF는 매우 효과적인 장르가 된다. 오늘 여기의 현실을 절실하게 반영한 비현실적인 작품들은 『잃어버린 개념을 찾아서』(듀나 외 7인, 창비, 2007)에 여러 편이 모여 있다.

이현의 「로스웰 주의보」에서 군대에서 휴가 나온 오빠는 자격증 시험 문제집을 사 들고 귀대하고, 학원비 버느라 마트에 취직한 엄마는 칼에 손이 베이고서도 미소를 짓는다. 우리나라 사람들은 왜 이렇게 죽자 살자 공부하고, 일하고, 경쟁을 해야 할까. 현실에서는 도저히 그 답을 찾을 수 없는 작가는 외계인이 우리 몰래 우리들의 에너지를 빨아 먹는다는 이야기를 만들어 낸다. "사람들은 빼앗긴 에너지를 채우느라 더 열심히 뛰고 더 죽어라 일하고…… 그럴수록 푸라푸라의 빨판은 더 강하게 에너지를 빨아들여. 그렇게 제 덩치를 키워 가지. 그러는 동안 사람들은 점점 미쳐 가. 미친 듯이 뛰다가 정말로 미쳐 버리는 거야."

박성환의 「잃어버린 개념을 찾아서」도 무한 경쟁의 교실에서 피를 흘리는 대한민국 청소년의 삶을 보여 주고 있다. 맨날 졸기만 하던 녀석들의 성적이 수직 상승하고 전교생의 90퍼센트가 전국 석차 10퍼센트 안에 드는 기현상의 원인은 서서히 드러난다. 비밀은, 성적을 올리고 싶어 하는 인간들이 안드로메다에서 온 우주인들에게 자기 뇌를 맡겨 버린 것. 입시 경쟁에 내몰려 눈이 뒤집힌 학부모와 학생들은 성적만 올릴 수 있다면 영혼도 팔고 뇌도 팔고 무엇이든 할 수 있다는 설정이 과장되어 보이지 않는다. 대한민국 학생들의 슬픈 현실을 충격적으로 보여 주기에 SF적 상상력은 참으로 효과적이다. 위 두 작품은 '무한 경쟁'이라는 상투어로는 충분히 설명할 수 없는 신자유주의 체제의 지구촌, 특히 대한민국의 현실을 리얼리즘문학보다도 훨씬 리얼하게 묘사하고 있다.

정소연의 「비거스렁이」에서 주인공 지영은 지구에 적응하지 못하고 점점 지워져 간다. 벌써 지영의 머리카락 끝은 다 지워졌고 온몸이 희미해지는 것 같다. 누구의 관심도 받지 못하고 아무의 기억에도 남아 있지 않은 철저히 외로운 아이가 시공간 동시 불일치의 외계인으로 묘사되는 장면은 무관심과 외로움에 지친 청소년을 적실하게 비유한다. 늦게까지 담임에게 잡혀 있다가 빈 교실로 들어오는 마지막 장면에서, 처음으로 어떤 친구가 지영의 가방도 싸 놓고 엄마 전화도 대신 받아 주며 기다려 주자 지영은 교실을 단단히 딛고 선 듯한 느낌을 받는다. 이 작품은 자기 일, 자기 공부만 열심히 하면서 타인에게 무관심한 청소년들의 삭막한 인간관계를 되돌아보게 하며, 오늘날 청소년들이 작은 관심과 애정에 얼마나 목말라하는지를 가슴 아프게 보여 준다.

오늘날 이 땅의 학교에서 벌어지는 기가 막힌 사실들을 있는 그대로 묘사해서는 독자들의 관심조차 끌 수 없다. 우리 현실의 이웃을 외계인의 모습으로 낯설게 보여 주어야 충격을 줄 수 있고, 현실을 성찰하게 할 수 있다. SF는 우리 현실을 다른 시공간, 다른 인물(예컨대 외계인)의 사건으로 비유해서 보여 줄 뿐 본질적으로는 지금 우리에게 일어나고 있는 이야기를 담고 있다. 이렇게 보면 SF가 보여 주는 현실이 훨씬 더 현실적이다. 마술적 리얼리즘이 탄생한 배경에 공감하지 않을 수 없다.

SF아동청소년문학의 미래

SF문학은 가정법의 문학이다. 우리 현실의 문제는 리얼리즘 기법만으로 표현하기에는 너무 복잡하고 오묘하다. 그래서 SF 작가들은 '만일 이러이러하다면~'이라는 가정을 하고 마음껏 상상력을 펼친다. 지금까지 SF문학은 인간과 사회에 영향을 미치는 과학적 상상이 주류를 이루었지만 최근에는 가정의 영역이 많이 넓어졌다.

SF문학의 주제가 '미래의 문학'으로 멀찌감치 떨어져 있다기보다는 인간의 존재 조건을 사색하고 오늘의 사회 현실을 되돌아보게 한다는 점에서 SF는 문학 본연의 기능을 충실히 수행한다. 지금 SF는 당당히 아동청소년문학의 한 장르로 자리를 잡아 가고 있고 앞으로는 더 진지하고 흥미로운 장르로 발전할 것이다.

『창비어린이』 2014년 여름호

이 시대 아동청소년문학의 긴급한 질문과 성실한 응답

『우리들의 타화상』(창비, 2008)은 오랫동안 아동청소년문학평론가로서 활발히 활동해 온 김경연의 첫 평론집이다. 김경연은 「독일 아동청소년문학 연구」로 문학박사 학위를 받은 청소년문학 전공자이며, 독일어권과 영미권 아동청소년문학작품을 활발하게 소개하고 있는 대표적인 번역가 중 한 사람이다. 거기다가 저자는 『창비어린이』 편집위원으로 여러 해 일했고, 우리 아동문학작품에 대한 평론도 부지런히 발표하였으니, 『우리들의 타화상』에는 청소년문학 전공 연구자이며 번역가, 비평가로서 김경연의 내공이 묵직하게 담겼으리라 짐작할 수 있다.

우선, 책의 전체 구성을 살펴보자. 1부는 청소년문학에 관련된 글로 청소년문학의 개념과 범주, 특성 등을 구체적인 작품을 예로 들면서 논의한 글을 모았고, 2부는 '아동문학의 여러 형식'이란 제목으로 그림책, 지식정보책, 판타지 이론에 관련된 글을 묶었다. 3부는 '아동청소년문학 다양하게 읽기'라는 제목으로 생태주의동화, 역사 논픽션, 다문화

동화 작품, 외국 아동문학 번역의 현황 등을 묶었으며, 4부는 '동화와 아이들'이란 제목으로 크리스티네 뇌스틀링거와 미하엘 엔데가 쓴 주요 작품의 의미와 가치를 상세히 해명하는 작가론적인 글과 '우리 동화 속의 아이들'이란 제목으로 우리나라의 대표적인 동화 속에 등장하는 주인공 특성을 논의한 인물론 성격의 글을 묶어 놓았다. 이 책에서 우리 아동청소년문학의 모든 영역을 거의 다 아우르고 있음을 알 수 있다.

김경연의 평론집 『우리들의 타화상』을 읽으면서 저자 김경연이 우리 아동청소년문학계의 요구에 얼마나 성실히 응답을 하고 있는지 알 수 있었다. 이 책에 실린 글들은 잡지사의 긴급한 기획이나 청탁에 의해 집필된 글이 대부분을 차지하고 있는 것 같다. 예컨대, '청소년문학의 이해와 청소년책 이야기'라든지 '지식정보책의 개념과 범주'에 대한 글, '판타지 이론'에 관련된 글 등이 그것이다. 그래서 이 평론집을 읽으면 이 시대 아동문학계가 직면하고 있는 문제가 무엇인지 알 수 있고, 아동문학계의 현재와 나아갈 방향 같은 지형도가 그려지는 것이다. 김경연에게 제기된 이 질문들은 대부분 시급한 해결을 요하는 것들이다. 그리고 그 문제는 김경연이 아니면 답변하기 어려운 질문이어서 우리 아동청소년문학계에 그의 존재가 매우 소중하게 느껴진다.

이 평론집을 읽으면서 나는, 비평 수준이란 그 시대 문단이나 작품의 수준과 발걸음을 같이할 수밖에 없는 것임을 다시 한번 깨달았다. 예컨대 용어 개념에 오해가 생겨서 소통에 걸림돌이 된다든지 하는 아주 기초적인 것이 문제가 될 때에 비평가는 일단 그 문제부터 명확히 정리를 해야만 되는 것이다. 이 책에는 아동청소년문학의 연구자들이 '구렁이 담 넘듯 사용해 온 개념과 관념들을 정리'하고자 한 글들이 있는데, 「혼돈과 모색, 한국 아동문학 판타지론」이 바로 그런 글이다. 이 글에서는 그동안 혼란스럽게 이해되고 사용되어 왔던 '동화', '메르헨', '쿤스트메르헨' 같은 용어들이 어떻게 오해되어 어떤 혼란을 일으켰는지, 수용의 과정까지 정확하게 정리하고 있다. 내가 볼 때 우리 문단에서 '동화'라는 용어만큼 다양한 의미로 사용되는 용어는 없는 것 같다. 사람에 따라 상황에 따라 어쩌면 이렇게도 서로 다른 의미로 사용하고 있는지 신기할 지경이다. 특히 '동화'라는 용어가 공상동화, 사실동화, 환상동화, 메르헨, 판타지 같은 말들과 섞이면 그 의미의 편차는 더욱 심해지게 마련이다. 김경연은 이처럼 뒤얽힌 용어들에 대하여 관련 참고 문헌을 폭넓게 섭렵, 검토한 뒤 설득력 있는 답변을 제시하고 있다. 문헌을 정확하게 인용하고 해당 작품을 풍부하게 소개하며 논의를 전개할 때, 독일문학을 전공하고 '그림 동화집' 열 권을 완역해 낸 그의 내공은 빛을 발한다.(김경연은 그림 형제가 수집한 메르헨을 '동화'로 번역하는 문제에 대해 지적한 바 있는데, 그러고 보니 이 책에서는 '동화'라는 말을 사용하였다.)

이 평론집에서 다루는 폭넓은 주제 가운데 '청소년문학'은 저자의 주요 관심 분야다. 우리나라에서는 청소년문학이 최근에야 그 실체를 드러낸 것이어서 작품의 양과 질이 풍성하다고는 할 수 없다. 따라서 비평 분야에서도 김경연의 비평이 거의 최초에 해당하는 것인데, 그의 글은 청소년문학의 개념과 범주, 특성 등을 풍부한 사례를 통해 이해할 수 있도록 돕는다. 특히 영미권 아동청소년문학에 대한 사례와 해설은 이 분야의 이해에 크게 도움을 주며, 그의 전공 분야인 독일의 아동청소년문학에 대해서는 역사·사회적인 상황 맥락까지 아우르는 폭넓은 이해를 제공해 준다. 우리보다 먼저 이 분야에서 성과를 이룬 서구의 청소년문학에 대한 해설은 우리나라 청소년문학의 발전에 많은 시사점을 주리라고 본다.

번역문학에 대한 비평도 소중한 결실이다. 우리나라 아동청소년문학계에 번역물이 차지하는 비중은 너무도 크다. 그런데 번역이 제대로 되고 있는 것인지에 대한 발언은 거의 볼 수가 없었다. 이러한 상황에서 김경연 같은 외국문학 전공자들의 상호 비평이 절실하게 필요하다. 김경연은 크리스티네 뇌스틀링거의 『교환학생』(김재희 옮김, 동녘, 2004)을 원전과 비교하여 틀린 해석, 원전에는 없는 긴 요설 등을 지적하면서 잘못된 번역 문제를 신랄하게 비판한다. 이 글을 읽다 보면 우리나라에 번역에 대한 비평이 절실히 필요함을 느끼게 된다.

이 책에서 독자에게 새로운 깨달음을 주는 주제는 지식정보책에 관한 글이다. 최근에 아동도서에 대한 수요가 폭발적으로 증가하면서 우리나라에도 어린이용 지식정보책(논픽션) 출판이 크게 증가하였으며, 이에 따라 시각적 요소, 구성, 서사 기법 등이 비약적으로 발전하고 있다. 그런데 어린이책에서 이렇게 큰 비중을 차지하고 있는 지식정보책은 비평의 사각지대에 놓여 있는 형편이다. 이런 상황에서 지식정보책의 정의, 특징, 서술 전략, 평가 기준 등을 구체적인 작품을 예로 들면서 조목조목 설명해 주는 저자의 비평은 우리 출판계와 학부모, 교사들에게 큰 도움이 될 것으로 생각된다.

그런데 이 글을 읽다가 자꾸 고개가 갸웃거려지는 부분이 있었다. 저자는 지식정보책을 아동문학의 한 갈래로 보고 아동문학계가 이를 적극적으로 껴안아 비평 대상으로 삼아야 한다고 주장한다. 저자의 주장을 뒷받침하는 근거는 서구의 현실에서 출발한다. "영어권에서 논픽션은 픽션과 함께 문학의 큰 갈래를 이루는 것으로 받아들여지고 있"다거나, "미국에서 논픽션이 픽션, 즉 허구에 의한 창작문학인 소설에

반反하는 문학 장르를 칭하는 용어로 정착되고 일반화"되었다는 것이다. 지식정보책이라도 어린이를 대상으로 할 때는 어린이의 흥미를 끌고 정보 전달 효과를 위해 서사 구조를 도입한다거나 사진이나 만화, 삽화와 같은 시각적 요소를 도입하는 경우가 흔히 있을 수 있다. 어떤 정보책은 서사 구조가 매우 정교하고 문학성까지 갖추고 있어서 문학책인지 정보책인지 구별하기 어려운 경우도 있을 수 있다.

하여튼 이와 같은 정보책에 대해서도 누군가는 내용의 정확성이나 신뢰성, 책의 구성과 효과, 미적 자질 등에 대해서 비교·평가해야 한다고 본다. 그렇지만 이런 책들을 아동문학으로 분류하는 것에는 동의하기 어렵다. 어린이책 하위 범주를 아동문학책과 어린이정보책으로 나누고 그 각각을 비평하는 것이 자연스럽지 않을까. 어린이정보책을 비평 대상으로 삼아야 한다는 현실적 필요성 때문에 분류의 기준 자체를 허물어뜨리는 일은 앞뒤가 맞지 않는 일이다. 그리고 어린이정보책을 꼭 아동문학전문가가 비평할 필요는 없고, 그렇게 하기도 쉽지가 않다. 어린이정보책 분야의 전문 비평가가 또 필요할 것이기 때문이다. 만약 어린이를 대상으로 하는 지식정보책을 문학에 포함시킨다면 청소년을 대상으로 하는 과학, 역사, 사회과학 서적도 청소년문학으로 분류를 해야 할까? 그렇다면 이 세상에서 문학 아닌 것은 무엇인가. 연구자와 독자의 편의 때문에 '분류'가 필요한 것인데, 어린이를 대상으로 하는 책이라고 해서 이런 분류를 무시한다면 또 하나의 혼란을 초래하지 않을까 염려된다.

평론집 『우리들의 타화상』에서 저자가 다루는 문제는 매우 폭이 넓고 또, 긴급한 문제들이다. 그리고 저자는 이 요구에 대해 매우 성실하고도 시의적절한 답변을 제출하고 있다. 그런데 현장 요구에 일일이 응답을 하다 보니 그 자신의 준비된 공부가 충분히 발현되지 못한 것 같아 아쉽다. 저자의 오랜 공부와 경험이 깊숙이 녹아든 또 다른 평론집을 볼 수 있으면 좋겠다. 청소년문학만 다룬 비평집, 독일어권 동화 비평집, 서구 작가의 작가론 같은 책들이 벌써부터 기다려진다.

『창비어린이』 2009년 봄호

겸손하고 유연하게, 낮고 조심스럽게

문학비평은 쉬운 작업이 아니다. 세상에 나온 많은 작품을 읽어 내야 하고, 작품 의미를 이모저모 살피고 고민하다 보면 내가 과연 이 작품을 제대로 읽기는 한 것인가, 작가가 숨겨 놓은 중요한 비유나 상징을 놓치지는 않았는가, 미심쩍은 순간이 한두 번이 아니다. 더구나 작품의 미학적 완성도나 사회적 의미와 시대적 가치, 독자에게 주는 현재적 효용 등을 따져 가며 작품에 대해 논평을 가하는 일은 늘 살얼음을 밟는 것처럼 조심스러워서 순수한 독서의 즐거움을 빼앗기는 경우도 많다. 동업자 김지은의 글 읽기, 글쓰기의 과정도 그러했을까.

김지은의 평론집 두 권을 꼼꼼히 읽었다. 2016년에 출간된 『거짓말하는 어른』(문학동네)과 2017년에 출간된 『어린이, 세 번째 사람』(창비)이 그 책이다. 두 권을 정독하면서 나는 우선, 저자의 엄청난 독서량에 놀랐다. 언제 이렇게 많은 어린이·청소년책을 다 읽었을까. 정말로 그는 "다들 투전장에 몰려가 있을 때 외딴 오두막에서 거미줄로 실을 잣는 사람처럼 하염없이 책상에 앉아서 동화를 읽었"(『어린이, 세 번째 사람』 머리말)음에 틀림없다. 누구라도 금방 알아볼 수 있는 김지은 비평문의 특징은 한 편의 글에 수많은 텍스트들이 종으로 횡으로 연결되고 있다는 것이다. 예컨대, '죽음을 다룬 어린이문학'에 대해 쓴, 「살아 있는 죽음을 이야기하기」(『어린이, 세 번째 사람』)를 보면 아동문학작품 중에서 '죽음'을 주제로 했거나 소재로 한 작품들이 다채롭게 등장한다. 그가 읽어 낸 작품은 한국 동화와 청소년소설에 그치지 않고, 동시집과 외국의 아동문학작품까지 아우르고 있다. 이와 같은 저자의 공력으로 말미암아 아동문학작가와 연구자들은 어린이문학에 등장하는 다양한 죽음의 양상과 죽음이라는 소재와 주제가 지니는 사회적 의미에 대한 통찰력을 얻음은 물론, 아동문학에서 죽음이 어떻게 다루어져야 할지에 대한 방향까지 제시받는다.

김지은의 평론집을 읽으면 동화에 대한 애정과 어린이에 대한 걱정이 행간마다 스며 있음을 느끼게 된다. 그래서 그의 문체는 평론답지 않게 따듯하고 유순하다. 필자도 아동문학평론을 쓰고 있지만, 평론이 이렇게 재미있고 유익한 장르일 수 있음을 예전엔 미처 몰랐다. 어린이에 대한 걱정과 아동문학에 대한 애정이 날줄과 씨줄로 짜인 김지은의 텍스타일textile을 찬찬히 살펴보기로 하자.

섬세한 눈길, 정성스러운 책 읽기 — 『거짓말하는 어른』에 대하여

문학작품의 의미는 작가가 의도한 것인가, 독자가 읽어 낸 것인가. 수용이론가들은 텍스트text와 작품work을 구별한다. 독자를 만나기 전의 인쇄물, 즉 텍스트는 종이 위의 잉크에 불과하다. 독자가 읽고 의미화하였을 때 그 텍스트는 비로소 작품이 된다. 김지은의 평론을 읽다 보면 수용이론가들의 명제 그대로, 독서의 층위가 정말로 다양하다는 것을 실감하게 된다. 표면적 의미와 비유적 의미를 읽어 내는 독서를 넘어, 행간을 읽어 내는 독서, 텍스트와 현실의 맥락을 재구성하여 심층적인 의미까지 건져 올리는 독서 등이 그것이다. 어떤 비평가는 작가가 겪는 창작 과정의 번뇌를 이해하고 공감해 주기도 하며, 어떤 비평가는 작가의 무의식까지 읽어 내기도 한다. 김지은의 책 읽기는 어떤 층위의 독서에 해당될까.

「귀신 이야기의 다양한 진화」는 텍스트의 숨은 의미를 찾아내어 작품의 의미를 훨씬 풍성하게 한 글이다. 귀신을 소재로 한 동화 여러 편을 관련지으면서 작품 각각의 의미와 문학적 성과 혹은 문제점 등을 논의한 이 글은, 마지막으로 은이정의 『나를 찾아줘』(교학사, 2007)를 다루면서 "이 작품에서 작가가 말하고 싶은 것은 가족과 인간관계의 문제다. 가족이 서로 사랑하지 않는 집은 흉가나 다름없다. 친구의 사랑을 받지 못하는 어린이는 같은 교실에 있되 귀신이나 다름없"다고 해석한다. 이 이야기가 "오늘날 집에서도 학교에서도 나를 찾지 못하고 귀신처럼 살아가는 우리 모두의 이야기"이며, "귀신 이미지는 이를 말하기 위해 활용된 도구"라는 설명은 작품의 주제를 선명히 드러내고 작품의 의미를 우리 현실의 맥락과 관련지으면서 이 동화가 어떤 사회적 의미와 현실적 효용을 지니는지 깨닫게 해 준다.

「잔인한 시대, 다른 길을 걷는 아이들」은 "기이하고 잔인한 폭력이 일상을 파괴하는" 이 시대에 아동문학 안에서 "어린이의 목소리는 어떻게 기록, 표현되고 있는지"를 논의한 글인데, 이 글도 좋은 비평문이 작품의 의미를 얼마나 풍성하게 하는지 알게 해 준다. 송미경의 「돌 씹어 먹는 아이」(『돌 씹어 먹는 아이』, 문학동네, 2014)에서 식구들이 먹는 돌, 흙, 못 같은 소재가 '남과 다른 특별한 취향'을 비유하는 것임은 웬만한 독자들도 읽어 내는 것인데, 김지은은 여기에서 한 걸음 더 들어가 이것들을 "딱딱하고 먹먹하고 아픈 상처를 꾸역꾸역 씹어 삼키며 말없이 살아가야 하는 우리들의 모습"이라고 해석한다. 또 이 집의 엄마는 자기가 먹는 못 중에서도 '낡은 집을 허문 곳에나 가야 구할 수 있다'는 감칠맛 나는 녹슨 못을 가장 맛있는 것으로 꼽는데, 김지은은 이 장면을 "다수자가 소수자를 타자화하면서 굳건하게 쌓아 올린 낡은 차별의 벽을 허물지 못하면 인생의 진짜 감칠맛은 영원히 느끼지 못할 것이라는 암시를 전한다"고 이야기한다. 작가의 의도와는 관계없이 위와 같은 해석은 텍스트의 전체적인 분위기나 맥락에서 볼 때 아주 공감이 되는 해석이어서, 텍스트의 의미를 한층 깊은 곳으로 안내하며 작품의 사회적 의미와 효용을 한껏 확장한다.

이와 같은 사례는 송미경의 다른 작품 「어떤 아이가」(『어떤 아이가』, 시공주니어, 2013)에 대한 비평문에서도 발견된다. 김지은은 이 작품의 주인공 문재가 "어른의 무관심 속에 방치될 뿐 아니라 오히려 어른을 보살피는 짐을 지기도 하는" 오늘날 어린이의 처지를 그리고 있음을 사건 하나하나를 예로 들며 보여 준다. 그러면서 "작품 속 '어떤 아이'는 단순한 기인일 수도 있지만, 문재가 그동안 소외되었던 '나(I)' 자신을 들여다보고 억울하기 짝이 없는 자신의 심정을 돌려서 드러낼 수 있도록 만들어 주는 장치로 기능"한다고 지적한다. 문재네 집에서 같이 살던 '어떤 아이'가 사실은 문재이며, 그 '아이'는 '나', 즉 대문자 'I'로 읽을 수 있다는 해석인데, 김지은의 이 해석을 염두에 두고 다시 한번 이 작품을 꼼꼼히 읽어 보면 과연 이런 해석의 가능성을 수긍할 수밖에 없게 된다.

정성스럽고 세심한 독자, 예술적 감식력을 갖춘 독자, 의미를 풍성하게 읽어 내는 창조적 독자를 만난 텍스트는 행복하다. 텍스트가 전하고자 하는 바를 오롯이 드러내 줄 뿐만 아니라 때로는 그 의미가 다채롭게 확장되고 인생의 여러 국면과 연결될 수 있다면 그 텍스트의 주인은 얼마나 행복할 것인가.

한편, 비평의 또 다른 역할은 문학작품에 의해 이루어진 발견을 알아보고 명명하는 것이다. 김지은이 볼 때, 자본주의사회가 자극하는 욕망의 문제는 현대 우리 동화가 직면한 중요한 주제이다. 제대로 된 밥은 학교 급식에서만 먹을 수 있기 때문에 우걱우걱 밥을 몰아 소나기밥으로 먹어 대는 안공주(이은정, 『소나기밥 공주』, 창비, 2009)나 밥의 욕망을 채운 뒤 자장면을 먹고 또 할아버지와 함께 왕새우를 찾아 읍내로 나서는 기철이(유은실, 「새우가 없는 마을」, 『멀쩡한 이유정』, 푸른숲, 2008)는 자본주의사회가 나날이 창조하는 '새로운 욕망'을 채우지 못해 허기진 상태임을 지적한다. "작가는 어린이의 욕망을 인정했을 뿐 아니라 욕망을 모두 채운다는 것이 허상에 불과할 수 있다는 것을 예리하게 파헤쳤"음을 발견하는 것이다.

자본주의사회가 추동하는 욕망의 문제는 「멀쩡한 이유정」(유은실, 『멀쩡한 이유정』)의 해석으로 이어진다. 담벼락 낙서나 마당에 심은 나무로 길을 찾아가던 재개발 지구와는 달리, 유정이가 새로 이사 온 마을의 길은 높은 건물이랑 더 높은 아파트 사이에서 늘 사라진다. "다채로운 욕망이 한껏 충족된다던 신도시는 더욱 획일적인 모습으로 유정이의 발걸음을 막아"선다는 것이다. 유정이의 선생님조차 길을 잃고 헤매는 장면은 "지금 이 아파트 단지가, 이 시대가, 누구에게나 망각을 일으키는 곳임을 깨닫"게 한다고 이야기한다.

밀란 쿤데라는 "비평이라는 명상의 배경이 없다면 작품들은 고립된 제스처, 몰역사적 우연이 되어 머지않아 잊혀진다"고 말한 바 있다. 창작은 독자의 독서가 있어 의미를 갖게 되며, 비평의 발견이 있어 완성된다. 평이하게 보였던 작품이 지닌 뜻밖의 가치를 찾아내는 작업이 바로 이런 사례가 된다. 『난 원래 공부 못해』(은이정, 창비, 2008)는 확실히 잘 쓴 작품이기는 하다. 공부로 모든 것을 평가하는 이 땅의 많은 어른들에게 인생의 행복은 다른 데도 있을 수 있음을 경쾌하게 들려주는 작품이다. 그런데 여기서 공부든 뭐든 '욕심'을 키우기보다는 '놀라움'을 발견하라는 권유를 읽어 내기란 쉽지 않다. "'왜 우리는 자신 안의 놀라움을 모르고 지나가는가'라는 물음 하나로, 행복으로 가는 길은 승리라는 맹신을 되돌아보게 만든다"는 발견은 비평가의 인문학적 통찰력이 작품과 만나 새로운 의미를 만들어 낸 사례에 속한다. 이 작품이 이처럼 행복한 삶의 비결을 들려주는 동화라면 아동문학은 간결하고 쉬운 이야기로 웬만한 성인문학도 들려주기 어려운 인생 문제에 대한 깨달음을 주는 셈이다.

김지은의 평론을 읽으면, 내가 읽었던 그 작품이 이런 가치를 지니고 있었구나 하고 나의 독서 과정을 새삼 돌아보게 된다. 그의 평론은 우리 아동문학이 이렇게 훌륭한 문학이었고, 우리 동화작가들의 세상에 대한 통찰력과 인생을 보는 눈이 이렇게 날카로웠구나 하고 감탄을 하게 한다. 그의 비평 작업으로 한국 아동문학의 가치와 품격은 두어 단계쯤 격상된 것 같다.

인문학과 비평의 만남 – 『어린이, 세 번째 사람』에 대하여

김지은의 두 번째 평론집 『어린이, 세 번째 사람』은 4부로 구성되어 있다. 1부는 일정한 논점을 중심으로 관련 작품을 논의한 평론이고, 2부는 작가론, 3부는 작가 인터뷰, 4부는 현장 비평글을 모았다. 각 장이 다 재미있고, 모두 아동문학의 중요성과 의미, 현황을 조망해 볼 수 있는 의미 있는 글이다.

1부에 실린 글들은 아동문학 현장에서 논의가 긴요한 이슈를 정하여 그와 관련된 작품의 사회적 의미와 문학적 가치를 점검하고 창작의 방향을 제시하는 형식으로 쓰였다. 청소년의 사랑과 성을 다룬 청소년소설의 현황을 점검한 「어떻게 사랑할 것인가」를 중심으로 1부에 실린 글의 전체적인 짜임과 특징을 살펴보자. 아마도 비평을 공부하려는 대학원생이나 비평이 어떤 글인지 알고 싶은 작가, 혹은 일반 독자들에게도 좋은 공부가 되리라고 생각된다.

이 글에서는 우선 인간관계, 사랑, 성 등의 문제를 이해하는 데 도움이 되는 사회학, 철학, 심리학, 언어학 등 여러 분야 학자들의 이론이 소개되는데 김지은은 이런 인문학 지식을 적재적소에 알뜰하고 쓸모 있게 동원하여 작품 분석에 활용한다. 예컨대, '나–그것'(I–It)의 관계가 주도하는 우리의 삶을 '나–너'(I–Thou) 관계로 갈 수 있게 하는 가능성을 사랑에서 찾은 마르틴 부버의 사상, 에바 일루즈의 사랑에 빠진 이들이 낭만적 경험이라고 느끼는 네 가지(시간, 공간, 물건, 감정)의 경계 이론, 박이은실의 「로맨스 자본주의: 소비주의와 사랑의 계급화」 같은 글은 우리나라 청소년들과 청소년소설의 현실을 조망하고 문제를 파악하게 하는 데 거시적인 시각을 제공한다.

다음에는 청소년의 사랑과 성을 다룬 작품들에 대해 서술하는데 여기 언급된 작품의 범위가 참 대단하다. 『로미오와 줄리엣』으로 이야기를 시작하여 우리나라 2000년대 초기의 작품부터 2010년대의 작품은 거의 모두 논의하고 있는 것 같다. 우리나라 작품을 분석하다가 필요하면 프랑스 청소년소설과 비교해 보고, 볼로냐국제아동도서전의 포럼 주제를 끌어오기도 한다. 철학자, 사회학자의 견해에 비추어 보고 외국 작품과 비교해 보는 사이에 우리 청소년소설의 현황이 객관적으로 드러나는 것이다. 우리 청소년소설을 논의하는 과정에서는 해당 작품의 사회적·문학적 의의를 깊이 논의하기도 하지만, 때로는 날카로운 비판을 제기하기도 한다. 작품 A는 성 역할 고정관념에서 벗어나지 못했고, 작품 B는 여성인 주인공이 자신의 육체에 대해 비주체적 태도를 보여 유감이며, 아직도 우리 청소년소설에서 성 경험이 지나치게 어둡게 묘사되는 경우가 많다는 식이다. 그리고 마지막으로는 작가들에게 "변화된 사랑의 장면 속으로 좀 더 적극적으로 뛰어들기"를 요구한다.

1부에 실려 있는 모든 글들이 아동청소년문학의 현황을 조망하면서 작품의 현재적 의미와 창작이 나아갈 방향을 제시해 주고 있지만, 무엇보다 아동청소년문학 바깥에서 세상을 보는 눈과 인문학적 성찰의 기회를 얻을 수 있다는 점이 독자가 누릴 수 있는 적지 않은 소득이다. 「소년의 얼굴: 어린이문학에 나타난 남성 어린이 자아에 대하여」도 위에서 소개한 글과 마찬가지로 한 편의 소논문 같은 글이다. 서두에서는 산업화 과정과 계몽주의, 근대국가 발생 과정을 거치면서 '남자다움'이라는 특성이 사회정치적 필요성에 어떻게 부응해 왔는지를 점검함으로써 아동문학작품에 나타나는 소년 주인공들을 조망할 수 있는 거시적인 시각을 제공한다. 본론에서는 최남선 이후부터 방정환, 이원수 작품 속 소년 주인공들 성격을 꼼꼼히 살피면서 2000년대 이후 작가들의 작품에 나타나는 소년 주인공들의 성격과 변화 모습을 논의하고 있다. 이와 같은 논의는 동화에 나타나는 주인공들의 면모가 사회 요구와 어떻게 맞물리고 있는지를 드러내 주는 것이어서, 독자에게 소년 주인공 동화의 사회적 의미를 인식하게 해 준다.

김지은은 아동청소년문학비평에 요긴한 도구를 지니고서 그것을 적시에 활용하는 솜씨가 뛰어나다. 철학, 심리학, 사회학 등의 배경 학문이 그의 유용한 무기다. 인생의 기쁨과 아픔에 관한 예술인 문학을 이해하는 데 있어서 인간의 사상과 문화를 탐구하는 인문학에 비추어 본다는 것은 너무나 당연하며, 꼭 필요한 작업이라 할 것이다.

2부에는 이상권, 유은실, 이경혜, 임태희, 김남중, 구병모, 미카엘 올리비에, 이보나 흐미엘레프스카 등 여덟 명의 국내외 작가론이 실려 있다. 각각의 글이 그렇게 길지 않으면서도 해당 작가를 이해하는 데 필요한 핵심어를 정확히 찾아내어 작가의 문학적 성취와 예술적 가치를 발견하고 언어화한다. 이는 아마도 해당 작가의 작품을 오래 읽고 고민해 온 내공에서 기인하는 것 같다.

김지은의 작가론은, 특정한 시대에 작품 활동으로 의미를 던진 작가에 대한 생애를 기술하는, 혹은 작가의 문학적 삶을 중심으로 작품의 의미를 서술하는 전통적인 문학 전기literary biography는 아니다. 대신 그는 대상 작가의 모든 작품을 그물로 연결하고 치밀하게 분석한 다음, 짤막한 문장으로 작가의 본질을 짚어 내는 방식을 취한다. 예컨대, 이경혜는 “모두가 바깥을 물을 때 안을 물어보는 작가”이며, 유은실의 문학은 “크고 작은 상처에 대한 문학”이라는 식이다.

작가론 중에서 가장 빛나는 글은 구병모를 다룬 「보장되지 않는 해피엔딩의 매력」이다. 이 글을 읽으면 평론의 글도 이렇게 우아하고 아름다울 수 있음을 느끼게 된다. 비평문도 대상 텍스트의 문체를 닮아가는가. '구병모론'에서 몇 문장을 인용해 본다.

> 구병모 작가는, 세상의 머나먼 저쪽, 비밀스러운 동굴 너머로부터 왔다. (중략) 작가는 수천 년 동안 겹겹이 눈처럼 내려 수북이 쌓여 있으나 그 장소의 주인을 알 수 없는 이야기의 무덤을 홀로 찾아간다. (중략) 무거운 돌덩어리를 들추고 찾아낸 그 오래된 목소리는 작가의 입을 통해 마치 어제 만난 사람과 대화하는 것처럼 '지금 여기'의 문제를 들려주기 시작한다.

> 구병모의 작품은 매우 환상적이다. 작품에 드리워져 있는 베일은 부드럽고 섬세하고 때로는 달콤하기까지 해서 아무도 이 베일이 장중한 무덤을 가리고 있다는 것을 예상하지 못한다.

위 인용문은, 구전설화와 민담을 오늘날 현실에 비추어 재해석한 구병모의 작업에 대한 해설인데 이 비유적인 문장은 구병모 작품의 특징과 본질을 정확하게 짚어 냈다고 볼 수 있다. 일부러 멋을 부린 문장이 아니다. 이 문장이 아니면 구병모의 작품을 이렇게 적실하게 표현해 낼 수 있을 것 같지 않다. 본격적으로 옛이야기를 변주한 『빨간구두당』(창비, 2015)의 이야기에 대해서도, "정확히 누구의 어디였는지 가물가물한 여러 개의 원본 화소들이 지금 당신이 바라보는 세계 안쪽에 숨겨져 있"으며, "그 빛바랜 화소들을 비틀어 무한 루프처럼 반복되는 삶에서 한 발짝쯤은 벗어나 보라고 권한다"는 설명으로 그 특징과 효용을 정확히 지적하고 있다. 2차 작업의 결과물인 평론을 두고, 문학작품으로 볼 것인가, 그와는 성격이 다른 연구물로 볼 것인가에 대해서는 아직 합의가 되지 않은 것으로 안다. 그러나 1차 작업인 창작물에 대해서 이렇게 매력적인 문장으로 새로운 의미를 더해 가는 글이라면 평론을 문학작품의 반열에 올려도 무방하지 않겠는가.

작품을 비평하면서 자신의 문학관이나 세계관을 강하게 주장하는 비평가도 있고, 심한 경우는 자신의 문학적 관점이나 이데올로기를 퍼뜨리기 위해 입맛에 맞는 문학작품만을 선정하여 비평을 하는 경우도 있다. 비평가도 자신의 문학관이나 세계관을 갖고 있기 때문에 자신만이 선호하는 텍스트가 존재할 수밖에 없다. 색깔 있는, 혹은 도수 있는 안경에 의해 변색되거나 굴절되는 것은 어쩌면 텍스트와 비평가 사이의 피할 수 없는 숙명인지도 모른다. 그러나 이 안경의 도수가 너무 높은 경우, 비평 대상으로 선정되는 텍스트가 지나치게 협소해지거나 편향되는 문제점이 생기며, 색깔이 너무 짙은 경우, 작품이 지닌 본래 의미를 읽어 내지 못하는 경우가 생긴다.

이런 점에서 볼 때, 김지은의 비평은 겸손하고 유연하다. 겸손하다는 것은 무엇인가. 텍스트를 읽기 전에 해당 텍스트를 해석하거나 평가하는 이론적 틀을 준비하고 있지 않다는 말일 수도 있고, 비평가 자신의 문학관이나 세계관을 고집하지 않는다는 의미일 수도 있다. 비평가가 텍스트 앞에서 유연하고 겸손할 때 작품을 있는 그대로 읽고 작품 안에 잠재해 있는 본질적 의미를 건져 올릴 수 있다. 그렇기 때문에 작품을 있는 그대로 읽는 태도는 비평가가 지녀야 할 미덕이며, 대상 텍스트의 입장에서 아주 다행스러운 일이다. 작품의 본질적 아름다움과 의미를 짚어 내어 명명해 줄 수 있기 때문이다.

그렇다고 김지은이 무색무취한 비평가라는 것은 아니다. 그는 항상 어린이(특히 외로운 어린이), 여성, 장애인 같은 사회적 소수자의 편에서 발언하는데, 이를 통해 그가 지향하는 최상의 가치는 인간의 존엄성이라는 것을 충분히 짐작할 수 있다. 인간의 존엄성을 고양하는 작품을 찬양할 때 편향적인 이데올로기가 들어설 공간은 존재하기 어렵다. 텍스트의 미학적 결함을 지적할 때도, 작가의 세계관이 인간의 존엄성 고양이라는 방향과 어긋나서 본인의 견해를 피력할 때도, 김지은은 '나는 이러저러하다고 생각한다'고 말한다. 혹여나 작가들이 내 말에 상처나 입지 않을지 염려하는 그의 목소리는 낮고 조심스럽다. 작가들이 그 낮은 목소리를 더 두려워하는지는 모르겠지만.

「어린이와 문학」 2018년 1월호

2부

어린이의 본성을 긍정하는 아동문학

인간에 대한 깊은 이해, 미학성을 드높이는 테크닉

송미경은 2008년에 『학교 가기 싫은 아이들이 다니는 학교』로 웅진주니어문학상을 수상하며 등단, 이후 『일기 먹는 일기장』(상수리, 2011), 『복수의 여신』(창비, 2012), 『어떤 아이가』(시공주니어, 2013), 『우리 집에 놀러 오세요』(웅진주니어, 2014), 『돌 씹어 먹는 아이』(문학동네, 2014), 『바느질 소녀』(사계절, 2015), 『나의 진주 드레스』(사계절, 2016), 『통조림 학원』(스콜라, 2016), 『가정 통신문 소동』(스콜라, 2017) 등을 발표하였다. 이 가운데 『어떤 아이가』로 제54회 한국출판문화상을, 『돌 씹어 먹는 아이』로 제5회 창원아동문학상을 수상하였다. 이 목록은 청소년 소설인 『광인 수술 보고서』(시공주니어, 2014)를 제외한 것이다. 상당히 다작인 편인데 작품마다 일정한 수준을 유지하고 있고 이 가운데 몇 권은 한국 아동문학의 새로운 경지를 열었다는 격찬을 받고 있다. 송미경은 한국 아동문학이 이전에 갖지 못했던 유니크한 작가임이 분명하다.

그는 관심의 스펙트럼도 넓어서 저학년용 작품부터 중학년, 고학년용 작품을 두루두루 발표했고, 최근에는 청소년소설까지 발표했다. 창작 기법으로 보면 판타지동화가 큰 비중을 차지하고 있지만 우수한 사실동화도 여러 편 발표하였으니, 그는 독자 대상부터 창작 기법까지 매우 다양하고 폭넓은 작가라고 할 수 있다. 송미경의 작품 활동에 대한 독자나 평단의 반응도 매우 뜨겁다. 『어떤 아이가』는 영국의 독서단체인 '북트러스트BookTrust'의 '올해의 외국 도서' 최종 후보작의 하나로 선정되었고, 이 책에 실린 단편 「어른 동생」은 가족 뮤지컬로 만들어져 공연되었다. 송미경은 그림 그리는 재능도 뛰어난 모양이다. 의자가 주는 많은 상징들에 매료되어 〈송미경의 의자 그림〉이라는 전시회를 열어 호평을 받기도 하였다.

이 글에서는 송미경의 대표적인 작품 몇 편을 선정하여 송미경 아동문학의 주제와 문학성을 풀어서 밝혀 보고 송미경 작품의 특성을 자세히 살펴보고자 한다.

아이를 아프게 하는 세상에 대한 비판

송미경 동화 전반을 관통하는 주제는 아이들을 아픔으로 몰아넣는 사회에 대한 날카로운 비판과 그 세상 속에서 살아가는 아이들에 대한 사랑이라고 할 수 있다. 아이들을 불행에 빠뜨리는 어른들은 주로 교사나 부모들, 또는 경쟁적 삶의 방식과 물질적 가치에 매몰된 어른들이다. 과도한 숙제와 학업으로 스트레스를 주거나(「학교 가기 싫은 아이들이 다니는 학교」) 일기 검사를 너무 열심히 해서 아이를 괴롭히는(『일기 먹는 일기장』) 교사들, '지금 당장'과 '시키는 대로'를 외치며 끊임없는 잔소리로 아이를 다그치는 엄마(「나를 데리러 온 고양이 부부」), 혹은 예쁜 딸을 오로지 인터넷 쇼핑몰의 아동복 모델로만 여겨서 흔들리는 이도 안 빼 주고 혹사시키는 엄마(「귀여웠던 로라는」) 들은 모두 아이들을 힘겹게 하고 세상을 불행하게 만드는 어른들이다. 이런 어른들 사이에서 아이들은 어떻게 대응을 해야 하는가. 어떤 아이는 토끼로 변해 엄마의 집을 벗어나고(「귀여웠던 로라는」), 어떤 아이는 새로 생긴 고양이 부모를 따라 자유롭고 여유로운 고양이의 삶을 선택하기도 한다(「나를 데리러 온 고양이 부부」). 때로는 그런 상황 속에서도 오히려 어른을 위로하거나 사회의 아픔을 치유하는 역할까지 감당하는 아이도 있다.

어른이 만들어 놓은 폭력적인 사회를 변화시키고, 어른이 저질러 놓은 상처를 치유하는 어린이의 이야기를 핍진하게 그려 낸 작품이 『바느질 소녀』이다. 수목이 아빠는 술에 취하기만 하면 가위로 길고양이들의 꼬리를 자르거나 발길로 차 버리고, 동네 유지의 아들인 중학생 한태는 도사견 돌격이를 풀어 준하네 해피의 귀를 물어뜯고 한쪽 눈을 잃게 만든다. 이 동네 반달공원에 사는 거지 소녀가 아무도 모르게 바느질로 길고양이의 꼬리를 붙여 주고 해피의 눈을 고쳐 준다. 밤에는 피리를 불어 세상에서 상처 입은 모든 동물을 불러 모아 바느질로 상처를 꿰매 준다. 담낭에 긴 빨대가 꽂힌 채 담즙을 빨아 먹힌 곰도 찾아오고, 발목에 쇠사슬이 감긴 채 시장에서 손님 끌어모으는 일을 하다가 살갗에 피가 흐르게 된 원숭이도 찾아온다. 거지 소녀는 바느질로 이 동물들을 모두 치료해 준다. 며느리에게 구박만 받던 등 굽은 할머니도 긴 바늘로 허리를 펴게 하고, 정신이 온전치 못하던 청년도 고쳐 준다.

소녀는 거지이고 등에 혹이 난 불구의 몸이며 어린아이임에도 야만적인 어른들이 망가뜨린 세계를 치유하고 그 어른들조차 감싸 안는 존재로 그려진다. 이 거지 소녀를 믿고 도와주는 이들은 그 동네에 사는 어린이들이다. 아이들은 순수한 마음으로 거지 소녀와 친구가 되어 먹을 것도 가져다주고 줄넘기도 가르쳐 준다. 아이들은 상처 입은 동물들을 돌봐 주며 밤의 축제를 즐긴다. 밤의 반달공원은 치유의 시공간이고 신화적 세계이다. 자신의 등에 난 혹은 아랑곳하지 않으면서도 이 세상의 상처 입은 동물과 인간을 치유하는 거지 소녀는 신화 속 여신과 같은 존재이다. 어떤 어른은 가위로 길고양이의 꼬리를 자르며, 어떤 어른은 돈을 벌기 위해 동물들에게 야만적인 행위를 서슴지 않지만 거지 소녀는 이들마저도 용서하고 치유해 준다. 『바느질 소녀』는 경쟁과 폭력이 일상적으로 벌어지는 세상에서 자기들이 얼마나 이기적인지 알지 못하고, 세상을 파괴하고 있는지도 알지 못하는 어른들을 매섭게 꾸짖는 한편, 아이들이 이런 어른들과 사회를 치유할 수 있다는 희망의 메시지를 던진다.

아이의 내면을 응시하는 따뜻한 눈길

송미경의 동화를 읽다 보면 이 시대 아이들이 겪는 아픔을 어쩌면 이렇게 예리하게 포착해 낼 수 있는지 경탄스럽다. 자기 마음을 속 시원히 말하지 못하는 소심한 성격 때문에 고통스러워하는 아이나(「혀를 사 왔지」), 부모의 가난 때문에 가장 역할을 할 수밖에 없는 아이(「쿠폰왕」), 부모의 실직과 가출로 틱 장애를 갖게 된 아이(「일 분에 한 번씩 엄마를 기다린다」) 등은 다른 작가들의 작품에서도 많이 보았던 인물이지만, 인터넷 쇼핑몰을 운영하면서 아동복을 파는 엄마의 모델 노릇을 하느라 제대로 자라지도 못하는 아이(「귀여웠던 로라는」), 엄마한테도 인정을 받지 못해 환청을 듣는 아이(「아무 말도 안 했어?」), 가족과 부모의 무관심 때문에 너무 일찍 철든 아이(「어떤 아이가」) 등은 기존의 동화에서 찾아보기 어려웠던 캐릭터라고 할 수 있다.

이 작품들이 문단의 주목을 받는 이유는 이런 인물들이 겪는 현실적인 아픔 자체나, 그들을 아프게 하는 외적 조건보다는 인물의 아픔을 깊이 이해하여 그 내밀한 심리를 섬세하게 드러내 주기 때문이다. 그래서 사건 자체가 그리 혹독하지 않은 이야기도 독자에게 아주 둔중한 울림을 주게 된다. 아이들의 아픔이 어디에서 오는지, 그 아이들이 얼마만큼 아픈지, 아픔을 낫게 하는 방법은 무엇인지, 송미경은 그런 것들에 대한 이해가 깊다. 이것은 본질적으로 인간에 대한 이해가 깊다는 뜻이기도 하다. 아픈 아이들을 그려 내는 동화, 그래서 동화를 읽는 아이들뿐 아니라 어른들의 가슴을 먹먹하게 만드는 작품 몇 편을 살펴보자.

고아원에서 자라던 아이가 친부모를 찾았는데, 엄마는 아이를 만나 눈물을 흘리고, 부모의 경제적 형편도 넉넉하다면, 아이는 얼마나 기쁠까. 불행 끝 행복 시작이라고 생각할 수 있지 않을까. 「아빠의 집으로」는 고아원에서 자라다가 아빠의 집으로 간 첫날, 영균이의 내밀한 마음의 움직임을 아주 섬세하게 묘사한다. 영균이는 창가에 나부끼는 얇은 커튼부터 지나치게 깨끗한 집 안의 모든 것이 불편하다. 목욕을 하고 앉은 식탁에서조차 영균이는 자기 손이 부끄러워 탁자 밑으로 손을 내리지만 거실 천장에 달린 유리 전구들은 손마디 위로 불거진 굳은살과 각질이 일어난 피부를 선명하게 비춘다. 영균이는 천우와 잠들던 어둡고 눅눅했던 고아원의 이불이 그리워진다. 남들의 눈에는 행복할 것만 같고, 앞날의 희망에 가슴 설렐 것 같은 날이지만 영균이는 너무나 불편하고 부끄럽고 긴장되는 하루를 보낸다. 작품을 읽으면서 영균이의 마음을 생각하면 충분히 공감이 간다. 영균이가 보낸 고아원 시절은 어른들이 볼 때 열악하고 안쓰러워 보일지 몰라도 영균이에게는 어떻든 한 세계를 형성하고 있었던 것이다. 작가는 한 존재가 다른 존재로 새로 태어날 때 얼마나 큰 아픔을 겪어 내는지를 보여 주고 싶었던 것 같다.

「쿠폰왕」은 결말까지 따듯한 작품으로, 송미경 작품 중에는 드문 예에 속한다. 엄마 아빠 없이 할머니와 사는 총명한 영미는 어린 동생 생일잔치를 해 주려고 숙제 아르바이트로 음식점 쿠폰을 모으고, 친구들은 쿠폰을 많이 모을 수 있게 도와준다. 그중에도 영미를 더 애틋하게 생각해 주는 아이가 태호다. 영미도 태호의 마음을 짐작하지만 그 친절을 쉽게 받아들이지 못한다. 쿠폰을 압수하여 찢어 버리는 담임교사와 수업 시간 내내 몸이 떨리는 영미를 묘사하는 부분, 태호의 도움을 거절하는 영미의 미묘한 마음을 묘사하는 부분은 독자들 가슴을 아프게 한다. 이성 친구로 발전할 수도 있는 두 아이의 심리를 작가는 오로지 두 사람의 대화와 행동만으로 묘사한다. 어떻게 해서라도 영미가 동생의 생일잔치를 잘할 수 있게 도와주려는 태호와 태호의 친절에 대답할 말이 생각나지 않아 잘못한 것이 없는데도 얼굴이 빨개진 영미, 좋아하는 아이 앞에서 자존심을 지키고 싶은 영미와 영미의 마음을 다치지 않게 하면서도 영미를 도와주고 싶어 하는 태호의 내밀한 마음의 움직임을 가만히 엿보는 독자의 마음은 가슴 아프면서도 흐뭇

하다. 태호와 영미가 스물다섯 살이 되었을 때 두 사람은 어떤 사이가 되어 있을까.

아이들이 어떤 때 아파하는가. 어떤 때 아픈 마음이 깨끗이 나을 수 있는가. 아이들의 마음은 어른들과 어떻게 다른가를 절묘하게 포착한 작품이 「아무 말도 안 했어?」이다. 병우는 친구 수민이가 어른들에게 칭찬을 들을 때마다 마음이 상한다. "우리 병우는 산도적 같죠, 뭐." 라는 엄마의 말은 어른들끼리는 별 의미도 없는 겸양의 표현이지만 어린 병우에게는 그런 말들이 다 심각한 상처가 된다. 남들은 아무도 못 듣지만 병우의 귀에는 "병우 바보!"라고 놀리는 수민이의 목소리가 자꾸만 들린다. 수민이에 대한 질투심과 열등감이 환청을 불러오는 것이다. 그런데 병우의 마음 병은 분식집 아줌마의 별것도 아닌 말에 치유된다. "이 아줌만 너처럼 떡볶이 두 개씩 먹는 앨 보면 힘이 나거든." 이 말에 병우의 눈동자가 흔들리고, 거칠게 쏟아지던 빗줄기도 갑자기 멈춘다. 정말 아이들은 그런 것 같다. 어른들이 볼 때는 아무것도 아닌 일에 크게 마음을 다치고, 아주 사소한 말에 기운을 얻는다. 이 세밀한 마음의 변화를 알아채고, 이야깃거리로 포착하는 감각이야말로 아동문학작가가 갖추어야 할 중요한 미덕이다. 아이들을 자세히 관찰하고 깊이 응시하는 눈길은 아이들과 인생을 대하는 따듯한 마음에서 비롯되는 것 같다.

문학성을 높이는 서술 기법

전통적으로 아동문학은 문학성보다는 교육성에 더 초점이 맞추어져 왔다. 이러한 경향은 성장하는 과정에 있는 아동을 독자로 하는 아동문학의 특성에 기인한 것이지만 교육성이나 이데올로기적 가치를 지나치게 강조하는 것은 문학작품의 미학성을 떨어뜨리는 요인이 된다. 최근에는 우리나라 작가들도 문학성을 추구하기 위해 다양한 노력을 기울이고 있지만 아직 충분하다고 볼 수는 없다. 이런 지점에서 볼 때 능숙한 솜씨로 동화의 미학성을 한껏 높여 가고 있는 송미경은 우리 아동 문단의 믿음직한 작가가 아닐 수 없다. 어디서 많이 본 듯한 이야기도 송미경의 손을 거치면 전혀 다른 이야기로 재탄생한다. 행간에 숨겨 둔 비유와 정교한 문학 장치는 작품을 읽는 재미를 배가한다. 문학은 무엇을 표현하느냐보다 어떻게 표현하느냐가 중요한 예술임을 상기할 때, 같은 이야깃거리라도 더 재미있는 작품으로 승화시키고, 주제를 더 강렬하게 구현해 내는 능력을 가진 것은 작가로서 커다란 축복이다.

「복수의 여신」은 남녀 아이들이 이성 간에 느끼는 미묘한 마음의 움직임을 경쾌하게 그린 작품이다. 남자아이들에게 놀림을 당하는 뚱뚱한 세령이를 도와주기 위해 여자 대표로 나선 윤은율의 복수 놀이는 자기도 모르는 사이에 사랑 놀이로 변화한다. 이야기의 재미는, 은율이가 윤혁이를 좋아하면서도 그 마음을 드러내지 못하고 자기감정이 정확히 무엇인지도 모른다는 데 있다. 그리고 또 하나, 독자를 매혹하는 서술 기법의 비밀은 바로 반어법에 있다. 아이들이 외치는 '백 년 원수', '내 원수는 윤은율뿐'이라는 말은 '백 년 사랑', '내 사랑은 윤은율뿐'으로 읽힌다. 아동 독자들이라고 그 의미를 모를까. 표면적인 말이나 행동의 이면에 숨겨진 모순된 심리를 작품 속의 인물들도 어렴풋이 알고 있다. 그래서 복수 놀이는 더 짜릿하다. 넌 나의 복수의 여신이니, 계속 복수해 달라는 윤혁의 말은, 넌 나의 사랑의 여신이니, 계속 사랑해 달라는 말로 읽히고, "앞으로 백 년 동안 오직 윤혁이에게만 복수할 거라고 결심"하는 은율이의 생각은, 백 년 동안 오직 윤혁이만을 사랑할 거라는 말보다 훨씬 강렬하다. 이 아이들에게 사랑 고백은 얼마나 부끄러운 일인가. 속마음을 숨기고 마음껏 사랑을 표현할 수 있는 말은 원수이고 복수이다. 아이러니는 인생 체험을 단면적으로 보지 않고 양면을 모두 인식했을 때 나올 수 있는 표현 기법이므로 문학적으로나 인생론적으로 우수한 방법으로 인정받는 것이다.

이야기 자체는 그리 새로운 것 같지 않은데 행간에 숨겨 둔 복선과 비유의 의미를 찾아 읽는 즐거움을 주는 대표적인 작품이 『나의 진주 드레스』이다. 소양이는 여덟 살 생일에 진주 드레스를 입고 놀이동산에 가고 싶어 엄마를 조른다. 그러나 드레스 주인은 따로 있다. 바로 엄마의 드레스 가게 건물 주인의 딸이다. 아무리 기다려도 주인은 드레스를 찾으러 오지 않고, 어느 날 어깨가 구부정한 아저씨가 들어온다. 소양이는 이 아저씨가 누구인지도 모르고 수다를 떤다. 하지만 독자는 이 사람이 누군지 눈치를 챈다. 그리고 소양이 입에서 쏟아져 나오는 말 때문에 조마조마하다. 작가는 서스펜스를 절묘하게 구사하면서 독자의 시선을 사로잡는다. "안됐네요, 아저씨 딸은." 하고 눈을 동그랗게 뜨고, "아저씨 딸은 저 드레스를 입을 수 없을 테니까요."라고 말할 때 독자들은 가슴이 한 번 더 덜컹한다. 소양이는 그가 누군지도 모르고 하는 말이지만 독자들은 건물 주인의 딸이 죽었기 때문에 드레스를 입을 수 없다는 것을 짐작하기 때문이다. 아, 이 아저씨 어떻게 하지? 죽은 딸이 더 생각나고 더 쓸쓸해지겠네. 독자들이 안타까워할 때 엄마는 아저씨에게 국화차를 대접한다. 국화는 조화로 쓰이니까 이것도 주인아저씨 딸의 죽음을 암시하는 것이다. 한국으로 돌아왔다는 아저씨 말에 "따님만 두고요?" 하는 소양이 엄마의 물음, "아저씨는 대답하지 않고 국화차를 마셨어요." 하는 문장을 이으면서 작가는 주인아저씨 딸의 죽음을 자꾸만 암시한다. 독자는 안개비에 옷이 젖듯 그 죽음을 알아차리게 된다. 엄마가 드레스를 상자 안에 넣을 때 소양이는 드레스가 관 속에 들어간다고 생각한다. "엄마가 리본 끈을 내 손에서 낚아채 상자에 밀어 넣고 관 뚜껑을 덮어 버렸다."라든지, "내 생일 전날 드레스 장례식이라니!"라는 서술은 표면적으로는 소양이가 드레스를 못 입으니 드레스가 관 속에 들어간다고 표현한 것이지만 상자 안으로 들어가는 드레스는 관 속으로 들어가는 주인아저씨 딸을 떠올리게 한다. "나는 그 틈을 타서 관 밖으로 나온 리본 끈을 만지작거렸어요."에서는 관 속의 주인아저씨 딸과 소양이가 손을 잡는 것 같은 착각까지 인다. 그날 소양이는 드레스 장례식을 하는 꿈을 꾸는데, 꿈을 꾼 다음 날이 생일날이다. 소양이는 생일날 아침에 이 드레스를 선물로 받는다. 그 드레스는 생일 선물이라는 의미도 있지만, 주인아저씨의 딸이 드레스를 통해 소양이로 다시 태어난다는 것을 암시하는 것으로 읽을 수도 있다. 드레스를 관에 넣고 장례식을 지냈는데, 그것을 다시 소양이가 입는다는 것은 딸이 다시 살아났다는 것이고 하필이면 그날이 소양이 생일이니 이야기는 필연성을 부여받는다. 여러 가지 복선과 비유, 상징을 정교하게 짜 나가면서 동화의 스토리는 마무리된다. 겉으로 드러난 이야기로만 보면 진주 드레스를 간절히 갖고 싶어 하던 소녀가 운 좋게 진주 드레스를 선물 받는 과정을 서술한 단순한 이야기 같지만, 깊이 들여다보면 마음이 짠해지고 쓸쓸한 아름다움이 마음에 스며드는 작품이라는 것을 알게 되는데, 그 효과는 앞에서 서술한 것처럼 다양하고 정교한 서술 장치 덕분이다.

틱 장애를 가진 아빠와 단둘이 사는 열한 살 여자아이가 돈 벌러 떠난 엄마를 기다리며 겪는 이야기 「일 분에 한 번씩 엄마를 기다린다」는 독자의 마음을 격한 슬픔으로 몰아넣는다. 이 작품이 독자의 마음을 아프게 하는 이유는 아이가 겪어 내는 사건 자체가 슬프기 때문이기도 하지만, 작가만의 독특한 문체와 뛰어난 서술 전략에서 비롯되는 바가 크다. 엄마를 기다리는 아이를 화자로 내세워 열한 살짜리 아이가 파악하는 세계와 이 아이가 생각하고 느끼는 일상을 아이의 말투로 무심한 듯 진술하는 문장이 역설적으로 독자에게 깊은 울림을 주는 것이다.

또, 이 작품에서 주목할 만한 서술 기법은 아이가 겪는 아픔을 점층적으로 쌓아 가는 사건 전개 방식과 각 사건의 의미를 상징적으로 보여 주는 모티프이다. 아이가 겪는 아픔은 세 가지 형태로 전개되는데, 각각의 고비는 물과 공기, 불이라는 신화적 원형의 이미지로 표현된다. 아이가 겪는 첫 번째 재난은 물난리다. 아이의 집도 앞집도 천장까지 물이 차올라 학교 교실로 대피를 할 수밖에 없었는데, 그래도 그 물난리는 온 동네가 같이 겪은 것이기에 아이를 그리 큰 슬픔에 빠뜨리지는 않는다. 오히려 축제 같은 분위기마저 느껴진다. "나라에서 위로금이 지급된다는 소식에 엄마는 오랜만에 들떠" 있기도 하고, 물난리가 나기 전에도 이미 곰팡이가 피어 있던 지하 방은 깨끗한 벽지와 부드러운 이불로 괜찮은 집이 된다. 두 번째 위기 상황은 현실에서 벌어진 사건은 아니다. 꿈속에서 엄마가 문을 닫고 나가면 아이는 엄마를 따라 나가고 순간 몸이 가벼워지면서 공중에 떠오른다. 엄마도 헬륨 풍선처럼 떠오르는데 엄마는 커다란 옷 가방 때문에 하늘로 떠오르지 않고 버틸 수 있다. 헬륨 풍선처럼 가벼워진 아이는 한없이 날아올라 터질 것 같았지만 엄마가 팔뚝을 잡아 주어 땅으로 돌아올 수 있었다. 세 번째 사건은 불난리다. 돈 벌러 나간 엄마가 택배로 보내온 상자 안의 오징어를 가스레인지에 굽다가 아빠가 팔을 휘두르는 바람에 부엌에 불이 나 버린 것이다. 엄마가 집을 비운 사이에 아빠와 지내다가 겪은 이 불난리는 아이마저 틱 장애를 갖게 되는 계기가 된다.

이 작품에서 물, 공기, 불의 세 가지 상징의 의미는 무엇일까. 물난리는 분명히 재난이기는 하지만 이 가족들에게 그리 큰 아픔으로 느껴지지는 않는다. 그러다가 엄마가 집을 나가고 난 뒤 아이는 자꾸만 헬륨 풍선처럼 날아가 버리는 꿈을 꾸는데 이 장면은 아이가 겪는 현실의 아픔이 견디기 어려운 임계치에 다다랐음을 보여 주는 것이고, 마침내 부엌에 불난리가 나며 사건은 파국에 이르게 되는 것이다. 모든 것을 평평하게 만들어 버리는 물은 동네 사람들과 아이의 가족에게 평등한 아픔을 주었지만, 한없이 가벼운 공기는 아이의 불안한 마음과 위태로운 현실을 비유한다. 그리고 모든 것을 태우고 파괴해 버리는 불은, 저 먼 허공으로 날아가지 못하게 간신히 잡고 있던 현실과의 연결 끈과 힘겹게 디디고 있던 현실적 토대, 즉 심리적 방파제마저 무참하게 파괴해 버리는 상징으로 작동되는 것이다. 이처럼 다양한 서술 장치와 전략, 비유와 이미지, 상징 들은 송미경 동화를 한층 풍요롭고 아름답게 하며, 문학성을 한껏 높여 준다.

자유롭고 과감하고 도발적인 상상력

송미경 동화의 특성을 말해 주는 중요한 키워드는 기발하고 자유로운, 때로는 그로테스크하기까지 한 상상력이다. 필자는 송미경 동화의 상상력이 발휘되는 단초를 저학년동화 「세계 일주 삼 남매」에서 발견하였다. 엄마가 마트에 장을 보러 나가자마자 삼 남매는 세계 일주 여행을 떠난다. 파란 이불이 펼쳐진 거실은 태평양이 되고 아이들은 거센 풍랑에 휩쓸린 배의 선장과 선원이 된다. 배에 물이 차면 거실은 다시 비행기가 되고, 어깨에 둘렀던 보자기는 낙하산이 된다. 아이들의 상상 놀이는 거침이 없다. 이것이다. 송미경 동화의 상상력의 원천은 바로 어린 시절의 상상 놀이다.

송미경의 작품을 읽다 보면 어쩌면 이렇게 기발하고 거침없는 판타지가 가능한지 감탄스럽다. '아버지가 방에 들어가신다'라는 문장을 잘못 띄어 읽으면, '아버지 가방에 들어가신다'라는 엉뚱한 문장이 된다. 이런 익숙한 말장난 같은 데서도 송미경의 기발한 상상력이 발동된다. 아버지 가방에 들어간다? 아버지가 왜 가방에 들어가게 되었을까? 아버지가 가방에 들어가면 식구들에게는 어떤 일이 벌어질까? 이런 상상 놀이가 시작되면, 이 시대의 허약한 아버지들과 그런 아버지를 가방에서 꺼내어 건강하게 키워 내야 할 필연성, 가방에서 처음 나오는 아버지들의 안쓰러운 몸짓 등이 이야기로 이어지며 「아버지 가방에서 나오신다」라는 작품으로 탄생하게 되는 것이다.

「혀를 사 왔지」에서 표정에 맞는 눈썹, 귓속말을 듣는 귀, 안에 넣는 순간 무엇이든 사라지는 지갑 등, '무엇이든 파는 시장'에서 파는 상품의 목록도 참 희한하고 당나귀에게 혀를 사다가 입 안에 장착하는 상상력 또한 기발하다. 「돌 씹어 먹는 아이」에 나오는 사건은 또 어떤가. 아이는 하얀 조약돌을 마음껏 씹어 먹고, 아빠는 흙을 파 먹고, 엄마는 못이나 볼트를, 누나는 지우개를 먹는다. 사건 자체만 보면 황당하기까지 하지만 이 사건의 맥락을 따라가다 보면 두 작품에서 벌어지는 사건은 우리 사회의 어떤 현상, 문제적이거나 병리적인 현상을 은유하고 있음을 알게 된다. 이러한 환상적이고 기묘한 사건을 몰입하여 읽다 보면 우리 자신과 사회를 성찰하게 되고, 문제 해결 방향을 고민하게 되는 것이다.

다시 말해 송미경의 판타지동화는 리얼리즘동화와는 다른 방식으로 현실을 보여 주며 이 시대 아이들의 처지와 아픔을 극적으로 제시한다. 또한 아동문학의 1차적인 독자인 아동을 넘어 어른들에게도 현실을 통찰하고 성찰할 기회를 준다.

아동문학이 장르문학이라고?

송미경은 분명히 우리나라 아동문학의 경계를 확장하는 작가라고 할 수 있다. 일반인이든 아동문학가이든 아동문학은 성인문학과는 다른 특수한 장르라고 생각한다. 어린이를 독자로 하는 문학이기 때문에 짧고 간단한 구조, 행복한 결말, 비교적 쉽게 찾을 수 있는 교훈, 성장하는 주인공 등의 관습을 지닌 문학이라는 것이다. 그래서 어떤 평론가는 아동문학을 장르문학이라고 주장하기도 한다. 송미경의 동화는 바로 이런 고정관념을 쳐부순다. 아동문학을 틀 짓는 경계에 균열을 내는 것이다.

아스트리드 린드그렌의 '삐삐 롱스타킹' 시리즈도 모리스 센닥의 『괴물들이 사는 나라』도 처음 발간되었을 때는 어른들을 당황스럽게 하였다. 새로운 물건에 어른들은 쉽게 당황하고, 새로운 문화는 어른들의 마음을 불편하게 한다. 그러나 아이들은 새로운 것, 신기한 것에 열광한다. 인류의 문화는 이렇게 발전하는 것이다. 하지만 새롭다고 다

좋은 것은 아니다. 송미경의 동화가 얼마나 보편적인 공감을 획득할 수 있을지, 린드그렌이나 모리스 센닥처럼 고전이 될 수 있을지는 아직 미지수다. 하지만 우리 아동문학에 새바람을 불어넣는 것만으로도 환영받을 자격은 충분하다.

『아동문학평론』 2017년 6월호

사람의 도리를 가르치는 따듯한 리얼리즘동화

한때 순수동화, 예술동화 같은 계열의 작품들이 아동문학계에서 주류로 존재하던 시기가 있기도 하였지만 방정환, 마해송 이후부터 현재까지 한국 동화의 큰 줄기는 리얼리즘동화라 할 수 있다. 남찬숙의 동화 또한 암울한 현실 속에서 살아가는 아이들의 아픔과 외로움을 다루고 있다는 점에서 리얼리즘동화의 계보를 잇고 있다. 그런데 남찬숙의 동화는 기존에 우리가 익히 보아 왔던 리얼리즘동화와 변별되는 특질이 있는데, 나는 그것을 '따듯한 리얼리즘' 혹은 '인간적 리얼리즘'이라 명명하고 싶다.

사회 속에서 부대끼며 살아가는 우리 인간들은 사회적 존재일 수밖에 없으며, 그러므로 문학작품도 사회 속에서 살아가는 인간을 그리는 것은 당연하다. 그러나 지금까지 우리 아동문학계에서는 현실의 문제와 밀착된 어린이를 그려 내는 동화를 쓰기 위해 너무 애쓰고 있었던 것이 아닌가 하는 생각이 든다. 사회가 변해도 변하지 않는 우리 인생의 그 무엇, 사랑의 떨림과 이별의 탄식, 이웃 간의 갈등과 화해, 부모 자식 간의 애증과 같이 얽히고설키는 인생사를 다루는 데는 좀 소홀한 것이 아닌가 싶은 것이다. 삶이 현실을 떠날 수 없고 인간이 정치적·경제적 힘에 영향받지 않을 수 없는 존재이기는 하지만, 그렇다고 해서 인간이 언제나 사회 현실의 밧줄에 얽매여 살기만 하는 존재도 아니다. 그래서 나는 우리 동화가 이제는 어린이의 인생을 얘기할 때도 되지 않았나 하고 생각한다. 예컨대, 애정을 받고 싶은 욕구나 존재에 대한 불안, 죽음에 대한 두려움 같은 보편적인 삶의 양상들에 대해서도 관심을 기울이면 좋겠다.

남찬숙의 동화는 암울한 현실 속 아이들을 그려 내고 있지만 그 아이들은 고통 속에서도 자기 본모습을 간직하고 따듯한 주변 사람들과 함께 인간적인 정을 나누며 살아간다. 그는 아이들에게도 아이들 인생이 있음을 힘껏 그려 내고 있다. 아이들도 때로는 아프고 외롭지만 울음을 참기도 하고, 때로는 기쁨과 감동으로 벅차게 물결치고 있음을 아름답게 보여 주고 있는 것이다.

남찬숙은 2000년 겨울, '왕따' 문제를 다룬 동화 『괴상한 녀석』(창비)을 발표하면서 동화를 쓰기 시작했고, 2004년 『가족사진』(금성출판사)이 MBC 창작동화대상에 가작으로 선정되었으며, 『받은 편지함』(우리교육, 2005)으로 '2005년 올해의예술상'을 받았다. 이 밖에도 『사라진 아이들』(문학동네, 2004), 『니가 어때서 그카노』(사계절, 2006), 『꿈꾸는 꼬마 자전거』(가교출판, 2005), 『증조할머니의 결혼식』(한국슈타이너, 2008) 등의 작품이 있다.

튼튼한 서사, 정교한 구성

자연스럽고 재미있는 스토리는 서사문학인 동화 장르가 반드시 갖추어야 할 기본적인 요소여서 무심한 평자나 독자들은 이야기 자체가 주는 장점을 간과하기 쉽다. 그러나 인생살이든 예술이든 문제는 기본이다.

남찬숙 동화의 가장 큰 미덕은 서사 구조가 튼튼하고 이야기 흐름이 아주 자연스러워서 독자를 이야기 세계로 끌어당기는 힘이 강렬하다는 점이다. 특히 『가족사진』 『받은 편지함』 『니가 어때서 그카노』 세 편의 이야기는 우리 옆집이나 우리 동네 어떤 아이가 겪을 것 같은 이야기이며, 주변에서 실제 들어 본 것 같은 느낌이 들 만큼 자연스럽다. 자연스럽다는 것, 막힘이 없다는 것은 언뜻 보면 큰 장점으로 보이지 않는다. 그저 이야깃거리를 잘 찾아냈다든가 아니면 이야기를 그럴듯하게 잘 만들어 냈다는 정도로 생각하기 쉽다. 그런데 자세히 읽어 보면 자연스럽게 흘러가는 이야기는 수없이 다듬고 애쓴 결과물임을, 그리고 그 이야기에는 고도로 계산된 의도와 소설적 장치가 숨어 있음을 알게 된다. 즉 인물의 설정이나 인물이 빚어내는 사건, 사건의 배열이 허투루 짜인 곳이 없다는 것을 알게 되는 것이다.

『가족사진』에서 현경과 미선의 갈등과 화해 과정에는 작가가 고심한 흔적이 잘 나타나 있다. 5학년 여자아이 현경과 2학년 남자아이 현규, 그리고 엄마 아빠. 현경이네 집은 특별할 것 없는 가정이다. 이야기는 어느 날 엄마가 갑자기 집에 돌아오지 않는 사건에서 시작된다. 전남편이 죽어서 엄마가 장례식장에 갔다는 것이다. 그리고 다음 날 엄마와 아빠는 엄마와 전남편 사이에서 태어난, 지금은 중학교 3학년이 된 딸 미선이를 집에 데려와 같이 살게 되었음을 알려 준다. 여기서 현경과 미선의 갈등이 시작되고 이 갈등과 화해 과정이 동화의 기둥 줄거리를 형성하게 된다.

태어나서 한 번도 보지 못했던 엄마와 중학생이 되어서야 같이 살게 된 미선이 엄마에 대해 가지는 애증과 새 가정에서의 불안하고 어색한 생활, 엄마가 이미 한번 결혼했었고 아이까지 있었음을 알게 된 현경의 놀라움, 거기다가 그 아이를 언니라고 불러야 하는 곤혹스러움, 어떤 사정에서였든 아이를 버리고 새로 결혼했다가 이제야 딸을 가족 구성원으로 받아들이는 엄마의 죄책감과 다른 식구들에 대한 미안함. 작가는 이런 상황에 놓인 가족 구성원들의 심리를 자연스러운 사건 전개를 통해 생생하게 묘사하고 있다.

이 작품에서 소설적 장치가 가장 효과적으로 표현된 부분은 현경과 미선의 화해 과정이다. 둘의 갈등이 첨예해져 있을 때 엄마와 아빠는 아이들만 두고 여행을 떠난다. 아이들만 남은 집에서 어린 현규는 현경의 잘못으로 심한 배탈이 나고 현경은 미선의 도움으로 위기를 넘긴다. 그리고 같이 잠을 자면서 서로의 심정을 이해하게 되고 둘은 화해를 하게 된다. 그런데 이 화해는 완전한 화해가 아니다. 미선은 여전히 현경이네 집을 떠나 고모가 살고 있다는 호주로 가겠다는 고집을 꺾지 않는다. 그러던 중 설날에 사건이 벌어진다. 큰집에 가지 않고 혼자서 집에 있겠다던 미선이 사라져 모든 식구들이 크게 걱정을 하고 있는데, 밤늦게 돌아온 미선은 할머니와 아빠의 산소에 갔다가 눈 때문에 차가 밀려서 늦었다고 말한다.

설날 사건은 이 가족에게 충분히 일어날 수 있는 일이다. 개연성 있는 사건을 통해 갈등이 일어나고 독자는 긴장하게 된다. 미선이가 늦은 이유를 알게 됐을 때 가족들은 깜짝 놀라 미안해하고 오해가 풀리게 되면서 독자의 마음도 긴장에서 해소된다. 작가는 독자의 마음을 죄고 푸는 데 능숙한 솜씨를 발휘하는 것이다. 그리고 이 사건은 현경과 미선이 좀 더 가까워지는 계기가 된다.

현경과 미선의 갈등이 완전히 해소되는 건 현규의 엉뚱한 행동에서 비롯된다. 미선이 떠나는 날 현규가 비행기표와 여권을 들고 나가서 결국 미선이 떠날 수 없게 되고 이 과정에서 언니와 헤어지고 싶지 않다는 현경의 속마음이 모두에게 알려진다. 이 사건에 이르러서야 둘 사이의 완전한 화해가 이루어진다. 이 결말을 위해 작가는 여러 단계의 예비적 사건을 배치해 놓은 것이다.

작가가 소설적 장치를 세심하게 고려하고 있음은 『받은 편지함』의 다음과 같은 부분에서도 발견된다. 동화가 처음 시작될 때 작품 속 작가 이혜숙이 순남에게 보낸 메일 제목은 '귀여운 독재자 친구에게'로 되어 있다. 이것은 순남이 메일을 보낼 때, '독자'를 '독재자'라고 잘못 썼기 때문에 작가가 이 말을 재미있게 되돌려 준 것이다. 그런데, 이 '독재자'라는 어휘는 이 작품의 결말에서 중요한 역할을 하게 된다. 동화의 결말에서 작가 이혜숙이 순남이 다니는 학교 도서관에 자기가 지은 책을 기증하는데 '내 소중한 독재자 친구에게'라고 서명이 되어 있다. 다른 사람이 보기에는 이상한 서명이지만 이것은 순남과 작가만이 아는 비밀 암호 같은 역할을 하게 됨으로써 순남과 작가의 정서적 유대감이 크게 강화되는 것이다.

작품 속 작가 이혜숙의 동화집 제목도 의미심장하다. 첫 번째 책 제목은 『푸른 다리』인데, 이는 순남과 작가 이혜숙을 연결해 주는 이메일이 둘 사이의 다리 역할을 하는 상황을 의미하며 그 다리가 '푸른' 다리이므로 이야기는 희망적이고 낭만적으로 채색된다. 또 '내 소중한 독재자 친구에게'라고 서명이 되어 있는 동화책 제목은 『자전거 타는 아이』인데, 아마도 '자전거 타는 아이'는 주인공인 순남일 것이다. 순남이가 험한 세상길을 넘어지지 않고 달리기 위해서는 지금까지 그렇게 살아왔듯이 자전거를 타는 것처럼 균형을 잘 잡아야 하고 또 쉬지 않고 달려가야 한다. 『받은 편지함』의 마지막 두 문장 "눈물이 뚝! 책장 위로 떨어졌습니다. 책을 꼭 안고 순남이는 달리기 시작했습니다."는 작가의 따듯한 인정과 사랑을 자전거 삼아 희망찬 세상을 향해 달려가는 순남이의 모습을 보여 준다.

인정 있는 리얼리즘, 사람살이의 아픔과 기쁨

남찬숙의 작품들은 거의가 어둡고 힘든 상황에 있는 어린이들을 주인공으로 삼고 있다. 『받은 편지함』에서는 엄마 없이 살아가는 가난한 자매의 고단한 삶을 그리고 있으며, 『가족사진』에서는 이혼 후 새로 꾸린 가정에 엄마와 전남편 사이에서 태어난 중학생 딸이 들어옴으로써 갈등 상황에 빠진 가족의 삶을 그리고 있다. 그리고 『니가 어때서 그카노』에서는 사업 실패로 풍비박산 난 가정 속에서 아버지의 음주와 가정 폭력에 시달리는 아이 등이 등장한다. 이렇게 삶이 고달픈 어린이들의 이야기인데도 다 읽고 나면 마음이 따듯해지고, 가슴 뭉클한 감동이 전해져 오는 까닭은 무엇일까. 그것은 사람의 도리를 지키며 살려고 애쓰는 주인공 주변의 등장인물들 때문일 것이다.

『받은 편지함』에서 순남이네를 도와주는 고모는 참 인정이 많은 사람이다. 심지어 순남이 아버지에게 돈을 빌려주고 받지 못하는 친구조차 아주 인간적인 인물로 그려진다. 그래도 이 작품에서 순남이에게 가장 좋은 사람은 이혜숙이라는 작가와 친구 혜민이다. 우리가 익히 보아 온 드라마의 갈등 구조는 이렇게 가난하고 착한 주인공이 등장할 경우 상대가 되는 인물은 부자이고, 이기적이며, 거만한 인물인 경우가 많은데, 이 작품에서 순남이의 상대가 되는 혜민이는 부자이면서도 인정 많고, 사려 깊으며, 진심으로 순남이를 좋아하는 순수한 아이이다. 『니가 어때서 그카노』에서 가장 인간적으로 정이 많은 인물은 송연이 엄마다. 송연이 엄마는 송연이 고모가 중학생 때 시집 와서 시누이를 친엄마보다도 잘 챙겨 주어 시누이와 깊은 정을 나누며 살고 있고, 큰동서의 이기적인 성품까지도 따듯이 품어 줄 줄 아는 인물이다.

이렇게 좋은 사람들이 많이 나오는데도 인물이 작위적으로 느껴지지 않고, 감상적인 이야기나 미담가화로 떨어지지 않은 이유는 현실을 보는 작가의 시선이 정직하고, 인물과 거리를 적절하게 유지하고 있기 때문이다. 『받은 편지함』에서 유치원생인 순영이가 돈을 많이 벌고 싶다고 말하는 장면이나, 가난 때문에 동무들에게 놀림을 받는 장면, 맛있는 냄새가 풍겨 오는 주인집 앞에 쪼그려 앉아 있는 장면, 그 때문에 순남이 가슴 아파하는 장면은 작가가 우리가 사는 현실을 얼마나 정직하게 관찰하고 있는가를 보여 주며, 한편으로는 작가가 이 세상을 따듯하며 긍정적으로 바라보면서도 인물에게 너무 매몰되어 있지 않음을 잘 보여 준다.

그렇다고 이런 인물들이 마냥 베풀며 살 수 있어서 인정을 베푸는 것은 아니다. 송연이 엄마는 자기네들이 먹을 것 안 먹고 아껴서 가꾸어 놓은 과수원을 큰아빠가 담보로 잡혀 돈을 빌렸다가 다 망해 버리자 망연자실 머리를 싸매고 드러누워 "고모 손을 잡고 끝내 울음을 터뜨리"기도 한다. 그러다가도 결국은 사람살이의 도리를 지키기 위해 조카 기철이를 거두고 기철이가 마음을 다치지 않게 보살펴 준다. 기철이가 어른스럽게 성장하고 이 세상을 살아갈 수 있는 힘을 가지게 되는 것은 작은엄마인 송연이 엄마의 인정 어린 보살핌 때문이다.

인간적인 인물이 많이 등장한다고 해서 작품의 사실성이나 문학성이 훼손되는 것은 아니다. 이 작품들은 최근 우리 사회의 한 부면을 정직하게 반영하고 있으며, 인물들이 빚어내는 사건들도 아주 리얼하다. 다만 우리 사회에도 이 작품에서 보는 바와 같이 착한 어른들이 많은가 하는 질문을 던질 수는 있을 것이다. 그러나 이 세상에는 그렇게 마음 따듯한 인물도 충분히 존재할 수 있다. 작가는, 사람의 도리를 지키며 사람답게 사는 인물들을 통하여 사회문제보다는 인생 문제를 전경화하고 있을 따름이다.

빈곤을 겪는 아이를 주인공으로 한 동화의 경우 가난의 원인을 사회제도나 현실의 모순으로 설정하는 경우가 많은데, 『받은 편지함』은 사회의 현실이나 모순을 고발하려는 데에 초점이 맞추어져 있지 않다. 바로 이러한 부분이 우리가 익히 보아 왔던 리얼리즘동화와 남찬숙의 세 작품이 변별될 수 있는 지점이다. 그동안 보아 왔던 리얼리즘동화들은 어린 주인공의 고통을 현실과의 직접적인 관계로 그려 내는 경우가 많았다. 『몽실 언니』가 그렇고, 『문제아』가 그렇고, 『괭이부리말 아이들』이 그렇다. 물론 이 작품들은 우리의 어두운 역사와 현실 속에서 마땅히 탄생되었어야 하는 의미가 있는 작품이고 어린 독자들에게 현실 문제를 올바로 직시하게 하는 장점이 있다. 하지만 어린이들이 이런 경향의 작품들만 읽는다면 우리 사회와 어른들을 너무 냉정하다고 인식하진 않을지 염려가 되기도 한다.

스스로 성장하는 아이들

남찬숙 동화에 등장하는 인물들은 거의가 고달픈 현실에서도 어려움을 극복하고 스스로 변화, 성장한다는 공통점이 있다. 『니가 어때서 그카노』에서 가장 눈부시게 성장함으로써 자기 자신뿐 아니라 어른까지 변화시키는 인물은 기철이다. 화자인 송연의 사촌인 기철은 아빠가 사업에 크게 실패하자 시골의 송연이네 집(작은집)에 얹혀살게 되면서 의기소침하고 주눅이 들어 있다. 거기에다 기철이 아빠는 사업 빚 때문에 교도소에 들어가고, 아빠와 이혼을 결심한 엄마는 미국에 사는 친정 식구들에게 가기로 한다. 아빠는 장래를 위해 기철을 미국에 보내기로 결심하고 송연이네 식구들도 기철이 미국행을 선택할 것이라고 믿는다. 그런데 엄마가 기철을 데리러 시골에 온 날 기철은 미국에 가지 않고 송연이네 집에서 살며 아빠가 나오기를, 엄마가 미국에서 돌아와 한집에서 살게 되기를 기다리겠다고 말한다. 자기만 아는, 심약한 아이인 줄 알았던 기철은 집안의 어려움을 겪으면서 내면적으로 부쩍 성숙해지고 어른들을 이해해 줄 뿐만 아니라 어른들에게도 참된 사람의 도리를 가르친다. 기철의 어른스러운 선택으로 기철이네 가정은 위기를 극복하고 다시 단단히 결속하게 된다.

『받은 편지함』의 주인공 순남이도 성장하는 인물의 전형으로 꼽을 만하다. 순남이 처음에 동화작가에게 메일을 보낼 때에 '순남'이라는 자기 본명을 숨기고 '혜민'이라는 이름을 사용하는 장면에서 순남이가 부끄러워하는 것은 자기 이름뿐 아니라 자신의 처지이기도 했을 것이며,

혜민이라는 이름을 쓴 이유 또한 이름 자체의 세련성뿐 아니라 실제 혜민의 능력과 외모, 가정환경을 선망하였기 때문이었을 것이다. 동화가 시작될 때는 이렇게 소극적이며 자기를 드러내고 싶어 하지 않던 순남이 후반으로 갈수록 자신의 정직성과 여러 사람의 도움으로 긍정적으로 변화, 성숙해 가는 과정은 어린 독자의 마음을 뿌듯하게 한다. 그러고 보면, 순남이 혜민이라는 이름 뒤에 숨어 있다가 자기 이름을 밝히게 되는 과정은 순남의 내면적 성숙을 의미할 뿐 아니라 자아 찾기의 상징으로 해석할 수 있다.

독자들은 『가족사진』을 읽을 때에도 주인공 현경의 변화를 지켜보면서 현경이 세상을 이해하는 마음이 넓어지고 깊어졌음을 깨닫게 될 것이다. 처음에는 성씨가 다른 언니 미선과 갈등하고 미워하다가 결국 미선을 이해하고 진실한 화해에 도달하는 과정은 성장의 아름다움을 감동적으로 보여 준다.

희망이 유보된 판타지공간의 창조

남찬숙의 인정 있는 리얼리즘동화 세계 반대편에는 현실의 어른을 부끄럽게 만드는, 아니 우리 어른을 전율케 하는 판타지동화가 있다. 『사라진 아이들』, 이 작품의 주제 의식은 매우 강렬하고 판타지 기법은 아주 독특하다.

뚱뚱하고 못생기고 공부도 못하는 현아는 자기를 흉보는 엄마의 전화 통화를 엿듣다가 충격을 받는다. 폭설이 내리는 어느 날 미술 학원에서 지루한 선 긋기를 하며 '나 같은 애는 세상에서 없어지는 게 나을지도 몰라.' 하고 중얼거리다가 팍! 하고 사방이 캄캄해지는 순간 전혀 낯선 세상으로 간다. 알고 보니 그곳은 현실세계가 너무 고통스러워 이 세상에서 없어지고 싶다는 생각을 하게 될 때 오게 되는 '아이들만 사는 마을'이다. 그렇다고 그 세계가 모든 문제가 해결되는 이상향은 아니다. 그 세계는 '어떤 희망도 없는 곳', 변화의 동력을 간직하지 못한 곳이다.

그런데, 그곳에서 현아가 가진 고통이란 고통이랄 것도 없는 사소한 문제이다. 빗발치는 전쟁 포탄 속에서, 새아빠의 술주정과 매질 앞에서, 끝없는 굶주림 앞에서 이 세상을 떠나고 싶어 하던 아이들의 고통과 비교한다면 말이다. 문제는 이들이 현실세계로 되돌아오는 방법이다. 그들이 이곳에 오게 된 것처럼 아이들은 다시 돌아가고 싶은 마음이 아주 간절해질 때에만 현실세계로 돌아올 수 있다. 현아는 비교적 쉽게 현실로 돌아올 수 있지만 전쟁과 폭력과 굶주림이 여전히 지속되는 세계에서 온 쿤테와 마야, 톰은 현실세계가 변화하지 않는 한 돌아올 수 없다.

작가가 창조한 판타지세계는 여타 판타지동화처럼 현실의 문제가 해결되거나 현실의 문제를 해결할 수 있는 힘을 얻을 수 있는 공간이 아니다. 아이들의 고통을 일시적으로 유보시켜 줄 수 있을 뿐이다. 그렇다면 작가의 메시지는 분명하다. 그들이 현실세계로 돌아올 수 있도록 현실세계에 사는 어른들이 희망과 평화와 행복이 가득한 세상을 만들어 주어야 한다는 것이다. 작가는 이렇게 독특한 2차 세계를 창조함으로써 강렬하게 자신의 주제를 전달하고 있다.

그런데 작가가 전달하고자 하는 메시지가 주인공 현아의 체험으로 녹아들지 못하고 있는 점은 이 작품의 문제점으로 지적할 수 있다. 주인공 현아는 쿤테와 마야, 톰의 얘기를 듣고 눈물을 흘리며, 이 세상으로 돌아와서는 그들을 잊지 않겠다고 다짐하지만 그것은 어쩐지 공허한 약속으로 들린다. 현아 자신이 그들을 위해 할 수 있는 일이 없을 뿐만 아니라 세월이 지나 어른이 되었을 때는 이 기억조차 희미해질지 모르기 때문이다. 주인공을 중심으로 이야기를 간추린다면, '현아가 판타지공간에 가서 혹독하게 고통을 겪는 아이들의 모습을 보고 돌아온 이야기'로 요약할 수 있다. 즉 판타지 체험은 현아 자신의 문제를 해결하기 위한 것이 아니라 타인의 고통을 이 세상의 독자들에게 전달하는 역할에 머물러 있다고 해석할 수 있다. 그래서 현아에게 자신을 동일시하며 읽은 독자들도 쿤테의 슬픔을 자기화하기는 어려울 것 같다.

첫 작품『괴상한 녀석』도 현실에 대한 문제의식이나 주제는 이 작품들과 큰 차이가 없이 묵직하지만 이야기를 짜 나가는 솜씨나 인물 설정, 성격 묘사 같은 데서 좀 어설픈 점이 보였다. 그러나 이후 작품에서 남찬숙의 동화는 훨씬 정교해지고 세련되어져 우리 동화의 한 축을 견고하게 지켜 가고 있다. 남찬숙의 작품 세계가 어떻게 더 넓어지고 깊어질 것인지 지켜보는 일은 우리 아동문학계의 즐거움이 될 것이다.

『도서관이야기』 2009년 9월호

어린이의 본성을 긍정하는 아동문학

오리의 본성은 물에서 헤엄치기

몇 년 전, 대구에서 중학생이 친구들의 집단 괴롭힘을 견디다 못하여 유서를 써 놓고 자살한 사건 이후로 학교 폭력 문제가 큰 사회문제로 대두되고 있다. 대통령까지 나서서 학교 폭력을 해결하도록 촉구하고, 교육계는 물론 경찰과 정치권에서까지 큰 관심을 보였지만 학교 폭력 문제는 해결의 조짐이 보이지 않는다.

나는 이와 같은 일련의 사건을 보면서 〈TV 동물 농장〉이라는 텔레비전 프로그램에서 본 한 장면이 떠올랐다. 어느 시골에서 한 농부가 닭 여남은 마리와 오리 예닐곱 마리를 널찍하게 울타리를 두른 닭장 안에 함께 가두어 기르고 있었다. 그런데 어느 날부터인가 닭의 모가지와 등 부분의 털이 숭숭 빠져서 벌건 살이 흉하게 드러나 있는 것이 아닌가. 며칠이 지나자 털 빠진 닭의 숫자가 더 불어났다. 주인은 이상하게 생각하고 닭장 안을 샅샅이 살펴보았지만 닭털은 발견되지 않았고, 살쾡이나 족제비 같은 짐승이 들락거릴 구멍 같은 것도 찾을 수 없었다. 죽거나 사라진 닭도 없었다. 폐쇄회로 TV를 설치하고 며칠을 지켜보고서야 수수께끼가 풀렸다. 밤이 되자 힘센 오리들이 닭을 한구석에 마구 몰아넣고 주둥이로 닭털을 뽑아 그냥 삼켜 버리는 것이 아닌가. 주인은 무척 놀랐다. 이게 도대체 무슨 일인가. 아니, 오리가 닭털을 뽑아 먹다니! 듣도 보도 못한 희한한 일이 자기 농장에서 벌어지자 주인은 수의사를 찾아가 물어보았다. 오리들이 왜 저렇게 미친 짓을 벌이고 있는가 하고. 수의사의 진단에 의하면, 오리는 물을 좋아하는데 닭처럼 사료만 주면서 닭장 안에 길렀기 때문에 오리들이 스트레스를 견디지 못하여 이상행동을 보였다는 것이다. 이후 수의사가 얘기해 준 처방대로 마당에 웅덩이를 파고 물을 채워 주자 오리들은 신나게 헤엄을 치며 놀았다. 닭을 만나도 어떤 해코지도 하지 않았음은 물론이다. 오리를 오리의 본성대로 기르지 않고 닭처럼 기른 것, 그것이 농장 주인의 잘못이었던 것이다.

나는 요즘 우리나라 아이들이 저렇게 친구들을 못살게 굴어 자살에까지 이르게 하고, 욕설을 토해 내고, 성적을 비관하여 아파트에서 뛰어내리는 현상의 근본적 원인을 닭털 먹는 오리 이야기에서 찾을 수 있다고 본다. 아이들은 아이들 본성대로 길러야 하고 아이답게 교육해야 한다. 어떻게 기르는 것이 아이의 본성을 거스르는 것이고 어떻게 기르는 것이 아이답게 기르는 것인가. 요즘 우리 어른들은 아이들을 자유롭게 놔두지를 않는다. 학교에서 공부가 끝나면 하루 종일 이 학원 저 학원으로 몰아가고, 끊임없이 경쟁을 시키고, 자유롭게 노는 것을 허용해 주지도 않는다.

문제는 우리 아이들의 스트레스를 풀어 주고 행복하게 해 주는 일이 오리의 경우처럼 그렇게 간단하지만은 않다는 사실이다. 오리가 스트레스를 받는 원인은 알고 보면 참 간단하였고 따라서 해결 방법도 단순하였다. 오리들은 물속에만 넣어 주면 모든 일이 원만하게 해결되었지만 인간 세상에서는 문제와 해결 방법 모두 그렇게 단순하지가 않다. 설사 스트레스의 원인이 경쟁을 강요하는 사회와 학교의 시스템 때문이라는 것이 분명하다고 해도, 경쟁 체제를 벗어나가는 매우 어렵다. 글로벌 시대에 살아남는 길은 세계인들과의 경쟁에서 이겨야 한다는 신자유주의 논리에 너무도 강력하게 포획되어 있기 때문이다.

아동문학에서 자기희생적인 주인공을 어떻게 볼 것인가

그러면 우리 아동문학은 어린이들의 욕망을 긍정하고 본성대로 살게 하며 어린이들을 행복하게 하는 데 이바지하고 있을까. 이 화두에 대한 답을 구하기 위해서 여기서는 우리 아동문학을 대표한다고 할 수 있는 아동소설(동화) 몇 작품의 주제와 모티프를 살펴보기로 한다. 대표작은 『창비어린이』(2011년 겨울호)에서 기획한 〈아동문학 '정전' 논의의 첫걸음〉이라는 특집 기사를 참고하였다. 이 잡지에서는 아동문학연구가 열세 명[8]에게 "한국 아동문학의 정전 열 작품(동화와 아동소설만을 대상으로 함)을 꼽는다면?"이라는 설문을 실시한 바 있는데, 그 조사 결과를 분석해 보니 마흔두 편이 정전 목록에 이름을 올렸다. 이 중에서 세 명 이상의 연구자에게 정전으로 선정된 작품은 열세 편이었다.

8 강정규, 권혁준, 김옥선, 김용희, 김자연, 류덕제, 배봉기, 선안나, 신헌재, 염희경, 정선혜, 조은숙, 나카무라

순위	작가	작품 제목(득표 수)	순위	작가	작품 제목(득표 수)
1	방정환	만년샤쓰(11)	5	현덕	나비를 잡는 아버지(7)
1	권정생	강아지똥(11)	9	황선미	마당을 나온 암탉(6)
1	권정생	몽실 언니(11)	10	이원수	잔디숲 속의 이쁜이(4)
4	정채봉	오세암(10)	10	이주홍	아름다운 고향(4)
5	마해송	바위나리와 아기별(7)	12	이금이	너도 하늘말나리야(3)
5	강소천	꿈을 찍는 사진관(7)	12	현덕	포도와 구슬(3)
5	이원수	숲속 나라(7)			

설문에서 최다 득표(11표)를 한 작품은 방정환의 『만년샤쓰』와 권정생의 『강아지똥』 『몽실 언니』 등 세 편이었고, 그다음 순위(10표)를 차지한 작품은 정채봉의 『오세암』이었다. 그런데 이 네 작품을 가만히 살펴보니 놀랍게도 한 가지 공통점을 지니고 있었다. 그것은 이 작품들의 주인공인 어린이가, 자발적으로든 어른의 잘못으로든 희생을 당하고 있다는 점이다.

『만년샤쓰』의 주인공 창남이와 『몽실 언니』의 주인공 몽실이는 어른 같은 어린이, 아니 성인聖人 같은 어린이라고 할 수 있다. 명랑하고 씩씩한 소년 창남이는 일제 치하 가난한 현실에서 가족과 이웃을 위해 자신을 희생하는 어린이다. 자기 집에 불이 났는데도 그 추운 겨울에 이웃에 사는 영감님께 바지를 벗어 드리고, 앞 못 보는 어머니에게 샤쓰와 양말을 벗어 준다. 몽실이 또한 1950년대 전쟁으로 피폐해진 한국 사회에서 순수하고 착한 마음으로 부모와 형제, 이웃을 살려 낸 희생의 화신이다. 의인동화 『강아지똥』의 주인공 '강아지똥' 또한 자기가 이 세상에서 아무 쓸모도 없음을 슬퍼하다가 민들레꽃을 피우기 위해 자신이 필요하다는 것을 알고, 한 치의 망설임도 없이 제 몸을 녹여 민들레 뿌리로 스며드는 자기희생의 인물이다. 한편 『오세암』의 주인공 길손이는 겨우내 암자에 홀로 남겨져 있다가 끝내 목숨을 잃게 된다. 그의 죽음은 폭설로 길이 막히는 사고 때문이었지만, 다섯 살 먹은 아이를 깊은 산중의 암자에 홀로 남겨 둔 스님의 부주의가 원인이라고 볼 수 있다. 지극히 순수했던 다섯 살짜리 아이가 관세음보살님께 귀의한 덕분으로 누나 감이는 눈을 뜨고 세상에는 꽃비가 내리는 기적이 일어났다. 모두 다섯 살 아이의 희생 덕분이다.

위의 네 작품을 이처럼 '어린 주인공의 자기희생 이야기'라고 해석하는 것은 각 작품의 주제를 지나치게 단순화한 것이라고 말할 수도 있다. 그러나 이 작품들을 다른 관점에서 해석한다고 하더라도 어린 주인공의 희생이 중요한 모티프가 되고 있음을 부정할 수는 없을 것이다.

『만년샤쓰』는 1920년대 일제강점기의 주눅 들기 쉬운 식민지 아이들이 가난하지만 늘 웃음을 잃지 않고 씩씩하고 당당하게 자라나기를 바라는 마음으로 창작하였다는 해석도 있지만, 결말에는 씩씩하고 당당한 태도보다는 성인 같은 자기희생의 태도가 더 뚜렷이 나타나 있다. 또 『강아지똥』의 주제를, 보잘것없는 존재가 민들레와 하나가 되어 '별'이 되는 꿈을 이룬다는 자아실현의 의미로 해석할 수도 있지만, 생물학적 과정으로 보면 하늘의 별이 되는 것보다 선행하는 것은, 자기 몸을 녹여 민들레 뿌리로 스며들어 거름이 되는 행위이므로 희생의 의미를 간과할 수는 없다. 『몽실 언니』는 '자기희생'이라는 주제로 단순화할 수 없는 다양한 메시지를 담고 있는 작품이다. 인류애라는 숭고한 주제, 전쟁의 의미에 대한 질문, 인민군도 우리와 같은 사람이고 같은 민족이라는 점을 일깨워 준다는 점 등이 그것이다. 다만 여기서는 이런 다양한 주제 가운데, 몽실이의 희생정신이 작품의 기저를 이루고 있다는 점을 지적하는 것이다.

『오세암』도 의도된 주제를 '자기희생'이라고 말할 수는 없다. 작가가 표현하고자 한 중요한 주제는 '동심'이라고 말할 수 있다. "대저 동심이란 진실한 마음이다. (중략) 무릇 동심이란 거짓을 끊어 버린 순진함으로 사람이 태어나서 가장 처음 갖게 되는 본심을 말한다. (중략) 어린아이는 사람의 처음 모습이요, 동심은 마음의 처음 모습이다."[9] 명나라 사상가 이지李贄의 이 말은 길손이라는 주인공을 창조한 정채봉의 의도를 정확히 설명한 것이라고 생각된다. 한 점 의심 없이 관세음보살을 엄마라고 생각하는 길손이는 정말로 관세음보살의 품으로 돌아갔을지 모른다. 그러나 사건 자체만을 냉정하게 분석해 보았을 때, 어린 길손의 희생으로 누나가 눈을 뜨고, 스님과 어른들이 새로운 깨달음을 얻은 것은 어쩔 수 없는 사실이다.[10]

아동문학연구가와 평론가들이 최고의 정전으로 손꼽은 네 작품의 주인공이 이처럼 자기희생 인물형으로 설정된 이유는 무엇일까. 아니, 자기희생이 주요 모티프가 된 이런 작품을 정전으로 선정한 한국 아동문학연구가들이나, 이런 작품을 지속적으로 읽고 어린이에게 권장해 온 학부모, 교사 등 어른들의 의식은 어떤 것일까.

9 이지, 김혜경 옮김, 『동심설』, 한길그레이트북스, 2004
최기숙, 「동심(童心)이란 무엇인가」, 『열린어린이』 2012년 6월호에서 재인용.
10 예술작품을 해석하거나 평가할 때 작가의 의도보다는, 텍스트에 드러난 결과물을 중시해야 한다는 견해는 신비평이론가들의 아주 오래된 주장이다.

고난과 질곡을 헤쳐 온 한국의 근현대사가 이런 주인공을 창조해 낸 것일까. 아니면 종교적인 가치를 추구하는 우리 민족성이 어린이들에게 투사된 것일까. 공교롭게도 앞의 네 작품에는 유교, 기독교, 불교의 이데올로기가 알게 모르게 스며 있음을 발견할 수 있다. 『만년샤쓰』의 창남이가 앞 못 보는 어머니를 위해 샤쓰와 양말을 벗어 드리는 행위에서는 유교의 효 사상을 엿볼 수 있고, 『몽실 언니』와 『강아지똥』에서는 예수의 희생정신을 볼 수 있으며, 『오세암』에서는 관음보살의 자비가 사상적 배경이 되고 있다.[11] 종교적인 가르침이 아동문학의 주제가 되는 것을 탓할 수는 없다. 종교의 가르침을 현실세계에서 구현한 주인공의 행동은 참으로 감동적이고 아름답다. 또한 어버이나 이웃을 위해 제 몸을 희생하는 인물들의 삶은 거룩하고 숭고하다. 그러나 자신의 욕망과 즐거움을 마음껏 구가하는 삐삐 롱스타킹이나 허클베리 핀과 같은 주인공과 비교해 보면 우리 주인공들은 지나치게 어른스러워서 슬프기까지 하다. 우리나라 어린이들은 삐삐를 좋아할까, 몽실이를 좋아할까. 창남이나 강아지똥이나 길손이를 좋아하는 것은 어린이가 아니고 어른들이 아닐까. 위의 작품들은 어린이보다는 어른들이 공감하고 감동을 느끼기 좋은 작품일지도 모른다.

우리 정전의 주인공들이 이렇게 자기희생적인 인물로 설정된 이유를 명료하게 설명하기는 어렵지만 이 주인공들이 자연스런 본성을 지닌 인간, 어린이다운 욕망을 가진 어린이가 아니라는 것은 분명하다. 인간은 모름지기 자기 생명을 영속시키려는 본능과 안전을 지키려는 욕망을 지닌 존재들이기 때문이다. 인격이 더 성숙하고 교육이 이루어진다

11 몽실이나 창남이는 어린 주인공이 부모님을 위해 제 몸을 희생한다는 점에서 심청의 후예처럼 보인다.

면 명예의 욕구, 자아실현의 욕구로 발전하며, 자신의 이익보다는 이웃 사랑을 실천할 수도 있지만 이러한 욕구는 아직 어린이 자신의 것이라고 볼 수 없다.

이와 같은 관점에서 볼 때 서양에는 어린이의 욕망을 솔직하게 표현한 동화나 어린이 내면의 본성을 섬세하게 그려 낸 작품들이 풍부하다. 『피노키오』는 학교에 가기 싫어하고 놀기 좋아하며 당장의 쾌락을 위해 거짓말을 일삼는 어린이의 솔직한 욕망을 그려 내어 어린 독자들의 공감을 받았고, 아스트리드 린드그렌은 '말괄량이 삐삐'라는 주인공을 창조하여 20세기 초반 스웨덴의 엄격한 사회 분위기에 짓눌린 어린이들을 해방시켰다. 『괴물들이 사는 나라』의 주인공 맥스는 인간 내면에 보편적으로 존재하는 파괴적 충동을 지닌 어린이를 보여 준다. 맥스가 늑대 옷을 입고 포크로 강아지를 찌르는 행동은 인간의 무의식에 존재하는 파괴적 야수성을 상징한다. 엄마가 "이 괴물딱지 같은 녀석"이라고 질책하지만 맥스는 "그럼 내가 엄마를 잡아먹어 버릴 거야!"라고 일갈한다. 맥스의 이 외침이야말로 솔직하고 건강한 발언이다. 아이들에게 이런 말을 못 하도록 억압한다면 마음의 건강을 해칠 수 있다. 괴물 나라에 가서 한바탕 괴물 소동을 벌이고 나서야 맥스는 자신의 내면에 존재하는 파괴적 야수성을 해소한다. 그리고 어린 독자들은 삐삐와 맥스 같은 주인공을 자기와 동일시하여 공감하고 열광한다.

어린이 본성을 긍정하기 시작한 아동소설

한국의 동화나 아동소설에서는 어린이의 본성에 주목한 작품이나 어린이 자신의 간절한 욕망과 내밀한 심리적 문제를 그려 낸 작품을 찾기가 쉽지 않다. 1920~30년대의 생활동화에서는 현실 속에서 고난을 겪는 어린이들이 주인공이 되었고, 1960년대의 예술동화에서는 독자인 어린이가 아니라 작가의 심미적인 만족감을 추구하는 동화가 주류를 이루었다. 1990년대 IMF시대에는 해고 노동자의 자녀들이 겪는 아픔이 아동소설의 주제가 되었으며, 2010년대에는 신자유주의 경제 시스템에서 철저히 고통받는 가정의 아이들이 주인공이 되기도 하였다. 한국 아동문학 100년의 역사에서 어린이의 순수한 욕망과 내면의 고민이나 갈등은 이렇게 작가에게 외면을 받아 왔다.

사회와 현실 속의 어린이를 그려 내는 데 치중했던 한국의 아동소설계에 최근에는 어린이의 본성을 긍정하고 그들의 욕망에 주목하는 작품이 등장하기 시작했다. 어린이의 자연스러운 본성을 고양시켜 삶의 본질에 대한 질문을 제기한 대표적인 작가는 김기정이다. 『박뛰엄이 노는 법』(계수나무, 2008)과 『뭐 하니? 놀기 딱 좋은 날인데!』(낮은산, 2008)에서 그가 창조한 주인공은 학교 공부도 모자라 학원에 갇혀 지내며, 여가 시간에는 컴퓨터게임밖에 할 게 없는 요즘 어린이들에게 '놀기 본능'을 되찾아 주고 있다. 이 주인공들은 경쟁과 공부만이 최선의 삶이라고 믿고 있는 어른들의 고정관념까지 흔들어 진정으로 행복하고 자유로운 삶이 무엇인지를 생각하게 만든다.

범과 뛰어놀고, 새의 말을 알아듣는 뛰엄이 이야기

한평생 신나게 놀다 행복하게 백 살을 맞이하는 뛰엄 할아버지가 증손자 주먹이에게 보내는 편지. 주먹이는 집 안에서는 요상한 컴퓨터 놀이에만 빠져 있고, 집 밖에서는 여러 동무한테 못된 짓만 일삼는데……. 뛰엄 할아버지는 그런 주먹이를 걱정하며 할아버지가 어렸을 적 뛰어놀았던 이야기보따리를 풀어낸다.

『박뛰엄이 노는 법』 뒤표지에 있는 소개 글로 미루어 보면 이 동화의 기둥 줄거리는, 재미있고 신나게 뛰어놀았던 박뛰엄 할아버지의 어린 시절 이야기일 것이라고 추측된다. 뛰엄 할아버지는 어린 시절에 어떤 놀이를 하며 지냈을까. 공부와 경쟁에 찌든 요즘 아이들의 마음의 병을 치유해 줄 만큼 통쾌하고 신나는 놀이를 하며 지냈을까.

깊고 깊은 산골에 살던 일곱 살 난 아이 박뛰엄은 너무 심심하고 지루해서 "아이고, 심심해!" 하고 냅다 소리를 질렀다가 그 소리를 듣고 찾아온 범과 죽기 살기로 달리기를 한다. 처음에는 범이 자기를 잡아먹는 줄 알고 도망을 하다가 나중에는 범과 장난을 하면서 108가지 뛰엄을 익혀 가지가지로 뜀박질을 하며 3년을 논다. 그러나 어른들은 범과 뛰어다니는 짜릿한 놀이를 위험한 짓으로 오해하여 이사를 가고 뛰엄이는 애써 사귄 첫 동무와 헤어지게 된다. 범과는 헤어졌지만 몸에 밴 뜀박질 때문에 또래 동무들과 어울리지도 못하고 밭일도 못하게 되자 어른들은 뛰엄이의 다리를 묶어 집 안에 가두어 버린다. 뜀박질이 병이 되어 버린 것이다. 다시 심심해진 뛰엄이는 이번에는 자연의 소리에 가만히 귀를 기울이다가 온갖 새와 짐승, 벌레의 말소리를 알아듣게 된다. 가만 귀를 기울이고 요리조리 살피면 자연에는 온갖 재미가 숨어 있다. 더 자라서 뛰엄이는 도깨비와 만나 자기의 뜀 재주를 100년이라는 수명과 바꾸기도 하고, 열일곱 나이가 되어서는 일하는 재미를 알게 되기도 한다. 장가갈 때가 되어서는 금강산으로 여행 갔다가 신선 놀음에 끼어들어 십수 년을 허송하기도 하고, 돌아오는 길에는 전쟁 놀음(6·25 전쟁)이라는 못된 장난을 경험하기도 하지만, 무사히 집에 돌아와서 자기를 기다려 준 예쁜이와 혼인하여 자식을 키우는 재미, 재산을 불리는 재미, 손자를 보는 재미를 느끼며 산다.

자, 처음으로 되돌아가 보자. 뛰엄이가 어린 시절 어떤 놀이를 하였는지. 이 동화에서 뛰엄이의 놀이는 '범과 108가지 뜀을 뛰며 논 것'과 '새와 짐승의 말소리를 들으며 논 것'이다. '도깨비를 만나 뜀 재주를 판 것'도 놀이일까. 어쨌든 뛰엄이가 범과 어울려 뛰어논 것은 원도 한도 없는 놀이였다고 할 수 있다. 현실세계에서는 불가능한 놀이지만, 범과도 동무가 되고, 새와 짐승의 말을 알아듣는 삶은 현대인이 잃어버린 유토피아의 세계이다. 이런 장면을 상상하는 것만으로도 경쟁적인 공부에 시달리고 컴퓨터게임으로나 스트레스를 푸는 아이들에게는 매혹적인 상상 놀이가 될 수 있을 것이다. 그러나 범과 어울려 논 일이나 새와 짐승과 소통하는 놀이는 너무 비현실적이어서 아이들에게는 그저 이야기 속 세계일 뿐이다. 놀 줄 모르는 현대 아이들이 따라할 수도 흉내를 낼 수도 없으니 '노는 법'을 알려 주고자 한 뛰엄 할아버지의 의도는 제대로 이루어졌다고 보기 어렵다. 뛰엄이가 뜀박질 재주를 도깨비에게 팔아 버린 후 또래 동무들과 어울려 신나게 노는 이야기를 펼쳐 놓았더라면 아이들에게 위로가 되면서, 놀고 싶은 본능을 자극하는 바가 있었을 것 같다. 작가는 뛰엄이의 어린 시절 이야기를 들려주다가 중도에서 그치고 어른의 삶으로 건너가 버렸다.

청년 시절 이후의 이야기는 어린 시절의 이야기도 아닐 뿐더러 그리 즐거운 놀이라고 할 수 없는 것으로 채워져 있다. '일하는 재미를 안 것'

은 '재미'가 있으니 일 자체가 놀이가 될 수도 있겠지만 어린 시절의 놀이는 아니다. 신선놀음, 전쟁 놀음은 박뛰엄 할아버지 입으로 바람직한 놀이가 아니라고 했으니 말할 것도 없고, 재산 불리며, 손자 보는 재미도 어린 시절의 놀이는 아니다. 물론 어른이 되었을 때의 이러저러한 재미도 넓은 의미로 보면 '놀이'가 될 수 있다. 뛰엄 할아버지는 사는 것 자체가 '놀이'라고 말하는 것이다. 자신의 직업이 오로지 노동이 되어 버린 현대의 어른들과 공부의 즐거움을 모르고 출세와 경쟁을 위한 싸움으로 여기는 현대 어린이들에게 뛰엄 할아버지의 경험은 인생의 본질을 통찰하게 하지만, 어린이들에게 '노는 법'을 알려 주려는 애초 의도는 뒷부분으로 갈수록 희미해져 버린다.

아이들 본성을 '놀이'라고 생각하고, 잘 노는 아이를 찾아 헤매다가 작가는 '박뛰엄'이라는 주인공을 창조했다. 어린이의 생명력을 고양시키려는 작가의 의도는 매우 바람직했지만 그것은 절반의 성공에 그쳤다고 할 수 있다. 작가도 박뛰엄이 논 이야기는 그리 만족스럽지 못했나 보다. 그래서 '놀이'의 즐거움을 온몸으로 전파하는 아이, '오로지 놀기 하나만을 위해 태어난 듯한 아이'로 창조해 낸 주인공이 『뭐 하니? 놀기 딱 좋은 날인데!』의 곡두다.

놀이를 모르는 아이들에게 놀이 바이러스를 퍼뜨리는 곡두 이야기

『뭐 하니? 놀기 딱 좋은 날인데!』의 속지에는 "'너희들의 시간'을 의심하는 어른들과 '너희들의 시간'을 지키려는 아이들에게"라는 헌사가 들어 있다. 작가가 이 작품을 헌정하는 대상은 이 시대의 '어른들'과 '아이들'이다. 어린이의 본성은 노는 일인데, 어른들은 이것을 믿지 못한다. 이 시대의 어른들은 아이들이 잘 놀면 불안해한다. 그래서 아이들도 놀 줄을 모른다. 작가는 아이들의 시간을 의심하는 어른들에게 경종을 울리고, 어린 시절을 지켜 내려는 아이들을 격려하기 위해 이 작품을 썼다.

이야기는 곡두와 버버할미, 눈뜰영감이 덩굴아파트로 이사 오는 장면으로 시작된다. 눈뜰영감은 곡두의 아빠인데 장님 악사이다. 어서 눈을 뜨라고 사람들이 그렇게 부른다. 버버할미는 곡두의 엄마. 말을 못하고 버버버만 해서 버버할미이다. 곡두는 등이 굽은 데다 한쪽 다리를 절룩이고 한 손을 휘휘 저으며 걸어서, 그 모습이 마치 덩실거리며 춤이라도 추는 것 같다.

이들은 심심한 이들의 눈에만 보인다. 눈뜰영감의 사촌 형이 미국에서 청소 회사 사장이 되었는데, 죽기 전에 아파트 한 채를 물려준다. 서울 한강 남쪽 금싸라기 땅의 수십 층짜리 건물들에 둘러싸인 낡은 아파트가 그것. 이 아파트 벽을 타고 어마어마하게 큰 덩굴이 자라서 멀리서 보면 이 아파트는 숲처럼 보인다.

이 덩굴아파트에는 늘 놀고 싶지만 놀 줄 모르는 심심쟁이 도톨과 도톨을 돌보느라 고단한 고단엄마, 학원에 가기 싫어하는 짜증쟁이 자야와 그 딸 때문에 늘 걱정인 걱정엄마, 한 번도 학원에 빠진 적 없는 모범생 마똥이 산다. 그런데 이들이 놀기대장 곡두를 만나면서 아이들은 놀이에 흠뻑 빠져 염통 소리가 쿵쿵대고 눈에는 생기가 돌며, 그런 아이들을 보면서 어른들도 행복과 자유를 느끼기 시작한다. 놀이가 아이들의 마음과 삶을 어떻게 바꾸어 놓는지를 묘사한 대목을 읽으면, 공부만 아는 우리 어른들이 아이들을 얼마나 핍박했는지, 그 일이 얼마나 바보 같은 짓이었는지를 깨닫게 된다.

그날 고단엄마는 아이에게 시달리다가 몇 년 만에 처음으로 아주 다디단 낮잠을 잤다. 곡두와 도톨이 놀던 모습을 지켜보다가, 집으로 돌아와 소파에 잠깐 누웠는데, 눈을 떠 보니 벌써 어둑해지는 저녁이었다. (중략) 거기엔 옷이 땀과 흙으로 범벅이 된, 아들 도톨이 식식거리면서 서 있었다.

도톨은 활짝 웃으면서 소리쳤다.

"엄마, 실컷 놀았어!"

도톨은 숨을 할딱이다가 엄마에게 달려와 안겼다.

"엄마, 나 무지무지 행복해요."

직장에서 밤늦게 돌아와 "옷은 땀에 절었고, 한껏 달아올랐던 몸은 아직도 뜨거운 기운이 식지 않"은 딸을 보면서 공부도 안 하고 만날 놀아 댄다고 긴 한숨을 쉬던 걱정엄마도, 학원을 빠지면 큰일 나는 것으로 알던 마똥의 엄마도 차츰 곡두의 놀이를 좋아하게 된다. 그렇다고 곡두의 놀이가 기상천외할 만큼 새로운 것은 아니다. 늘 거기 있을 뿐이던 놀이터 모래땅 위에 그냥 그네랑 미끄럼틀이랑 정글짐 이런 것들 몇 개만 달랑 있는데 그것들을 이용해서 곡두는 상상을 펼친다. 자야 공주가 궁궐에 갇혀 있다가 탈출하여 모험을 하고 도톨 왕자와 곡두 장군이 자야를 구해 낸다. 놀이터는 울창한 숲이 되고 세 아이의 웃음소리는 끊이지 않는다.

그런데, 놀기대장 곡두가 극복해야 할 대상은 학원과 공부다. 학교는 하나만 다니지만 학원을 아홉 개 다니는 마똥에게 곡두는 이렇게 충고한다.

"이렇게 공부만 하는 아이가 우리 패거리에 끼면, 어른들은 욕심보, 심술보, 걱정보를 바닥에 툭 던져 놓는단다."

"대신 이것만은 꼭 알아 둬. 지금 뒤돌아서 바로 저 지긋지긋한 감옥 같은 곳으로 간다면…… 음…… 참, 거기에는 뭐 맛있는 거라도 있니?"

"이상한 나라의 이상한 말들을 아주 이상하고 무섭게 배우겠지. 정말 그게 좋다면 가도 좋아. 너는 평생 한 번 만날까 말까 하는 최고로 재밌게 놀 기회를 잃는 거라고. 나중에 후회해도 난 모른다."

곡두가 혼내 주어야 할 또 다른 존재는 물욕과 소유욕의 화신, 국자여사다. 국자여사는 "이 아파트는 다 내 꺼야!" 하고 외치며 아파트를 하나둘 사 모으고 있었다. 그리고 집을 사자마자, 세 들어 살던 이들을 쫓아내고 집 문짝에다 빨간 페인트로 "내 꺼!"라고 쓴다. 국자여사는 덩굴아파트를 허물고 골프장과 빌딩을 지을 예정이다. 그러면 곡두와 아이들의 놀이터가 사라진다. 이것이 곡두가 국자여사와 싸워야 하는 이유이다.

곡두는 이렇게 아이들과 재미있게 놀아 주어야 하며, 한편으로는 아이들을 놀지 못하게 하는 여러 가지 외적 조건(공부, 학원, 물질적 욕망 등)들과 투쟁해야 한다. 뿐만 아니라 놀이가 왜 중요하고 의미 있는지를 어른들에게 설명해 주어야 한다. 그래서 곡두는 바쁘다. 곡두의 설명을 들어 보자.

"곡두야, 내가 뭐 도울 일 없니?"

"돕다니요. 우리끼리 노는 데는 조금도 도움이 필요 없답니다. 방해만 안 해도 어딘데요? 놀기는 그냥 두면 씨앗에서 싹이 나고 잎이 나고 쑥쑥 크는 거랍니다."

"여러분, 놀이란 그냥 노는 것이 아니랍니다. 아주 무시무시하고 엄청 신나고, 진짜라고 생각해야 참말로 놀이가 재미있어진답니다."

곡두는 스스로 그냥 재미있고 자유롭게 노는 것이 아니라, 노는 시범을 보여 주고 놀이의 방법과 의미를 설명해 준다. 그리고 작가는 생생엄마를 통해서도 다음과 같이 설명해 준다.

아이들은 왜 뛰어놀아야 하는가?

1. 아이들의 웃음은 보약이다.
2. 잘 노는 아이는 머리가 좋아진다.
3. 놀이는 집중력을 키워 공부에 도움이 된다.
4. 음식물 소화를 돕고, 건강해진다.

놀이가 세계 평화에 끼치는 영향 연구

1. 놀이는 사람들의 마음을 즐겁게 한다.
2. 놀 때 생기는 좋은 기운은 곡식을 쑥쑥 자라게 한다.
3. 아이들이 행복해지면, 공장의 기계가 더 잘 돌아간다.

4. 교육비에 쓸 돈이 자선사업에 더 많이 쓰인다.

작가가 이렇게 열심히 '놀이'의 의미를 설명하는 이유는 무엇인가. 자기 말을 못 알아들으면 어쩌지 하는 노파심 때문인가. 공부와 학원이라는 괴물에 포획된 아이들과 비본질적인 삶에 지친 현대인들에 대한 안쓰러움이 너무 크기 때문인가.

그런데 김기정의 주인공들은 '잘 놀아야지! 잘 놀아야 돼!'라는 강박관념에 사로잡혀 있다. 곡두는 어떤 놀이를 할 때마다 오늘은 무슨 놀이를 한다고 선언을 하고 그 놀이를 재미있게 하려고 애쓰며, 아이들에게 놀이의 재미를 가르쳐 주려고 노력한다. 이것은 작가가 놀이라는 것에 너무 집착하고 있기 때문이다. 정말로 신나게 놀이에 몰입을 할 때는 자기가 잘 논다는 의식 자체가 없다. 홀딱 빠져서 세상 그 무엇도 다 잊고 그냥 놀 뿐이다. 그런데 곡두의 놀이를 보면 어쩐지 놀이 자체가 프로젝트를 수행하는 듯한 느낌이 드는 것이다. '덩굴아파트, 놀이의 천국 만들기' 프로젝트를 성공시킨 곡두는 이제 학교로 진출하게 된다.

학교 가는 첫날, 곡두는 덩굴아파트 최고참 문지기 코털 씨에게 방긋 인사를 했다.
"안녕하세요? 코털 씨!"
"열심히 놀고 오너라!"

학교에 가서도 곡두는 신나고 재미있게 놀 것이다. 그리고 아이들에게 놀이 바이러스를 열심히 전파할 것이다. 그런데 그냥, 마음대로, 자유롭게 놀지 못하고 '열심히' 놀아야 하는 곡두가 좀 안쓰럽다. 그리고 곡두가 그렇게나 열심히 놀아 주었는데도 끝까지 스스로 노는 방법을 터득하지 못한 자야도 안쓰럽다.

"곡두야, 오늘은 뭐 하고 놀아?"

곡두는 입맛을 쩝쩝 다시며 고개를 갸웃거렸다.

"요새 놀 게 너무 많아서 탈이야. 이것저것 다 하고 싶다니까."

"어서 말해 줘. 얘들이 기다리잖아."

이 소설의 결말에 이르기까지 제대로 놀 줄 아는 아이는 곡두뿐인 셈이다. 우리 아이들이 무심히 노는 자유를 터득하는 길이 이토록 멀고 지난하다는 말인가.

공부와 경쟁에 지친 아이들, 땅에서 기르는 오리처럼 양계장의 닭처럼 사육당하는 오늘날 우리 아이들에게 생명력을 고양하는 '놀이'는 사치일지도 모른다. 놀 시간이 없고, 놀 줄도 모르는 아이들이 사는 나라, 아이들이 잘 놀면 큰일 나는 줄 아는 부모들이 사는 우리나라에서는 아직 놀이 프로젝트 수행자가 더 필요한 시기일지도 모른다.

『열린어린이』 2012년 7월호·8월호

동화작가여, 어린이의 내면으로 들어가자

문학은 인간의 삶을 언어로 표현하는 예술이기에 문학작품 안에 우리가 사는 세상의 모습이 반영되는 현상은 아주 자연스럽다. 또한 인간은 혼자 살 수 없어서 가족과 친구, 이웃들과 이렇게 저렇게 얽혀, 이른바 사회를 형성하여 살고 있고, 어린이도 세상 속에서 여러 사람들과 부대끼며 살아가고 있기 때문에 그들도 사회적인 존재인 것은 분명하다. 그래서 아동문학의 이야기는 어린이 삶의 문제를 중심으로 펼쳐지게 마련이며, 어린이가 속한 사회 현실이 작품의 주제가 되는 일은 아주 자연스럽다. 우리 아동문학에 현실을 반영하는 리얼리즘 계열의 작품이 많은 것은 어찌 보면 당연한 일인 것처럼 보이기도 한다.

그런데 인간 행동을 촉발시키는 원인, 즉 문학작품에서 갈등을 불러일으키는 계기로 작용하는 동인이 꼭 사회적 관계인 것만은 아니다. 인간이 반드시 사회적인 삶만을 사는 것도 아니고, 현실을 반영한 문학만이 전부는 아니라는 것이다. 인간은 사회적 존재이기도 하지만 개인적 존재이기도 하다. 인간의 욕망은 사회관계 속에서 촉발되기도 하지만 개인적이고 내면적인 원인에서 발생하기도 한다. 물론 어떤 행동의 원인을 이 둘 중 하나로 구분해 내기란 매우 어렵다. 대개는 둘이 복합되어 있는 경우가 많기 때문이다.

그렇지만 아동의 경우는, 특히 나이가 어린 유아나 저학년 아동의 경우는 어떤 행동의 원인이 자기 자신의 내적 욕망인 경우가 많을 것이다. 어린이는 어른에 비해 자신의 욕망을 제어하거나 통제하는 데 익숙하지 않기 때문이다. 그리고 아동 행동의 원인을 사회적인 것에서 찾더라도 그 범위는 어른보다는 훨씬 제한적일 수밖에 없다. 어린이를 둘러싸고 있는 사람들은 엄마, 아빠, 동생 등 가족이고, 좀 더 커서 학교에 가면 친구들과 선생님이 그들의 사회적 관계를 형성하는 그물이 되는 정도이기 때문이다.

이런 점을 생각해 보면 오늘날 우리 아동문학은 사회와 어린이의 관계, 사회 속 어린이를 그려 내는 데 너무 치우쳐 있지 않은가 하는 염려가 된다. 우리 동화에서 주인공의 행동을 촉발시키는 원인은 거의 외부세계에 있다. 『나쁜 어린이 표』(황선미, 웅진주니어, 1999/ 이마주, 2017)에서 건우의 갈등은, 아이들 마음을 살피지 못하고 편의대로 나쁜 어린이 표를 발행하는 선생님과의 관계에서 시작된다. 판타지동화인 『영모가 사라졌다』(공지희, 비룡소, 2003)에서도 주인공들을 판타지세계인 라온제나로 이끄는 원인은 현실적 삶이 괴롭기 때문이다. 영모는 아버지의 욕망과 폭력이 빚어낸 희생물이다. 방정환의 『만년샤쓰』부터 채인선의 『내 짝꿍 최영대』에 이르기까지, 친구·가족·이웃 간 갈등을 주제로 한 동화는 셀 수 없이 많다.

성장기 어린이는 수많은 갈등과 고민 속에서 지낸다. 남에게 말하기 어려운 은밀한 욕망이 꿈틀댈 수도 있고, 부모나 친구에게도 말할 수 없는 자기만의 부끄러운 상처를 붙잡고 고민할 수도 있다. 어른들의 내면에 공격적이고 배타적이고 이기적인 성향이 숨어 있는 것처럼 아이들 내면에도 소아적 의타심, 삶에 대한 혼돈과 불안, 부모나 교사에 대한 분노, 폭력적인 환상이 잠재해 있을 수 있다.

『학교에 간 사자』

어린이의 내면 심리를 절묘하게 그려 낸 작품으로 필리파 피어스의 『학교에 간 사자』(논장, 1999)를 꼽을 수 있다. 이 책은 어린이들의 은밀한 욕망과 삶의 갈피갈피에서 겪는 고민과 갈등이 재미있는 사건으로 펼쳐진다. 「무지무지 잘 드는 커다란 가위」를 보자. 팀은 할머니를 너무너무 사랑한다. 엄마 아빠는 걸핏하면 "팀!" 하고 버럭 고함을 지르지만 할머니는 늘 팀을 감싸 주기 때문이다. 어느 날 할머니가 아파서 엄마가 병문안을 가려는데, 팀이 따라가려 하자 엄마는 얌전히 집이나 지키고 있으라며 매정하게 떠나 버린다. 팀은 정말이지 이렇게 화가 난 건 난생 처음이다. 그때 낯선 사나이가 찾아와 '무지무지 잘 드는 커다란 가위'를 팔고 간다.

> 팀은 현관문을 닫고 나서 가위에 손가락을 끼웠어요. 찰캉찰캉 가위질을 하다 보니, 아까 자기가 얼마나 화가 났었는지 퍼뜩 떠올랐어요. 그래서 팀은 당장 가위를 시험해 보기로 했어요. (중략) 마침 현관에 걸려 있는 아빠의 외투가 눈에 띄었어요. 팀은 가위로 외투에 달린 단추를 모조리 떼어 냈어요. 싹둑! 싹둑! 싹둑! 싹

둑! 투두둑! 단추들이 바닥에 떨어졌어요. 정말이지 식은 죽 먹기였죠.

팀은 좀 더 어려운 것을 찾아 자르기 시작한다. 양탄자, 의자, 소파……. 그러자 가위는 저 혼자 온 집 안을 자른다. 심지어 슬레이트 지붕까지. 팀은 그제야 으앙! 하고 울음을 터뜨린다. 그때 낯선 할머니가 찾아와 무엇이든 잘 붙는 접착제를 주고 가위를 가져간다.

가위질을 하며 온 집 안을 쑥대밭으로 만들 때 팀은 얼마나 속이 시원했을까. 인간은 에로스와 타나토스라는 상반된 욕망을 동시에 지닌 존재라고 한다. 살고 싶고, 사랑하고 싶은 욕망이 있는 반면에 죽고 싶고, 죽이고 싶고, 파괴해 버리고 싶은 욕망 또한 가지고 있는 모순된 존재다. 때로는 어른들도 마음속 화를 참지 못하고 모든 것을 쓸어버리고 싶을 때가 있다. 아이들이라고 타나토스의 욕망이 없을까. 이 동화를 읽는 어린 독자들도 타나토스를 대리 발산하면서 얼마나 시원해하겠는가. 그런데 이 타나토스는 함부로 발동되어서는 안 된다. 그래서 아이들은 이런 동화를 읽어야 하는 것이다.

이 작품에서 "옛날에 팀이라는 남자아이가 살았는데, 걸핏하면 말썽을 피웠어요."라는 서두도 재미있다. 왜 작가는 옛날이야기를 하듯이, "옛날에~"라는 말로 이야기를 열었을까. 그리고 왜 가위 파는 인물은 '사나이'로, 접착제 파는 인물은 '할머니'로 설정했을까. 그건 아마도 파괴적 욕망을 현실화시키는 인물로는 주로 남성이 등장하고, 치유와 사랑을 현실화시키는 인물로는 여성이 많이 등장하는 옛이야기의 관습 때문일 것이라고 생각된다.

이 동화책에서 또 주목해야 할 작품은 표제작인 「학교에 간 사자」와

「구부러진 새끼손가락」이다.

먼저 「학교에 간 사자」를 살펴보자. "옛날 옛적에 학교 가기 싫어하는 작은 여자아이가 있었어요. 그 작은 아이는 언제나 느지막이 집을 나섰죠. 그러면 얼른 학교에 가야 할 텐데, 여자아이는 절대로 뛰어가지 않았답니다."(여기서도 "옛날 옛적에~"로 시작한다.)

작은 여자아이가 모퉁이를 돌아서자, 웬 사자가 길을 딱 막고 서 있다. 여자아이는 사자 등에 타고 학교로 쌩쌩 달려간다. 학교에서는 잭 톨이라는 남자아이가 걸핏하면 여자아이를 밀어서 넘어뜨리는데 그날 사자는 "굴처럼 넓고 깊은 목구멍까지 훤히 보이도록!" 입을 쩍 벌리고 "어—흥!" 하고 울어 잭 톨을 도망가게 만든다.

여자아이는 왜 학교에 가기 싫어했을까. 우리는 그 이유를 쉽게 짐작할 수 있다. 걸핏하면 밀어 넘어뜨리는 심술궂은 남자아이 때문이다. 여자아이 마음속 깊은 곳에는 한 가지 소망이 자라난다. 드디어 아이의 절실한 소망은 무의식의 심연에서 사자를 불러내어 남자아이를 물리치게 된다. 이 동화의 재미에는, 이 말도 안 되는 상황을 시치미 뚝 떼고 유머러스하게 펼쳐 내는 작가의 문장이 한몫을 한다.

> 덩치 큰 잭 톨은 허겁지겁 돌아서서, 달리고, 달리고, 또 달렸어요. 집에 가서 엄마 품에 안길 때까지 한 번도 쉬지 않고 말예요.
> (중략)
> "칫, 별 볼 일 없잖아. 내가 다시는 저 녀석을 무서워하나 봐라."
> 사자는 몹시 불만스럽게 투덜댔어요.
> "난 배가 무척 고파. 그 녀석을 꿀꺽 삼키는 건 식은 죽 먹기였는데. 에이, 너하고 약속만 안 했어도."

그러자 작은 여자아이가 말했어요.

"그럼, 걔네 엄마가 좋아하지 않으실걸. 이제 오후 수업 받아야 돼."

「구부러진 새끼손가락」은 친구의 예쁜 지우개를 갖고 싶고, 맛있는 과자를 먹고 싶을 때마다 저절로 손가락이 구부러져서 자신의 욕망을 마음껏 채울 수 있지만 이 불순한 욕망이 종국에는 사회적 금기와 만나 심각한 문제를 발생시키고 마는 조그만 여자아이 주디 이야기이다. "주디는 다시 한번 새끼손가락을 구부려 보았어요. 그러다가 문득 새끼손가락이 저 혼자 구부리고 싶어 한다는 것을 깨달았지 뭐예요? 그래요, 새끼손가락은 너무너무 구부러지고 싶어서 콕콕 쑤시고 간질간질했던 거예요." 이 작품의 뛰어난 점은 누구나 가지고 있는 불순한 욕망을 이렇게 은유적으로 표현한 점이다. 어린이들은 때로 남의 물건을 갖고 싶어 한다. 그러나 아이들도 남의 물건을 허락 없이 가져가서는 안 된다는 것을 알고 있다. 그럼에도 불구하고 가지고 싶은 마음이 커지면 마음속에는 알 수 없는 불안감이 꿈틀댄다. "너무너무 구부러지고 싶어서 콕콕 쑤시고 간질간질"해지는 새끼손가락은 남의 물건을 탐낼 때 마음속에 일어나는 불순한 욕망을 비유한다.

이 이야기의 클라이맥스는 주디가 사탕 가게 앞에 서서 창문을 들여다보는 장면이다. 달콤한 사탕과 과자를 먹고 싶은 마음을 더 이상 참지 못한 주디가 새끼손가락을 구부리자 초콜릿이랑 사탕이 유리창에 다닥다닥 붙었다가 마침내 쨍그랑 유리창을 깨고 주디를 향해 우르르 날아오고, 주디가 도망가자 우당탕 툭탁 하며 무시무시하게 주디를 뒤쫓아 온다. 아, 어린 독자들이 다시는 남의 물건을 탐내서는 안 되겠다고 결심할 만큼 기발한 상상력 아닌가.

『이상한 열쇠고리』

우리 아동문학작품 가운데는 어린이 내면 심리를 섬세하게 파헤친 작품을 찾기가 매우 어렵다. 이 글을 쓰기 위해 이런저런 작품을 여러 편 읽어 보고, 전에 읽은 작품 가운데에서도 심리동화라 할 만한 것을 찾아보아도 영 기억의 수면 위로 떠오르지 않는다. 결국 예전에 인상 깊게 읽었던 오주영의 『이상한 열쇠고리』(창비, 2009)를 이야깃거리로 가져온다. 이 단편집은 제13회 창비 '좋은 어린이책' 원고 공모에서 저학년 창작 부문 대상을 받은 작품이다. 이 단편집에는 이야기 네 편이 들어 있는데, 하나같이 저학년 어린이들이 깊이 공감할 만한 아이들의 체험과 소망이 환상적인 장치로 구현되어 있는 재미있는 작품이다.

표제작인 「이상한 열쇠고리」는 작품의 소재와 주제로 볼 때는 필리파 피어스의 「구부러진 새끼손가락」과 유사하다. 아이가 마음만 먹으면 남의 물건이 저절로 날아와 아이 욕망을 채워 주지만, 결국엔 큰 대가를 지불하고 자신의 욕망을 제어하는 방법을 배워 가는 이야기 구조가 그러하다. 전체적인 주제와 이야기의 흐름이 비슷하긴 하지만, 두 작품은 자신만의 재미와 매력을 다르게 보여 주는 작품이다. 「이상한 열쇠고리」의 주인공 지영이는 자기를 괴롭히는 박똥구 때문에 학교에 가기 싫어 느릿느릿 계단을 오르다가 열쇠고리 하나를 발견한다. 그런데 이 열쇠고리가 신기한 힘을 가지고 있다. 열쇠고리를 빙빙 돌리며 뭐라고 중얼거리면 그것은 모두 현실이 된다. 지영이는 이 열쇠고리 덕분에 체육복도 연필도 가질 수 있게 되고, 잘 못 본 받아쓰기 시험도 무효로 만들어 버린다. 지영이를 놀려 대는 박똥구가 줄넘기를 할 때는 설사를 하게 만들기도 하며, 말벌을 등장시켜 똥구를 혼내 주기도 한다. 이 이야기는 옛날이야기에서 자주 보던 소원 성취의 이야기 구조와 닮아 있다. 마법 도구가 열쇠고리로 바뀌고, 주인공의 소원이 현대의 어린이들이 가질 법한 것으로 대치되어 있을 뿐이다.

그러나 결말과 주제는 옛이야기 방식과 전혀 다르다. 이 이야기는 문제를 쉬운 방식으로 해결하려 할 때, 그 방식은 잠시 동안의 임시 해결책에 지나지 않고 큰 대가를 지불하게 될 수도 있음을 보여 준다. 인생의 고비에서 생겨나는 어려운 일은 손쉽게 해결해 낼 수 없으며, 본인의 절제와 수고와 인내가 필요한 법이다. 그것이 인생의 진리다. 바로 이것이 옛이야기 결말과 다른 점이다. 소원 성취의 옛이야기에서는 주인공의 고난이 의외의 행운으로 해결되어 해피엔딩으로 끝나는 이야기가 많지만 현대의 동화에서는 그런 행운이 손쉽게 찾아오지는 않는다. 왜 그런 걸까. 옛이야기의 청자는 어린이만은 아니었다. 어른들은 이야기를 통해 잠시 동안의 위안을 얻을 뿐이고 그것이 현실세계에서는 불가능하다는 것을 절실하게 인식했다. 그저 이야기는 이야기일 뿐인 것이다. 그러나 현대의 어린이들에게 아무 대가도 지불하지 않고 얻어 내는 행운을 담은 이야기를 의미 있다고 하기는 어렵다.

그런 점에서 지영이의 욕망이 손쉽게 달성될 수 없음을 보여 주는 마지막 장면은 아주 자연스럽게 마무리되었다고 할 수 있다. 체육복과 연필이 모두 남의 물건이라는 것이 탄로가 나 곤혹스러운 상황에 처한 지영이가 '난 몰라. 이게 뭐야. 싫어. 다 없어졌으면 좋겠어.' 하고 생각하는 순간 학교에는 불이 나 버린다. 지영이가 열쇠고리에 대고 "다너 때문이야, 하지 마, 멈춰! 싫다고!" 하고 외치자 열쇠고리에 달린 하얀 새가 커다란 새가 되더니 발톱으로 지영이를 붙들고 하늘로 날아오른다. 지영이가 하늘로 떠오르자 포개져 있던 아이들이 오뚝이처럼 일어섰고, 엎어졌던 책상과 걸상이 저절로 일어서며, 아이들은 뒤로 걸어 제자리에 앉는다. 그리고 지영이도 느릿느릿 학교로 가던 그 순간으로 되돌아간다. 지영이는 열쇠고리를 호주머니 깊숙이 넣고 집으로 달려간다. 체육복과 필통을 챙기러. 필름을 거꾸로 돌리는 듯한 영화의 기법을 차용한 이 장면은 독자를 현실 원칙의 세계로 자연스럽게 안내한다. 약자인 지영이가 똥구를 골려 줄 때 즐거워하던 독자들은 지영이가 가진 열쇠고리가 신기한 힘을 지니지 못하게 되었음을 알더라도 실망하지는 않을 것이다. 좌절 이후의 성숙에 동참할 수 있기 때문이다.

「똥글이 파랑 반지」는 서너 살 된 남동생에게 부모의 관심과 사랑을 빼앗긴 저학년 여자아이의 분노와 동생에 대한 질투가 표출되는 과정이 생생하게 그려져 있다. 동생 때문에 온갖 스트레스를 다 받지만 "하나야, 참아. 누나잖아."라는 엄마의 고약한 말에 꼼짝 못 하고 참기만 하던 하나의 배 속이 꽉꽉 조이고 울렁대다가 입 밖으로 튀어나온 것은 똥글이 파랑 반지다. 이 파랑 반지는 하나가 동생 두리를 미워하고 골려 주고 싶을 때마다 저절로 튀어 나가 두리를 공격한다. 파랑 반지는 하나의 질투와 분노, 증오심이 구체물로 나타난 것이며 하나의 분노를 해소하고 욕망을 실현시키는 대체물이다.

결국, 두리를 미워하고 질투하던 하나는 두리가 왜 자신의 그림에 낙서를 했는지를 알아차리고 동생 마음을 이해하게 된다. 두리는 하나가 그린 그림 속에 세 식구(아빠, 엄마, 하나)만 있어서 자기를 그려 넣었던 것이다. 즉 하나가 의식적으로 가족 그림에 두리를 빼 버렸는데 두리는 이것이 서운했던 것이다. 하나는 두리에게도 사랑이 필요했음을 이해하고 화해하게 되면서 파랑 반지는 제자리로 돌아간다.

인간 본성에 대한 탐구는 왜 계속되어야 하나

오늘날 우리들이 읽고 즐기는 신화와 민담은 초기의 수많은 이야기 가운데 오늘날까지 살아남은 이야기라고 할 수 있다. 신화와 민담이 지금까지 살아남을 수 있었던 이유는 무엇일까. 그것은 세상이 변해도 변하지 않는 보편성을 지니고 있기 때문일 것이다. 시대가 변해도 변하지 않는 인간 본성에 대한 깨달음을 주는 문학의 효용, 그것이 문학의 보편성이라 할 수 있다. 이 보편성은 인간이 지니고 있는 욕망과 관계가 있다. 먹고, 잠자고, 자신의 생명을 영속시키려는 본능부터, 안전에 대한 욕구, 소속감과 명예에 대한 욕구, 사랑하고 싶고 자아를 실현하고 싶은 욕구까지, 이런 것들은 시대가 변해도 변할 수 없는 인간의 본성이다.

현덕의 「나비를 잡는 아버지」가 명작이 될 수 있었던 이유는 마름 자식과 소작인 자식 사이의 갈등을 다루고 있기 때문이 아니라 바우와 아버지의 인간적인 사랑이 감동적이기 때문이다. 현대의 독자들에게 이주홍의 「청어 뼉다귀」가 현덕의 그것보다 문학성이 떨어진다면 그것은 순덕이와 아버지의 사랑보다는 지주와 소작인의 갈등과 불공평한 사회에 대한 분노가 전면에 드러나기 때문일 것이다.

나의 젊은 시절을 뜨겁게 했던 「타는 목마름으로」나 「청산이 소리쳐 부르거든」을 요즘 청년들은 모르는 것 같다. 30여 년이 지난 지금 젊은 이들은 취업 걱정, 세대 간 갈등과 같은, 그 시절과는 다른 고통을 안고 살고 있다. 그렇다면 「타는 목마름으로」나 「청산이 소리쳐 부르거든」의 유통기한은 이제 지난 것인가. 그렇지는 않을 것이다. 다만 지금 시점에서 볼 때 절실함이 감소된 것은 사실이다. 당대를 반영하고 당대 문제에 대해 발언하는 문학이 인간의 본성을 다루는 문학보다 보편성에서 멀어지고 생명력이 짧은 것은 당연한 일이다.

우리 아동문학이 현실적이고 사회적인 소재와 주제에 치우치고 평론가들 관심도 리얼리즘에만 경도되어 있다면, 어린이들의 내면적인 욕구를 이해하고 심연의 욕망을 해소시키며 인간 본성의 고민과 갈등에 대한 해답과 위안을 주는 이야기를 어디에서 찾을 것인가. 동화작가는 어린이 내면을 탐구해야 한다. 현실을 기반으로 어린이의 구체적인 삶을 다루는 사실동화의 경우에도 아이의 내면에 대한 탐구가 미흡하다면, 친구, 부모, 선생님 사이에서 벌어지는 피상적인 사건을 묘사하는 데 그치고 말 것이다.

『열린어린이』 2012년 1월호

저학년동화, 재미의 세계로 가는 여정

아동문학계에서 저학년동화는 출판·판매되는 양이나 독자 수에 비해 비평을 받을 기회가 상대적으로 적었다. 비평의 조명이 고학년동화에 주로 집중되는 현실은 여러 출판사에서 주최하는 공모전에서 당선되는 동화가 주로 고학년용이라는 사실과도 무관하지 않다. 공모에 뽑히기 위해서는 서사적 완성도나 문학성을 평가받아야 되기 때문에 어느 정도의 분량이 필요한 고학년동화에 치우치게 되는 것이다. 평단에서 거론되는 작품 가운데 고학년동화 쪽이 많은 이유도 비평의 당위성보다는 비평 대상으로 삼기에 더 손쉬운 측면이 있어서가 아닐까 생각된다.

그러나 동화의 본령은 아무래도 저학년동화 쪽에 있다. 독자 연령으로 볼 때도 고학년 어린이들은 청소년기로 넘어가는 과정에 있고 장르적 속성으로 보아도 고학년동화는 청소년소설로 이행하는 과정에 있기 때문에 서사 구조나 플롯 등이 소설에 더 가까워지기 때문이다. 하여튼 저학년동화는 길이도 짧고 서사 구조도 비교적 단순할 것을 요구하기 때문에 여기에 풍부한 문학성까지 담기에는 매우 어려운 양식이고 그만큼 작가로서 좋은 저학년동화를 쓰기에는 어려움이 많을 것으로 생각된다.

사실, 저학년동화는 '저학년 어린이만 읽는 동화'여서는 안 되고, '저학년 어린이도 읽을 수 있는 동화'여야 한다. '동화'라는 장르가 단순한 구조와 짧은 이야기 안에 인생의 진실을 함축하고 있는 문학 양식이어서 정말로 좋은 동화는 어린이들뿐만 아니라 어른도 같이 읽고 감동과 재미를 느낄 수 있는 것처럼, '좋은' 저학년동화는 저학년 어린이들도 즐겁게 읽을 수 있지만 고학년 어린이들도 즐거움을 느낄 수 있어야 하는 것이다.

최근에 평단에서 화제가 된 유은실의 「할아버지 숙제」를 대학생들에게 읽어 주었더니 얼마나 재미있게 들었는지 모른다. 한바탕 웃은 뒤에는 인생에 대한 작가의 해석과 통찰력에 또 감탄하기도 하였다. 「할아버지 숙제」는 주인공 나이대가 초등학교 저학년이고 이야기 자체도 저학년 학생들이 충분히 읽고 즐길 만한 내용이다. 저학년 어린이들이 인생에 대한 작가의 해석을 얼마나 공감하고 이해할 수 있을지는 미지수지만 꼭 자기가 읽은 의미를 명료하게 설명해 낼 수 있어야만 잘 이해했다고 할 수는 없을 것이다.

성공적인 동화가 되기 위한 요소는 무엇일까. 너무나 상식적인 대답일지 모르겠지만, 일단은 재미가 있어야 할 것이다. 거기에다 감동이나 교훈까지 느낄 수 있으면 더욱 좋겠지만 일차적으로 재미가 없으면 어린 독자들의 관심을 끌 수가 없으니 작품으로 성공했다고 하기 어렵다. 재미를 주는 요인은 여러 가지가 있겠으나 가장 기본이 되는 것은 서사 자체의 풍부성과 긴밀성이다. 이 밖에도 새로운 인물의 창조, 유머러스하고도 개성 있는 문장 등이 어우러지면 더 바랄 것이 없겠다.

이 글에서는 저학년동화 『뻥쟁이 왕털이』(김나무, 사계절, 2008), 『신기하고 새롭고 멋지고 기막힌』(김기정, 창비, 2009), 『쥐똥 선물』(김리리, 비룡소, 2008)의 성과와 의미를 살펴보고자 한다. 이 세 작품은 모두 판타지적인 기법으로 쓰인 작품인데 각기 함량은 다르지만 아이들에게 재미를 주려고 노력하고 있다는 점에서 공통성이 있다. 더불어 우리 사회를 다시 한번 되돌아보게 하는 요소와, 어른들과 어린이들의 고민거리도 함께 담겨 있어서 평단에서 관심을 가지고 살펴보아야 할 작품으로 생각된다.

『뻥쟁이 왕털이』

『뻥쟁이 왕털이』를 간략하게 말하자면, 겁쟁이 여우 왕털이가 용기 있는 여우로 성장 발전해 가는 이야기라고 할 수 있다. 이런 성장 이야기의 성패를 가르는 요인은 이야기의 개연성이다. 성장하기 전의 인물이 겪는 아픔과 고민은 얼마나 절실한가, 그 주인공이 겪는 고민은 또래 독자들이 공감할 수 있는 고민인가 하는 것과 그 고민을 극복하여 변화하고 발전해 가는 과정이 얼마나 설득력이 있는가 하는 것이다. 이 작품은 그런 관점에서 보면 이야기 전개가 무리가 없고 등장인물의 고민도 충분히 현실성을 지니고 있다고 볼 수 있다.

그런데 이 작품의 문학성을 고양시킨 요인은 표면적으로 드러나는 성장이라는 큰 주제뿐 아니라 지리산 여우가 인간세상에 내려와서 좌충우돌 벌이는 이야기가 아주 재미있고 실감 나게 그려졌다는 점에 있다. 여우가 백 년을 묵으면 꼬리 아홉 달린 구미호가 되고 이 여우가 재주를 넘으면 예쁜 색시로도, 할머니로도 둔갑을 할 수 있다는 옛이야기는 섬뜩하면서도 친숙하다. 이 작품은 이와 같은 모티프를 잘 살려 내어 어린이들의 흥미를 끌고 있다. 작가는 꼬리가 둘 달린 할머니 여우와 부모 잃은 아기 여우 왕털이라는 개성 있는 인물을 설정하여 독자를 이야기 속으로 빨아들인다.

아기 여우가 인간 세상에 내려와서 펼치는 사건을 시치미 뚝 떼고 능청스럽게 이야기해 주는 작가의 해학적인 문체도 작품의 매력을 배가한다. 왕털이가 학교에 온 첫날, 실수하는 장면(인사 연습을 하다가 코를 박는 장면이나, 의자에 앉아 두 다리를 책상 위에 간신히 걸쳐 놓는 장면)은 필리파 피어스의 「학교에 간 사자」를 연상시키기는 면이 있기는 하지만, 아이들이 웃음을 머금고 읽을 것 같다. 또, 왕털이가 친구들에게 인기를 끌기 위해 악의 없이 늘어놓는 허풍이나 친구에게 지기 싫어서 자기가 가진 것을 과장하는 장면도 작품 속 등장인물인 2학년 어린이들 심리를 잘 반영하고 있어서 독자 공감을 불러올 수 있을 것 같다.

할머니 여우가 재주넘기 학원을 차린다는 설정도 재미있고, 재주넘기 학원에서 벌어지는 에피소드 또한 최근의 우리 사회와 교육의 문제점을 슬쩍 풍자하면서 비판의 메시지를 전달하고 있다. 손주 여우의 뒷바라지를 하기 위해 꼬리를 잘라 파는 할머니 여우 이야기는 옛날 여인들이 머리칼을 잘라 파는 이야기처럼 가슴이 짠하다.

작가 입장에서는 '할머니 여우가 아이들에게 둔갑술을 가르치고, 아이들은 그 둔갑술로 신나는 사건을 벌이는 이야기'로 전개하고 싶은 유혹에 빠질 만도 했을 터이다. 그러나 작가는 그런 유혹을 뿌리치고, 현실의 법칙 안에서 아기 여우 왕털이가 내면적으로 성숙해 가는 과정에 초점을 맞추어 이야기를 전개해 나간다. 이는 현실의 어려움은 현실 안에서 자기 힘으로 극복해야 하는 것이지 마술의 힘을 빌려 요령껏 피해 가서는 안 된다는 작가의 인생관을 보여 주는 것이다. 왕털이가 아이들에게 거짓말쟁이라는 낙인을 받고 지리산으로 돌아오는 결말은 일견 왕털이의 실패로 비추어지지만 사실은 더 큰 용기를 배워 한 차원 성숙한 존재가 된 것인데, 이런 결말은 재미와 함께 인생의 본질을 성찰하게 하는 요인으로 작용한다.

『신기하고 새롭고 멋지고 기막힌』

『신기하고 새롭고 멋지고 기막힌』은 김기정이 최근까지 보여 주고 있는 '재미와 함께 묵직한 메시지가 들어 있는 동화'를 추구하는 작품의 연장선에 있는 작품이라고 할 수 있다.

건들 씨의 엄마 아빠는 건들 씨가 어렸을 때부터 아들이 훌륭한 직업을 가질 것이라고 굳게 믿었으며, 서른이 훌쩍 넘도록 이런저런 일을 하면서도 정작 자기 일을 찾지 못하는 아들에게 "넌 남들이 부러워할 만한 훌륭한 직업을 찾을 거야. 이런 일은 어떠니? 좋다더라." 하며 간섭을 한다. "제발 날 좀 가만두세요!" 마침내 화를 내고 만 아들은 건들건들 세상을 살아가다가 우여곡절 끝에 자기 일을 찾아내어 세상을 즐겁게 살아간다. 그 일은 바로 '신기하고 새롭고 멋지고 기막힌' 물건을 만들어 아이들에게 주는 일이다. 건들 씨는 날마다 신기하고 새롭고 멋지고 기막힌 물건을 동전 하나만 받고 나누어 주는데, 건들 씨가 만들어 내는 이 물건들의 쓰임새와 생김새, 신기한 효과 등은 작가의 풍부하고 기발한 상상력이 빛나는 장면이다. 그중에서도 어린이들이 가장 신나고 재미있어할 부분은 건들 씨가 사기꾼인 줄 알고 트집을 잡으러 왔던 교장 선생님과 경찰서장조차도 신기하고 새로운 물건에 흠뻑 빠져 건들 씨를 선생님이라 부르고 존경심을 갖는 장면일 것이다.

그런데 단편적인 장면 장면이 아이들 흥미를 끈다고 해서 이 작품을 좋은 저학년동화로 평가할 수 있을지 의문이 생긴다. 의문이 생기는 까닭은 작품의 주제 때문인 것 같다. 저학년 어린이를 독자로 하는 이 짧은 이야기 속에는 우리나라 현실과 교육계의 고민(우리 사회의 어른들이 아이를 얼마나 왜곡된 방식으로 키우고 있는가 하는 문제와 어떤 직업을 선택하는 것이 좋은지 하는 문제), 우리는 어떤 인생을 살아야 하는지(물질적 소유보다 더 중요한 인생의 본질은 무엇인가)에 대한 인생론적인 문제가 들어 있으며 작가 나름대로 해답을 제시하고 있다. 그런데 이런 주제는 아이들이 느끼는 고민이 아니라 어른의 고민에 더 가깝다고 할 수 있다. 무엇을 하며 살아야 하고, 어떻게 사는 것이 보람 있고 행복한 삶인가 하는 질문은 저학년 아이들에게는 너무 어렵고 불필요하다. 아이들에게도 고민이 있겠지만 그것은 이런 종류의 고민은 아니다.

나는 암만해도 이 작품은 초등 저학년을 위한 동화라기보다는 청소년이나 어른들에게 알맞은 작품이라는 생각이 든다. 단지 작품의 스토리를 저학년 아이들이 재미있게 읽고 좋아한다고 해서 저학년 독자에게 좋은 동화라고 하기는 어렵다. 물론 작가의 말대로 그냥 이야기 자체를 즐기고 책장을 덮는 것도 동화 읽기의 한 방법이 될 수 있다. 그러나 이왕이면 이야기 주제가 아이들의 현재 삶을 되돌아보게 하고 공감을 이끌어 내는 것이 더 바람직하지 않겠는가.

지금은 어린이지만 곧 어른이 될 것이기 때문에 이 사회의 어른이 겪는 문제가 아이의 고민도 될 수 있다고 말한다면 그것도 대답이 안

되는 것은 아니다. 그러나 동화가 어른 세계, 곧 인간 사회의 문제를 다루는 경우에도 인류가 갖는 보편적인 문제나 고민 혹은 근본적인 인생론의 문제를 다루는 것은 자연스럽지만 당대의 현실 사회에서 발생하는 어른들 세계의 문제점을 다루는 것은 좀 부자연스럽다.

덧붙여 이 작품의 주제와 기법이 잘 어울리는가 하는 문제에 대해 생각해 볼 필요가 있다. 이 작품이 문제 삼고 있는 현실은 앞에서 서술한 바와 같이 우리 사회의 당대적 문제이지만 그것을 해결하는 방식은 매우 판타지적이고 낭만적이어서 불협화음을 만들어 낸다. 건들 씨가 자기가 좋아하는 직업을 선택했다고 해도 만일 건들 씨에게 그 직업을 수행할 만한 능력이 없다면 어떻게 될까. 우리 사회에서 직업 선택에 어려움을 겪는 문제는 사회 구성원들의 왜곡된 가치관 때문에 발생하기도 하지만, 개인의 바람과 능력의 괴리에서 발생할 수도 있다. 그런데 이 작품에서처럼 현실의 고민이 마술적으로 해결될 수 있다는 것은 너무 순진하고 낙관적인 것이 아닌가. 다시 말하면, 이 작품에서 제기하는 문제(직업 선택의 문제나 소유에 대한 욕망 같은 현실적인 문제)는 너무 현실적이고 해결책을 찾기 힘든 일인데, 자기가 하고 싶은 일을 찾은 건들 씨는 마법으로 너무도 손쉽게 일을 해결해 버리니 이것은 어린이들에게 현실의 문제를 너무 안이하게 바라보게 할 염려가 있다는 것이다. 공교롭게도 이런 해결 방식은 둔갑 마술을 쓰지 않고 현실의 어려움을 현실 법칙으로 극복하려 애쓰는 『뻥쟁이 왕털이』의 결말 처리 방식과 대비된다.

『쥐똥 선물』

『쥐똥 선물』은 김리리가 추구해 온 저학년동화 세계의 연장선에 있는 작품이다. 이 작품에는 착하지만 소심하고 친구도 없는 정승호라는 아이가 싸움도 게임도 잘하는 인기 짱 우진과 사귀어 가면서 겪는 마음고생과 심리 상태가 섬세하게 그려져 있다. 승호와 우진이 진정한 친구가 되는 과정에 마법사 할머니가 등장하여 쥐똥처럼 생긴 '기쁨의 씨앗' 세 개를 준다. 그 씨앗은 승호와 우진을 더 친해지게 하고, 우진의 집안 걱정을 씻어 준다. "검은 망토에 검은 치마, 머리에는 검은 스카프까지 뒤집어쓴" 마법사 할머니가 등장하여 승호에게 검은 씨앗 세 개를 주는 장면은 현실적인 사건인지 판타지적인 사건인지 주인공 자신도 잘 알지 못하는 것으로 그려져 있는데, 화자의 수선스럽지 않고, 별로 놀라워하지도 않는 담담한 서술 태도가 일상세계에서 갑자기 다가오는 마법사 할머니라는 판타지적인 설정을 자연스럽게 받아들이게 하는 요인이 되고 있다.

그런데 독자 입장에서 보면 이야기가 아주 재미있게 읽히지는 않을 것 같다. 아마도 그 까닭은 이야기 자체에 극적인 위기가 없고 사건의 해결과 결말이 다소 밋밋하게 흘러가기 때문일 것이다. 저학년 독자들이 읽기에 무리가 없고 잔잔한 재미가 있기는 하지만, 욕심을 부리자면 좀 더 흥미 있고 조마조마한 사건을 만들어 냈으면 좋았겠다.

이 작품은 문장도 쉽고 간결해서 저학년 아이들이 소리 내어 읽어도 자연스럽게 흘러가게 될 것 같은데 사실 이런 수준의 문장은 오랜 기간 수련이 쌓인 결과라고 생각한다. 하지만 아이들을 이야기 세계로 흠뻑 빠지게 하려면 좀 더 유머러스하게 쓴다든지 약간 과장되게 표현하는 (김나무 식으로 뻥을 좀 친다든지) 방법을 구사해 보면 어떨까. 김리리의 문장은 동화 문장으로 아주 훌륭하지만 문체가 좀 교과서적이지 않나 하는 생각을 한다. 아이들을 매혹하는 문장을 구사하고 사건을 좀 더 극적으로 구성하여 어린 독자들을 동화의 세계에 몰입하게 하는 작품을 쓴다면 김리리는 한국의 저학년동화 세계에서 매우 소중한 존재가 될 것이다.

「어린이와문학」 2009년 6월호

옛이야기 관습을 이어받은 저학년동화

동화는, 특히 저학년동화는 무엇보다 재미가 있어야 한다. 그런데 자연스럽게 아이들을 빨아들이는 이야기를 만들어 내는 일이 말처럼 쉽지가 않다. 저학년동화는 길이가 짧아야 하고, 이야기 구조가 복잡하지 않아야 하며, 문장이 간결해야 한다. 이러한 조건을 다 만족시켜 주면서도, 꾸며 낸 흔적이 보이지 않고, 재미도 있고, 다 읽고 나면 무언가 깨달아 배울 게 있는 동화를 만나기란 쉽지가 않다.

이야기를 재미나게 하는 요소는 개성 넘치는 인물 성격, 신기한 에피소드, 유머러스한 화자 목소리와 어조 등으로 다양하지만, 저학년 아이들이 읽는 동화는 무엇보다도 이야기 줄거리 자체가 재미있어야 한다.

김리리의 『만복이네 떡집』과 임정자의 『내 동생 싸게 팔아요』, 천효정의 '삼백이의 칠일장' 시리즈(『애야, 아무개야, 거시기야!』 『삼백이는 모르는 삼백이 이야기』)는 아이들을 저절로 빠져들게 하는 탄탄한 줄거리를 가지고 있으면서도 자연스럽게 삶의 이치를 깨우쳐 주는 마법을 가졌다.

『만복이네 떡집』

『만복이네 떡집』(김리리, 비룡소, 2010)

의 장점은 이야기 줄거리가 자연스럽게 잘 짜여 있다는 점이다. 현실에서는 있을 법하지 않은 황당한 사건들이 연이어 펼쳐지지만 그 사건들이 전체적인 이야기 구조 속에서는 충분히 개연성을 가지고 있어서 독자들은 쉽게 이야기 속으로 몰입하게 된다. 찹쌀떡을 먹으면 입이 척 들러붙어 말을 못 하게 된다는 사건은 참 황당하지만 이야기를 읽다 보면 그러한 사건도 자연스럽게 받아들이게 되는 것이다. 독자 누구도, '에이, 어떻게 그런 일이 있을 수 있어?' 하고 불만을 터뜨리지 않게 되는 이유가 무엇일까. 나는 그 비밀이 옛이야기의 말법을 은근히 빌려 온 화자의 말솜씨 때문이 아닐까 생각한다.

> 만복이는 걸핏하면 친구들과 싸워서, 욕쟁이 만복이, 깡패 만복이, 심술쟁이 만복이라 불렸어. 그래서 늘 뒷자리에 혼자 앉아야 했지.
> 그러던 어느 날, 선생님이 새로 전학 온 은지를 만복이 옆자리에 앉혀 주었어.

이야기 첫머리를 읽어 보면 마치 옛날이야기를 듣고 있는 듯한 느낌이 든다. "~이라 불렸어."나, "~했지." 같은 구어체 말투라든지, "그러던 어느 날~" 같은 옛이야기의 관습적인 말투가 이러한 분위기를 조성하고 있는데, 이것이 황당한 사건을 아무런 심리적 저항 없이 받아들이게 만드는 요인이 되는 것이다.

아무튼 만 가지 복을 지녔다는 이름과는 반대로 걸핏하면 친구들과 싸우고, 심술부리고, 버릇이 없어 미움만 받던 만복이가, 인기 있는 만복이, 착한 만복이로 변화하는 과정은 황당하면서도 그럴듯하고 교훈적이면서도 웃음이 절로 나는 사건의 연속이다.

다 읽고 나면 삶의 교훈을 깨닫게 되지만 이야기를 읽는 동안에는 이야기에만 몰두하게 되는 이유 중 한 가지는 작가가 설정한 디테일한 화소들 때문이다. 이 동화에 나오는 떡 이름과 떡의 가격이 바로 그것이다. '입에 척 들러붙어 말을 못 하게 되는 찹쌀떡'의 가격은 '착한 일 한 개'이고, '달콤한 말이 술술 나오는 꿀떡'의 가격은 '아이들 웃음 아홉 개'이다. '다른 사람 생각이 쑥덕쑥덕 들리는 쑥떡'의 가격은 '아이들 웃음 마흔두 개'인데, 이런 떡이 있으면 얼마나 재미있을까.

입만 벌리면 욕이 나오는 만복이가 찹쌀떡을 먹자 입이 달라붙어 아무 말도 못 하게 되는데 이 일은 만복이에게 오히려 복을 불러온다. 욕만 하지 않아도 반쯤은 착한 아이가 되어 버린다는 설정도 웃음이 절로 나온다. 만복이는 다음 날 착한 일을 두 개 하여 '허파에 바람이 들어 비실비실 웃게 되는 바람떡'을 사 먹을 수 있게 되고 이 일은 연속하여 착한 일을 불러온다. 더 많은 착한 일은 더 효과가 큰 떡을 먹게 하여 마침내 만복이는 다른 사람의 속마음까지 알게 되는 재주를 갖게 된다. 한 사건이 원인이 되어 주인공에게 좋은 일이 일어나고, 이 일은 또 다른 일의 원인으로 작용하는 이야기 구조도 옛이야기에서 많이 보던 관습이다.

그런데 이 작품을 버릇없는 요즘 아이들에게 바람직한 생활 예절을 설교하려는 이야기로 읽으면 재미를 절반쯤은 잃어버리고 만다. 만복이의 내면을 응시하면서 좋은 사람이 되고 싶은 만복이의 숨은 욕망을 발견하는 것이 이 작품을 읽는 쏠쏠한 재미인 것이다.

'선생님, 저도 제가 왜 그러는지 모르겠어요.'
만복이는 속상한 마음을 이야기하려고 입을 열었지. 하지만 입에서는 전혀 다른 말이 튀어나왔어.
"정말 짜증 나, 선생님은 왜 만날 나한테만 뭐라고 해요?"
만복이는 너무 놀라서 두 손으로 입을 틀어막았어. 하지만 이미 늦어 버렸지.

만복이도 이 말버릇을 고쳐서 친구들과도 사이좋게 지내고 싶고, 어른들께도 사랑받고 싶다. 그런데 어떤 말을 어떻게 해야 하는지도 모르겠고, 몸에 밴 말투가 하루아침에 고쳐지지 않아 본인도 괴롭다. 따지고 보면 아이들이 이렇게 된 것이 아이 탓만은 아니다. 부모들이 아이들을 키우면서 손가락 하나 까딱하지 못하게 뭐든지 다 해 주니 이 시대의 만복이들은 착한 일을 할 기회조차 전혀 없었고, 자기도 모르게 나쁜 말씨가 습관이 된 것뿐이다. 이때 요술 떡집이 짠~ 하고 나타나서 만복이를 도와준다. 만복이와 함께 떡집 체험을 한 어린 독자들도 어떤 말을 해야 친구들이 좋아하고, 어떤 행동이 착한 행동인지 알게 되었을 것이다. 『만복이네 떡집』은 옛이야기의 기법을 빌려 독자의 내면에 잠재된 선한 의지를 이끌어 내는 이야기라고 할 수 있다.

『내 동생 싸게 팔아요』

짱짱이가 시장 가요./ 동생 팔러 시장 가요./ 뭐든지 다 파는, 길 건너 시장 가요.

『내 동생 싸게 팔아요』(임정자, 아이세움, 2006)의 첫 장면을 읽으면 마치 노래하는 듯 혹은 시를 읽는 듯 운율이 느껴지는 문장이 독자를 사로잡는다. 이어지는 사건도 독자를 웃음 짓게 한다. 동생을 가진 어린이들은 쉽게 공감할 듯한 사건이 재미있게 펼쳐진다.

짱짱이는, 나한테는 대들고 나쁜 말도 하면서 엄마 아빠 앞에선 이쁜 척하는 얄미운 동생을 팔러 시장에 간다. 그러나 장난감 가게 언니, 꽃집 할아버지, 빵집 아줌마를 거쳐도 동생을 사겠다는 사람은 아무도 없다. 마침내 혼자 놀던 순이를 만나지만 순이도 그런 동생은 거저 줘도 싫단다. 순이 말에 자존심이 조금 상한 짱짱이는 동생의 쓸 만한 점을 찾아내어 내 동생도 쓸데가 있다고 대거리를 한다. 공주놀이 할 때 하녀도 잘하고, 왕자님도 잘하고, 심부름도 잘한다고. 그러자 순이는 동생을 거저 주면 갖겠다고 한다. 짱짱이는 거저 주기는 아까운 생각이 들어 다시 동생을 데리고 간다. 시장에서 만났던 어른들은 짱짱이에게 동생을 아직도 못 팔았느냐고 묻는다. 짱짱이는 다시 앞의 어른들에게 내 동생은 노래도 잘 불러서 재미있게 한다, 종이로 꽃을 이쁘게 접는다, 엄마 아빠 없을 때 동생과 있으면 하나도 무섭지 않다 하면서 동생을 사라고 한다. 그러나 결국 어른들이 셈하는 동생 값이 너무 적다고 생각하여 팔지 않고 동생과 함께 집으로 돌아온다.

마지막 장면에 다시 노래하는 듯, 시를 읽는 듯 리드미컬한 문장이 등장한다.

> 짱짱이가 집에 가요./ 자전거 타고 집에 가요./ 말 안 듣고/ 귀찮고 더럽고 얄밉고/ 징징 울보에다 욕심쟁이 먹보/ 고자질쟁이 바보 동생을/ 자전거에 태우고/ 신나게 집으로 달려가요.

마치 판소리의 한 대목을 듣는 듯하다. "징징 울보에다 욕심쟁이 먹보" 같은 문장을 소리 내어 읽으면 영락없는 판소리 한 대목이다. 그러고 보니 이 동화는 전체적으로 옛이야기의 관습을 참으로 많이 빌려 왔다. 짱짱이가 집을 떠나 시장에서 모험을 거쳐 다시 집으로 돌아오면서 동생의 가치를 깨닫는 서사 구조는 옛이야기에서 흔히 보던 'home-away-home'의 구조로 되어 있고, 비슷한 사건이 세 번 되풀이되는 구조 또한 옛이야기에서 자주 보던 연속 구조다. 동생을 팔러 시장에 가면서 만났던 인물들을 돌아오면서 그대로 다시 만나는 형식 또한 '바리데기'가 길 떠나면서 만났던 인물을 돌아오면서 다시 만나는 구조와 흡사하다. 독자들 머릿속에는 이와 같은 옛이야기의 서사 구조가 들어 있어서 이 동화를 읽을 때 자기도 모르게 옛이야기 관습을 떠올리게 되면서 즐거움을 느끼게 된다.

동생을 둔 어린아이가 동생 때문에 느끼는 심리적 갈등이 잘 그려져 있을 뿐 아니라, 결국 동생의 가치를 깨달아 가는 과정도 작위적이지 않고 자연스러워 어린 독자의 공감을 갖게 할 것이다.

'삼백이의 칠일장'

앞의 두 작품과는 달리 '삼백이의 칠일장' 시리즈(천효정, 문학동네, 2014)는 옛이야기의 관습을 빌려 온 창작동화라기보다는 '새로 쓴 옛이야기'라 할 수 있다. 이야기의 시공간적 배경이 옛날일 뿐 아니라 저승사자가 아이를 잡으러 왔다가 이름이 없어서 그냥 되돌아갔다는 화소나 욕심 많은 안저할멈이 마음씨 넓은 먼저할멈과 대결하다가 곤경을 당하는 화소는 우리 옛이야기에서 본 듯한 이야기이다. 그렇다고 '삼백이의 칠일장'이 이미 있던 옛이야기를 재구성한 작품은 아니다. 호랑이가 담배를 끊은 사연이나, 연날리기에 미친 아이가 오색매연과 함께 하늘로 날아올라 연장군이 되어 연나라로 쳐들어온 액막이연들을 물리치는 이야기는 현대의 판타지동화와 같은 상상력을 바탕으로 새로 창작된 이야기임을 분명히 보여 준다.

새로 쓴 옛이야기이기 때문에 이 작품은 옛이야기의 여러 관습을 많이 빌려 왔다. 이야기의 화자를 내세워 구수한 입말투로 들려주는 문체나, 착한 사람이나 약자가 승리하는 모티프, 모든 이야기가 해피엔딩으로 마무리되는 결말이 그러하다. 그런 눈에 잘 보이는 관습 말고도 이 작품을 성공적인 동화로 만든 장치는 액자식 구성이다. 페르시아 지역의 민담 모음집인 '아라비안나이트'나 보카치오의 '데카메론'이 바로 액자식 구성을 취하고 있는 작품이다.

'아라비안나이트'는 6세기경 페르시아에서 전해지는 이야기를 아랍어로 기술한 설화로, 인도와 이란, 이라크, 시리아, 아라비아, 이집트 등의 갖가지 설화가 포함되어 있는데, 서두에 샤푸리 야르 왕이 여인들을 죽이게 된 이유와 셰에라자드가 등장하여 이야기를 들려주게 된 사연이 실려 있다. 천 일하고도 하룻밤 동안의 이야기는 모두 셰에라자드가 샤푸리 야르 왕에게 들려준 이야기이며, 독자들은 그 이야기를 엿듣게 되는 것이다. 페르시아 지역에 전해지던 민담을 모아 책을 만들 때 어떤 뛰어난 이야기꾼이 그 책의 서두에 셰에라자드의 이야기를 지어 천 하루 동안의 이야기를 감싸는 형식으로 구성한 것이다. 천효정이 빌려 온 장치가 바로 이것이다. 한 가지 다른 점이 있다면 '아라비안나이트'는 한 사람이 들려주는 이야기이고, '삼백이의 칠일장'은 삼백이의 장례식에 빈소를 지킨 여섯 마리의 동물 귀신이 삼백이와의 인연을 이야기하는 형식으로 전개된다는 것이다.

그런데 여러 화자가 들려주는 이야기를 모아 가는 이 장치는 또 보카치오의 '데카메론'에서 빌려 온 것이다. '데카메론'은 '열흘 동안의 이야기'라는 뜻이다. 흑사병을 피하여 피렌체 교외의 별장으로 옮겨 온 숙녀 일곱 명, 신사 세 명이 열흘 동안 머무르면서 오후의 가장 더운 시간에 나무 그늘에 모여 앉아 이야기를 한다. 한 사람이 한 가지씩, 하루에 열 가지의 이야기를 하였으니 열흘이면 백 가지의 이야기가 된다.

'삼백이의 칠일장'은 '옛날 어느 곳'이라는 시공간적 배경에서 펼쳐지는 이야기이지만 단순히 '새로 쓴 옛이야기'에 머물지 않고, 현대적인 동화로 읽을 수 있어 재미를 더한다. 이 이야기들에 나오는 인물이 요즘 현실에서도 쉽게 볼 수 있는 문제아들인 것이다. 예컨대 달걀 반찬이 없으면 밥을 먹지 않고 급기야는 구렁이 알을 주워 먹었다가 곤경을 치른 아이(「둥기둥기 귀한 딸 구릿구릿 입내를 어찌할꼬」)에게서는 편식을 심하게 하는 요즘 아이들의 모습이 보이고, 연날리기에 미쳐 하늘로 날아올라 가 연장군이 되는 아이(「오색매연 만세 연장군 만만세」)에게서는 낮이나 밤이나 게임에 몰두하여 사는 현대 도시 아이들의 그림자가 비친다. 그런가 하면 개를 너무 좋아하여 멍도령이라 부르며 개에게 개

정승 벼슬까지 내린 임금님(「개답게 놀고 개답게 먹으며 개 멋대로 살고 싶소」)은 외동아이를 아이답게 키우지 않고 자신의 욕심대로 만들어 가는 요즘 부모들을 은근히 비판하는 이야기로 해석할 수 있다. 어린이들 사이에서 '삼백이의 칠일장'이 꾸준히 읽히는 이유는 이야기 자체가 재미있기도 하지만, 이야기 속에서 자신의 감추어진 얼굴과 이웃 동무들의 모습이 은근히 비치기 때문은 아닐까.

이 작품의 작품성을 높여 주는 또 하나의 매력은 이야기 속에 반짝 빛나는 재치 있는 언어와 삶의 지혜다. "전하, 개한테는 그저 놀고 싶을 때 놀고, 자고 싶을 때 자는 것이 제일입니다. 진정한 사랑은 주는 쪽이 아니라 받는 쪽을 행복하게 만들어야 하는 법 아니옵니까?"(「개답게 놀고 개답게 먹으며 개 멋대로 살고 싶소」)라는 대사는, 바닷새를 지극히 사랑하여 술과 고기를 주었다가 사흘 만에 죽게 만든 '노나라 임금 이야기(『장자莊子』)' 우화를 생각나게 한다. 또, 땅속의 손각시도, 손과 다리가 떨어져 돌아다니는 도깨비도 무서워하지 않던 담 큰 총각(「담 큰 총각 여기 있소이다」)이 재물 많고 어여쁜 처자에게 장가를 들어 귀한 자식이 생긴 후에 "고운 아내가 생기니 남이 넘볼까 무섭고, 귀한 자식 놈이 생기니 행여 아플까" 무서워하는 장면에서는 많이 소유할수록 걱정 근심이 많아지는 인생사 이치를 깨우치게 해 주는 듯하다.

『어린이책이야기』 2010년 가을호

더 과감한 상상력이 필요하다

텔레비전이나 신문 뉴스를 보면 요즘 들어 지구촌에서 우리나라의 위상이 대단히 높아진 것을 실감하게 된다. 우리나라 대기업 제품이 세계 최고로 평가받는다든지 한류 드라마나 K-pop으로 불리는 한국 가요가 세계인을 흥분시키는 일은 놀랍지 않을 수 없다.

우리 사회 여러 분야의 역량이 세계인들과 어깨를 나란히 하고 있다는 소식을 들을 때면 우리나라 문학과 아동문학 분야는 지구촌에서 어느 정도 위상을 차지하고 있는지 관심이 미치게 된다. 그래도 성인문학의 경우는 몇몇 작품이 구미 독서계에 큰 반향을 일으키기도 하였고, 그림책 분야에서는 여러 작가가 라가치상을 수상하기도 했는데, 아동문학의 경우는 아직 세계인의 공감을 불러일으키는 작품이 없는 것이 현실이다. 한국아동문학이 우리나라의 다른 분야에 비해서 수준이 낮은 것인지, 구미 중심의 문학 평가 기준 때문에 저평가되고 있어서인지 알 수는 없다.

한국의 아동문학이 세계의 독자를 매혹시키려면 어떤 작품이 되어야 할까. 세계의 아동문학 시장에 내놓아도 통할 수 있으려면 당연히 문학성 높은 작품이어야 할 것이다. 특히 어린이를 독자로 하기에 높은 도덕성과 인간다운 고귀한 감정을 어린이들에게 불어넣어 주어야 할 것이며, 어린이의 내면적 욕구를 절실하게 표현할 필요도 있고, 어린이를 억압하는 사회 현실을 고발할 필요도 있다. 위에서 언급한 요건들이 다 중요한데 여기서는 '이야기'에 주목하고자 한다. 좋은 동화가 되기 위해 갖추어야 할 요건들 가운데 가장 중요한 것이 매혹적인 '이야기'이기 때문이다. 과감한 상상력에서 비롯된 재미있고 유머 넘치는 사건, 말할 수 없이 엉뚱한 사건들이 개연성 있는 줄거리 속에 녹아들면 전 세계의 어린이를 매혹할 수 있을 것이다.

아이들은 정말 말귀를 못 알아듣는가

아이들은 어른들의 말을 잘 못 알아듣는다. 공부 잘하고 책 많이 읽는다고 칭찬도 곧잘 듣곤 하던 나도 어른들이 무슨 심부름을 시켰는데, 그 말이 무엇을 어떻게 하라는 것인지 몰라 당황하고 망연했던 기억이 있다. 김리리의 『뻥이오, 뻥』(문학동네, 2011)은 도대체 말귀라고는 못 알아듣는 순덕이가 왜 말귀를 못 알아듣게 되었는지, 그리고 어떤 연유로 말귀가 뻥 뚫려 똑똑한 아이가 되었는지를 그럴듯한 사건으로 풀어내고 있다.

"이 할미가 없는 동안 순미가 꿀단지 못 꺼내 먹게 잘 지켜야 한다."

"참, 할무니는 걱정도 팔자네유. 딱딱한 꿀단지를 순미가 어떻게 먹어유?"

순덕이는 상황 맥락을 이해하지 못하고 겉으로 드러난 말을 고지식하게 받아들여 어른을 당황하게 한다. 말은 맞는 말이지, 딱딱한 꿀단지를 어떻게 씹어 먹는다는 말인가. 순덕이가 말귀를 못 알아듣게 된 건 바로 삼신할머니가 아기들을 세상에 내보낼 때 귓구멍에 입김을 제대로 불어 넣지 않았기 때문이다. 순덕이가 하도 말귀를 못 알아듣자 삼신할머니는 순덕이의 귀를 뚫어 주기 위해 생쥐를 뻥튀기 할아버지로 변신시켜 지상에 내려보낸다. "뻥!" 하는 소리가 천둥처럼 장터를 흔들자 순덕이는 막혔던 귓구멍이 뻥 뚫려 친구들의 말은 물론 선생님의 마음속 말까지 다 알아듣게 되는데 문제는 귀가 너무 뚫려 들리지 않아도 될 동물들 이야기까지 죄다 알아듣게 되어 버린 것이다.

삼신할머니가 아이 귓구멍에 입김을 불어 넣지 않아 말귀를 못 알아듣는다든지, 뻥튀기 기계 소리에 귓구멍이 너무 뚫려서 동물들 말까지 알아듣게 되었다는 설정 등은 참 기발하고 재미있다. 우리 민담에 자주 등장하는 삼신할머니 모티프를 변형시켜 이야기를 친근하고 설득력 있게 만들고 있는 것이다. 그런데 동물의 말을 알아듣게 되면서 벌어지는 에피소드가 좀 더 기발하면 좋았겠다. '청개구리가 엄마 말을 안 듣는다고 알려진 사연, 토끼와 거북이의 경주에서 토끼가 낮잠을 자게 된 사연 등은 모두 잘못 알려진 것이다. 실상은 이렇다.' 이런 이야기는 『늑대가 들려주는 아기돼지 삼형제 이야기』 같은 패러디 동화에서 본 듯한 방식이어서 좀 식상하다. 사람들에 대한 벌레나 새 들의 생각이나, 동물들 사이에 있었던 신기한 사건 등을 썼더라면 더 흥미진진했을 것 같다. 순덕이가 동물의 말을 알아듣게 되어 독자는 아주 재미있고 신기한 사건을 기대하게 될 것 같은데, 학교에 가고 싶어 하는 송충이를 교실로 데리고 온다든지, 집을 못 찾아 울고 있는 지렁이를 집에 데려다주는 이야기 등은 어쩐지 싱거워서 기대에 못 미친다. 좀 더 기발하고 재미있는 상상력이 아쉽다.

작가의 운명, 뻥쟁이

순덕이가 동물들의 말을 친구들이나 동네 어른들에게 전해 주어도 사람들은 아무도 순덕이의 말을 믿지 않는다. 순덕이는 졸지에 거짓말쟁이로 놀림을 받게 된다. 순덕이가 뻥쟁이라는 오명을 벗게 되는 계기는 동물들의 말을 전해 주기 전에 "옛날에~"라는 말을 붙여서 말하는 것이다. 곧이곧대로 동물들의 말을 전해 줄 때는 믿지 않던 사람들이 그 말을 옛이야기로 만들어 들려주니 재미있게 듣게 되고 뻥쟁이 순덕이는 이야기꾼 순덕이로 거듭나게 된다. 작가 김리리는 이 에피소드로 작가라는 존재의 역할과 운명을 이야기하고 있다. 시인은 풀과 꽃과 새의 마음을 알아주는 존재이며, 이야기꾼인 작가 또한 우주 자연의 말을 인간들에게 전해 주는 존재가 아니겠는가.

'뻥쟁이 순덕이'에서 '이야기꾼 순덕이'가 되는 순간 순덕이는 자연세계와 인간세계의 다리가 된다. 억울한 사연이 있는 동물들은 순덕이를 찾아가 그 억울함을 하소연하고, 아이들은 '이야기꾼 순덕이'의 이야기에 귀를 기울이게 되는 것이다. 삼신할머니와 하늘나라 생쥐마저도 순덕이의 옛날이야기를 좋아하게 되니, 순덕이는 삼라만상의 희로애락을 전해 주는 메신저가 된 것이다.

여기서 우리는 동화 작법의 한 가지 비밀을 깨우치게 된다. 그것이 무슨 소리냐고? 동화작가는 뻥쟁이라는 것이다. 어떤 사람이 나무토막을 깎는데 나무토막이 갑자기 "아이고, 아파!" 하고 외치는 소리를 들었다고 하면 어른들은 그 말을 믿지 않는다. 그러나 동화를 읽는 아이들은 의심 없이 믿는다. 합리적인 일상에 상상력이 굳어 버린 어른들이 믿지를 못하면, 작가는 '아니, 내가 분명히 들었다니까. 왜 내 말을 못 믿지. 이 답답한 어른들아.' 하고 억울해하며, 정 그 말을 못 믿는 사람들에게는 할 수 없이 "옛날에~"라는 말머리를 붙여 주는 존재가 작가라는 것을 김리리는 말하고 있는 것이다.

그런데 여기서 한 발 더 나가서 나는 김리리를 비롯한 동화작가에게 좀 더 과감한 뻥을 주문하고 싶다. 이왕 뻥을 치려면, '아이고! 도대체 어떻게 그런 일이 있을 수 있지? 말도 안 돼!'라고 생각할 만큼 대담하고 기발한 뻥을 쳐야 한다는 것이다. 이를테면,

> "백만 년이나 죽지 않은 고양이가 있었습니다. 백만 번이나 죽고 백만 번이나 살았던 것이죠. 정말 멋진 얼룩 고양이였습니다. 백만 명의 사람이 그 고양이를 귀여워했고, 백만 명의 사람이 그 고양이가 죽었을 때 울었습니다." (사노 요코, 『100만 번 산 고양이』, 비룡소, 2002)

백만 년이나 죽지 않았다든지, 백만 명의 사람이 울었다는 과장된 표현이 일단 재미있지 않은가. 어차피 독자는 동화를 읽으면서 이 세계는 비현실적인 마법의 공간이라는 것을 전제하고 읽기 때문에 사건도

신기할수록, 과장될수록 재미를 느낀다. 동화작가는 이런 아이들의 기대와 욕구를 만족시켜 주어야 한다. 기발하고 유머 넘치는 동화를 몇 편 더 살펴보자.

기발한 상상력, 행간에 스며든 유머

『엉덩이가 집을 나갔어요』(호세 루이스 코르테스, 소년한길, 2001)에서 세사르가 못된 짓을 할 때마다 엄마는 세사르의 통통한 엉덩이를 두 대씩 때려 준다. 어느 날 밤, 모두가 잠들었을 때 "이제 도저히 못 참겠어! 난 너를 떠나 버릴 테야." 하고 엉덩이는 집을 나가 버린다. "상관없어. 네가 없어도 난 아무렇지 않아." 세사르는 태연하지만 정말로 그럴 수 있을까. 식탁 의자에 앉을 수도, 그네를 탈 수도, 자전거를 탈 수도 없게 되자 그제야 세사르는 엉엉 운다.

참 기발하지 않은가. 어떻게 엉덩이가 집을 나간다는 상상을 할 수 있을까. 엉덩이도 내 몸의 한 부분인데 매를 맞는다고 어떻게 엉덩이가 집을 나갈까. 하지만 이런 생각은 어른들의 사고방식일 뿐이다. 아이들은? 아이들은 매일 엉덩이만 매를 맞으니까 엉덩이가 화가 나서 집을 나갈 수도 있다고 생각한다. 엉덩이가 없어진 세사르의 모습을 상상해 보라. 얼마나 재미있고 우스운가.

이런 엉뚱한 이야기는 무엇에 얽매이지 않는 자유로운 상상력, 동심으로 세상을 보는 천진함에서 나올 것 같다. 동화의 본령은 이 자유롭고 기발하며 재미있는 설정이다.

『진지한 씨와 유령 선생』(다카도노 호코, 시공주니어, 2003)은 "큰 도시 한복판의 어느 낡은 집에, 그 이름에 걸맞게 더없이 진지하고 성실한 신사 진지한 씨가 살고 있었다."로 시작된다. 이렇게 진지하게 하루하루를 살아가는 진지한 씨는 어느 날 밤 12시에 거실에 나갔다가 자신과 똑같이 생긴 사나이가 흰옷을 입고 둥둥 떠다니는 것을 보고 소스라치게 놀란다. 알고 보니 그는 바로 유령이었던 것이다. 낮은 진지한 씨의 시간이지만 밤은 유령의 시간이다. 진지한 씨가 감기약을 먹고 잠이 들었다가 점심 식사를 하려고 일어났는데 사실은 너무 오래 잠을 잤기 때문에 밤 12시에 깨어났던 것이다.

"유령 씨, 당신은 그렇게 오래전부터 한밤중에 나타나 뭘 하십니까?" 유령은 어깨를 으쓱하고는 대답했다. "그야 물론 둥둥 떠다니지요. 나는 유령이니까요. 그러면서 집 안에 쌓인 공기를 휘젓는답니다. 다른 집은 어떤지 모르겠지만, 이 집에는 진지한 공기가 금방금방 쌓이거든요. 진지한 공기는 날마다 적당히 풀어 주지 않으면 점점 굳어 버려요." 사실 유령은 진지한 씨의 증조부 때부터 이 거실에서 살아오면서 무거운 공기를 휘저어 주어 진지한 씨 가족이 뒤틀린 화석 같은 고집불통이 되지 않도록 도와주고 있었던 것이다. 진지한 씨는 유령을 고맙게 여기며 작은 친절을 베풀게 되고, 조금씩 자주 만나 대화를 나누며 친구가 되어 간다.

이 작품에는 여러 가지 유머 넘치는 사건이 배치되어 있다. 유령이 진지한 씨 대신 회사에 출근하면서 벌어지는 에피소드(유령은 둥둥 떠다니는 일을 방지하기 위해 구두 속에 바둑알을 넣어 둔다.)라든가, 등장인물의 이름(진지한 씨의 아버지는 진지해 씨이고, 할아버지는 진지함 씨, 증조할아버지는 진지하오 씨다.) 등은 저절로 웃음이 난다. 성실 근면으로 무장된 인생만 살던 진지한 씨가 유령과 사귀면서 점점 인간다운 허점을 노출하기도 하고, 사람들과 어울리게 되는 과정은 회사 인간으로 불리던 일본인들의 일상을 풍자한 것 같다. 무거울 수 있는 주제를 기발한 설정과 유머 있는 문장으로 녹여낸 작가의 솜씨가 참으로 원숙하다.

『깡통 소년』(크리스티네 뇌스틀링거, 아이세움, 2001)에서 바톨로티 부인은 남편을 여의고 혼자 사는 여인이다. 홈쇼핑에 중독된 그에게 어느 날 커다란 상자가 소포로 배달된다. 필요 없는 물건을 하도 자주 샀던 터라 바톨로티 부인은 이것이 자기가 주문한 것인지 아닌지 기억이 나지 않는다. 상자를 열어 보니 안에는 커다란 은색 깡통이 들어 있다. 조심스럽게 뚜껑을 열어 보고 부인은 기절할 듯이 놀란다. 깡통 속에는 쭈글쭈글하게 주름진 남자아이가 들어 있는데 이 아이가 고개를 까딱하며 인사를 하는 것이다.

"안녕하세요. 사랑하는 엄마!"

쭈글쭈글한 아이는 천연덕스럽게 제품 사용법까지 설명해 준다.

"엄마, 뚜껑에 영양분이 들어 있을 거예요."

부인이 동봉된 내용물에 물을 섞어 깡통 안에 부으니 아이의 주름이 점점 펴지면서 여덟 살쯤으로 보이는 건강한 사내아이가 된다. 이 아이는 공장에서 주문 생산된 인스턴트 제품으로 지덕체가 완전히 갖추어진 무결점 인간이다. 아이를 키워 본 일도 없고, 허점투성이인 바톨로티 부인과 깡통 소년이 같이 살면서 벌어지는 사건들과 깡통 소년이 학교에 가서 아이들과 사귀고 선생님과 만나면서 전개되는 이야기는 황당하면서도 리얼하다.

아이가 깡통 속에 통조림처럼 담겨 배달되고, 컵라면에 물을 붓고 기다리듯이 영양분을 물에 타서 부어 주면 잘생기고 건강한 아이가 되는 일은 엉뚱하다 못해 황당한 사건이 아닌가. 그래도 독자는 의심 없이 다음 사건을 기다린다. 다음에 이어지는 사건이 개연성 있게 전개되기만 하면 그만이다. 깡통 소년은 공장에서 배운 대로만 행동하는 완벽하게 모범적인 인간이기에 친구들에게 미움을 받자 짓궂은 행동을 배우기 위해 고통을 참아 낸다. 잘못 배달된 제품을 되찾으려고 공장 사람들이 찾아오자 불량품으로 속이기 위해 욕설을 익히려고 온갖 노력을 다하는 장면에서는 웃음이 절로 난다. 그렇지만 어른들이 싫어하는 말과 행동을 배워야 아이다운 아이가 된다는 설정은 충분히 설득력 있고 리얼하다. 이야기가 끝날 무렵에 바톨로티 부인은 아이를 사랑하는 진짜 엄마가 되어 있고, 깡통 소년도 인간미 넘치는 진짜 아이가 되어 있다. 이 작품은 어른들이 요구하는 모범생이 과연 바람직한 아이인가, 진정한 부모의 역할은 무엇인가를 질문하고 독자들에게 인간이 어떤 존재인가를 깨닫게 만들어 주니, 작품의 메시지도 감동적이다.

마법으로 경직된 권위를 조롱하다

『한입 꿀떡 요술떡』(오주영, 문학동네, 2012)에서는, 아기 고양이 달로와 뚱 교장, 토끼 선생님이 고양이들이 다니는 학교에서 펼치는 사건들이 이어진다. 순하고 착한 고양이 선생님이 사납고 무지막지한 뚱 교장에게 쫓겨나고 토끼 선생님이 새로 부임해 오면서 고양이들이 다니는 그루터기 학교는 활기 넘치는 학교로 변한다. 뚱 교장은 말끝마다 교칙을 들먹이며 학생과 교사를 위협하지만 토끼 선생님은 이에 아랑곳하지 않고 아이들과 재미있는 수업을 한다. 고양이 학생들은 토끼 선생님이 만들어 온 오그랑떡을 먹고 몽당연필만큼 줄어들어 찬합에서 팥알을 던지는 놀이를 하고, 바람떡을 먹고 교실을 붕붕 날아다니며 올가미 던지는 공부를 한다.

이 작품의 주제는 우리 사회의 경직된 교육제도와 아이들을 구속하고 억압하는 학교 문화를 비판하고 풍자하는 것이다. 사납고 인정머리 없으며 인성교육에는 관심이 없는 뚱 교장은 상위 기관의 평가 기준에만 맞추어 학생을 교육하는 왜곡된 한국의 학교 경영자들을 날카롭게 빗대어 보여 주고 있다. 그러나 이와 같은 주제는 토끼 선생님과 고양이 학생들이 한편이 되어 뚱 교장과 대결하는 흥미진진한 사건 속에 녹아들어 겉으로는 잘 드러나지 않는다. 뚱 교장이 토끼 선생님을 삼켜 버린다거나 뚱 교장에게 왕꼬리떡을 먹여 몸을 교실에 꽉 끼일 정도로 부풀게 만든 다음 배 속의 토끼 선생님을 구출해 내는 장면, 왕꼬리떡을 먹은 뚱 교장이 왕꼬리만 한 똥을 싸면서 몸이 줄어드는데 하필 그때 장학사들이 방문하여 뚱 교장이 학교에서 쫓겨나게 되는 결말 등의 비현실적인 사건은 저학년 독자들이 신나게 웃으며 읽을 만하다.

작가가 설정한 동화의 공간도 재미있고 연속해서 벌어지는 사건도 흥미로운데 다 읽고 나서 어쩐지 썩 유쾌하거나 속이 시원하지 못한 이유는 무엇일까.

"필요 없어! 쓸모없는 닭 뼈다귀 같은 선생, 내 학교에서 당장 사라져! 당장 나가지 않으면 이빨로 선생 꼬리를 끊어 버릴 거야!"

"토 선생, 네놈을 먹어 버릴 테다! 뼈까지 으드득 씹어 버리겠어!"
"뚱 교장님, 농담이시죠?"
"시끄러워. 이 발라 먹을 토끼 놈아!"

경직되고 억압적인 학교 문화를 비판하고, 상상력을 잃어버린 어른, 놀이의 즐거움을 망각한 굳어 버린 어른을 조롱하기 위해서 교장을 악역으로 설정할 필요가 있지만 이런 대화는 너무 원색적이다. 한쪽 편을 이렇게도 비인간적이고 비열하게 설정하면 그를 상대해야 할 인물도, 이런 인물이 등장하는 동화를 읽어야 하는 어린이 독자들도 따라서 경직될 수밖에 없다. 이런 상황에서는 유머가 들어설 여유 공간이 없다. 뚱 교장이 토끼 선생을 삼켜 버리는 장면이 그렇게 잔인하게 느껴지지 않지만, "뼈까지 으드득 씹어 버리겠"다는 뚱 교장의 대사는 너무 잔혹하다. 뚱 교장이 왕꼬리떡을 먹고 똥을 싸는 장면 같은 곳에서 독자들은 어떤 쾌감을 느끼겠지만 이런 종류의 쾌감은 지나치게 가학적이지 않을까. 뚱 교장이 그렇게 몰인정한 인물이 될 수밖에 없는 인간적인 약점이나 그 약점을 숨기려고 더 심술을 부리는 장면을 앞부분에 배치하거나, 결말 부분에라도 미워할 수만은 없는 뚱 교장의 측은한 모습 같은 것을 그려 주었더라면 훨씬 입체적인 캐릭터가 되었을 것이다. 작가가 악인에 대해서도 측은지심을 지닐 수 있다면, 그리고 세상을 원숙한 마음으로 관조한다면 하얀 비단에 잔잔한 무늬와 같은 유머도 문장 곳곳에 저절로 배어날 수 있지 않을까 생각한다.

우리나라 작가들의 작품을 읽으면 어쩐지 틀에 갇힌 느낌이 들고 유머가 부족하다는 생각이 든다. 작가들이 자랄 때부터 받았던 경직된 학교교육 탓인가, 우리의 무의식에 흐르는 엄격한 유교적 이데올로기 때문인가, 아니면 실용성과 생존 경쟁력 향상만을 지상 최고의 가치로 여기는 교육에 짓눌려 사는 어린이들의 현실이 작가에게도 투사된 때문인가. 그 심층을 정확히 진단하기 어렵지만 어쨌든 우리나라 저학년

동화를 읽으면 활달한 상상력과 자유가 아쉽다는 느낌이 든다.

위에서 논의한 작품 두 편을 고르는 과정에서 필자는 저학년동화 여러 편을 읽었는데 젊은 작가의 작품이 과거의 작품보다는 좀 더 활달하고 재미있는 사건이 많았지만 아직도 좁은 틀 안에서 비슷비슷한 사건이 연속된다는 느낌을 받았다. 마법과 판타지, 자유롭고 신기한 사건이 펼쳐져야 할 저학년동화에서조차 어린이들의 답답한 현실세계가 스며들어 있는 것 같다. 위에서 논의한 김리리와 오주영의 두 작품은 요즘 출간된 저학년동화 가운데 재미있고 완성도 높은 작품이라고 생각된다. 흥미 있고 기발한 사건과 진지한 주제가 잘 녹아들어 재미와 문학성이 잘 결합되어 있다.

젊은 작가들이여, 더 과감한 상상력과 대담한 발상으로 지구촌의 어린이들을 매혹하라. 아울러 아이들을 웃겨 주는 재치와 슬며시 웃음이 배어나는 유머도!

『열린어린이』 2012년 11월호·12월호

자유롭고 행복한 주체로 서는 길

『마당을 나온 암탉』으로 잘 알려진 작가 황선미가 오랜만에 새 동화책 『어느 날 구두에게 생긴 일』(비룡소, 2014)을 출간하였다. 『마당을 나온 암탉』이 애니메이션으로 만들어져 큰 성공을 거두고, 외국에 번역 소개되어 여기저기 바쁘게 활동하는 것 같더니, 한편으로는 조용히 작품 창작에 몰두했었나 보다. 책날개의 작가 소개를 보니 작가에 대한 해외 반응이 소개되어 있다. 『마당을 나온 암탉』이 한국 작품으로는 처음 미국 펭귄출판사에서 출간되었고, 영국 대형 서점 베스트셀러 1위를 기록하였다는 소식과 2012년 한국 대표로 안데르센상 후보에 올랐으며 2014년에는 런던 도서전 '오늘의 작가'로 선정되었다는 소식이다.

그동안 필자는 한국의 아동문학작품을 읽고 연구하면서 우리나라 작품 가운데 해외에 소개할 만한 작품이 무엇이 있을까 하는 질문을 해 보곤 하였다. '삐삐 롱스타킹' 시리즈, '어스시의 마법사' 시리즈, '나니아 나라 이야기' 시리즈, 『피노키오』 『허클베리 핀의 모험』 『샬롯의

거미줄』 등 외국의 명작들을 읽으면서 세계 어린이들에게 흥미와 감동을 줄 만한 우리나라 작품은 어떤 것이 있을까 하는 질문을 했을 때 마땅한 작품이 쉽게 떠오르지 않던 차에 『마당을 나온 암탉』이 해외에서 이처럼 좋은 반응을 얻고 있다는 소식은 우리 문화계와 아동문학계를 뿌듯하게 하는 소식이 아닐 수 없다. 1990년대 후반 이후 2000년대에 들어오면서 우리나라 아동문학의 양적 팽창과 아울러 질적인 성장도 괄목할 만한 것이어서 이 시대에 발표된 작품들 중에는 분명 다른 나라에 소개할 만한 좋은 작품이 있을 것이라고 생각된다.

그런데 『마당을 나온 암탉』이 영·미에 번역될 때에 청소년과 성인을 대상으로 하는 일반문학으로 출간되었다고 하는데, 이는 엄마가 자식을 키워 넓은 세상으로 내보내는 이야기로 읽을 수 있기 때문일 것이다. 아동의 욕망과 생활 감정을 표현하는 아동문학의 본질적 특성과는 좀 거리가 있는 작품으로 받아들여질 수도 있는 것이다. 우리나라 문학작품이 영국 대형 서점에서 베스트셀러를 기록하였다는 것은 반가운 소식이지만 아동문학 입장에서 보면 약간의 아쉬움을 가질 수밖에 없다.

그런 점에서 황선미가 오랜만에 출간한 『어느 날 구두에게 생긴 일』은 어린이의 내면과 고민을 매우 리얼하게 그려 냈다는 점에서 주목할 만한 작품이다. 이 작품은 이 시대 한국이라는 공간에서 살아가고 있는 어린이들의 내면을 섬세하게 그려 냈을 뿐만 아니라 세계의 모든 어린이들이 보편적으로 겪는 삶의 문제를 그려 내고 있기 때문에 외국의 어린이들에게도 깊은 공감을 불러일으키리라고 본다.

홀로서기, 그 어려운 여정

어른에게든 아이에게든 인간관계는 참으로 복잡하고 어려운 문제이다. 소심하고 예민한 사람들에게는 그것이 더 힘든 일이어서 타인의 표정이나 눈짓, 목소리의 작은 변화에도 쉽게 상처를 받는다. 주경이가 그런 아이이다. 겁 많고, 착하고, 내성적인 아이. 이 반에 공부도 잘하고 야무지고 예쁜 혜수와 미진이가 있다. 반장인 혜수는 머리가 좋고 성격도 강해서 말 한마디 눈빛 하나로 아이들을 주눅 들게 한다. 혜수가 주경이를 괴롭히는 과정도 겉으로는 잘 드러나지 않는다. 남들은 모르게, 알아도 언제든지 변명이 통할 수 있도록 은근하고 교묘하게 괴롭힌다. 매일 사다 바치는 동글동글한 초콜릿도 남들이 보면 단순한 심부름으로 보인다.

자존감에 심한 상처를 받고도 혜수에게 끌려다니기만 하던 주경이에게 기회가 온다. 전학을 온 아이 명인이가 선생님께 똑똑하고 예쁘다는 칭찬을 받고 혜수 패거리에게 미움을 받는 사건은 혜수의 관심을 돌릴 수 있는 절호의 기회인 것 같다. 그러나 일은 주경이의 바람대로 진전되지 않는다.

"혜수야, 얜 우리랑 친하기 싫은가 봐."
미진이가 내 어깨를 탁 쳤다. 아프다는 생각이 들 만큼 세게. 나는 아픈 어깨보다 나를 쏘아보는 눈초리가 더 신경 쓰였다.
"내가 뭘……."
내가 억지로 웃는 시늉을 하자 혜수가 마지못해 어깨를 으쓱했다. 그러더니 토라진 애처럼 말했다.
"그럼 이 구두 좀 처리해 봐. 누가 어떡하는지 보자, 얘."

혜수가 눈을 찡긋했다.

혜수와 미진이의 강압적인 눈빛과 그 애들과 같은 편이 될 수 있다는 유혹을 이기지 못하여 주경이는 명인이의 새 구두를 창밖으로 내던지고 만다. 주경이는 정말로 그런 짓을 하고 싶지 않았고, 던진 후에도 일시적인 장난에 그치는 줄 알았다. 그런데 구두는 찾을 수 없었고, 그 구두는 명인이 엄마가 죽기 전에 마지막으로 사 준 구두라고 한다. 주경이의 고민과 죄책감은 점점 심해진다.

어른들도 삶의 순간순간마다 어떤 판단을 내려야 하는지 곤혹스러울 때가 많다. 그 일이 옳지 못한 일이고, 비겁한 행동이라도 타인의 압력에 주체적인 삶을 살지 못한 때가 얼마나 많은가. 노자는 "세상 사람들이 모두 아름답다고 하는 것을 아름다운 것으로 알면 이는 추하다. 세상 사람들이 모두 좋다고 말하는 것을 좋다고 알면 그것은 나쁘다."고 말했다지만 우리들은, 많은 사람들이 좋다고 말하는 것을 좋은 것으로 알고 산다. 대세를 따라, 흐름에 따라 살 때 마음이 편안하고 안정감을 느낀다. 주경이같이 여린 아이들이 힘센 아이들과 한편이 되어 얻는 안정감은 일종의 소속감이라고 할 수 있지만, 그것은 비겁함과 바꾸어 얻어 낸 것이어서 행복감으로 이어질 수 없는 것이다.

나보다 더 힘센 타인에게 강제로 끌려다니는 삶, 자기의 자유의지로 살지 못하는 삶, 늘 타인을 의식해야 하는 삶은 얼마나 불안하고 불쾌하고 부자유스러운가. 그러나 그런 굴종의 고리를 끊어 내는 일이 쉬운 것은 아니다. 그래서 철학자들도 이 문제에 대해 깊은 숙고를 거듭했다. 칸트는 "너는 네 의지의 준칙에 의거하여 자기 자신을 동시에 보편적 입법자로서 간주할 수 있도록 그렇게 행위해야만 한다."고 말한

바 있는데, 이는 어떤 사태를 만났을 때 어떻게 행동할 것인지를 자율적으로 결정해야만 하고, 그 자율적 결정이란 우리 자신이 마치 보편적 입법자가 된 것처럼 해야 한다는 것이다. 주체적인 삶의 어려움은 어린이에게나 어른에게나 똑같이 무겁고 힘든 문제이다. 오히려 어른들보다 인생 경험이 적은 어린이들에게 더 힘겨운 일일지 모른다. 어른들이 보기에 사소한 사건일지 모르지만 어린이에게 이 문제는 매우 어렵고도 중요한 인생의 과업이다.

주경이는 자신의 죄책감을 덜기 위해 '괜찮아, 괜찮아, 나 혼자서 저지른 일이 아냐.' 주문을 외우기도 하고, 마음에 안 들어도 혜수네랑 어울리면 된다고 속삭여 보지만 그것은 자신을 속이는 거짓 위안에 불과하다는 것을 자기도 알고 있다. 주경이가 혜수의 손아귀에서 벗어나 주체적인 자신을 찾아가는 방법을 알아낼 수 있을까.

주경이가 시도하는 첫 단계는 자존심이 상하더라도 힘센 아이들 편이 되어 그런대로 어울려 살아 보려는 것이다. 그러나 혜수는 주경이가 친구로 삼기에는 너무 이기적이며, 버거운 존재이다. 혜수와 미진이의 무례함과 이기적인 행동은 자신의 힘에서 나오는 우월감과 지배욕의 표현으로 그들은 이 쾌감을 떨쳐 내기 어렵다. 다음 단계는 그들에게서 멀어지기다. 일단 그들의 시야에서 벗어나고 그들의 관심권에서 멀어지려는 시도를 해 보지만 그 일은 성공하지 못한다. 휴대폰으로 보내오는 혜수의 문자는 공간을 무화시키는 밧줄이다.

가장 효과적이며 궁극적인 해결 방법은 '홀로 서는 일'이다. 어른에게나 아이에게나 홀로 설 때 필요한 일은 있는 그대로의 자신을 받아들이고 인정하기, 자신의 실체를 타인들에게도 공개하기다. 그러나 그 과정은 혼자 힘으로 쉽사리 수행할 수 있는 과업이 아니다. 그래서 작가는 해결의 실마리를 쉽게 보여 줄 수 없다. 주경이 마음이 타들어 갈 때 독자의 마음도 안타깝다. 작가는 계속해서 소풍 언니의 가게에 들러 자기처럼 외톨이 신세인 점박이 고양이와 이야기를 나누거나, 명인이에게 사과 편지를 쓰기 전까지 머뭇거리는 주경이의 내면을 보여 주면서 이야기를 지연시킨다. 이야기는 빨리 진전되지 않는데도 독자는 책에서 눈을 뗄 수가 없다. 주경이의 생생한 마음고생이 독자를 사로잡기 때문이다.

주경이는 정아와 주영과 엄마의 간접적인 지원으로 구두를 던져 버린 범인이 자신이라고 인정하고 용서를 구한다. 명인이도 이미 그것을 알고 있었지만, 잘못한 사람이 잘못을 인정하고 용서를 구해야만 그 사람을 용서할 수 있고 화해할 수 있는 것이다. 결국 주경이는 그 어려운 일을 해내게 된다.

혜수에게 따돌림과 괴롭힘을 받았던 아이들끼리 한 팀을 만들어 학예회 프로그램에 참여하고 혜수 패거리와 대등하게 설 때, 그리하여 그들의 눈길조차 의식하지 않을 때 주경이의 홀로서기는 완성된다. 자신의 힘으로 시련을 극복하고 주체적인 삶으로 거듭나는 과정은 같은 처지에 있는 독자들에게 안도감과 위안을 선사한다. 아이들은 이렇게 성장하는 것이다.

이 작품을 개괄적으로 보면 미숙한 어린이가 자기 앞에 놓여 있는 시련을 극복하고, 성숙한 존재가 되는 성장소설의 전형적인 모습이지만 이 작품의 뛰어난 점은 그런 전형적인 이야기를 흥미와 감동으로 그려 낸 서술 솜씨에 있다. 등장인물의 내면과 심리가 간결한 문체로 설득력 있게 그려져 있을 뿐 아니라, 사소한 사건들로 연결된 것 같은데도 이야기 자체가 독자의 시선을 꽉 붙잡아 두는 힘을 가지고 있다. 인물들의 성격을 여실히 드러내는 대화나 무심코 던져 놓은 듯한 문장들도 하나도 허투루 쓰인 것 없이 결말에 가서는 그것들이 아주 정교하게 어우러져 유기체를 이루는 구성은 동화작가 지망생들이 교과서로 삼을 만하다.

한편, 아이들의 미묘하고도 섬세한 마음의 움직임을 묘사해 내는 솜씨는 인생에 대한 작가의 통찰력에 바탕을 두고 있다. 아이들의 내면을 응시하는 따듯한 눈길과 인생을 통찰하는 예리한 시선이 원숙한 서술 솜씨와 잘 어우러진 작품이다.

'나'와 나누는 대화

김리리의 『감정종합선물세트』(문학동네, 2014)도 성장기 아이들의 내면을 섬세하게 그린 동화집이다. 그가 다루는 문학의 스펙트럼은 넓고 다양하다. 한때는 부지런히 저학년동화를 발표하더니 근래에는 청소년소설도 쓰고, 판타지 기법을 즐겨 다루는가 하면 본격적인 리얼리즘소설에서도 좋은 성과를 내고 있다.

이 작품집에는 고달픈 초등학생의 일상을 섬뜩하게 그린 작품(「대한민국 초딩으로 살아가기」)부터 어린이들도 자유로울 수 없는 외모지상주의의 현실을 비판하는 작품(「돼지 공(은)주」), 자기 때문에 동생이 죽었다고 생각하는 소녀가 동생을 저세상으로 보내지 못하는 안타까운 이야기(「안녕, 쥐방울」) 등이 실려 있다. 앞의 두 작품이 아이들을 불행하게 하는 이 땅의 현실에 대한 비판적 메시지가 두드러진 작품이라면, 「안녕, 쥐방울」은 이야기를 이끌어 나가는 기법이 뛰어난 작품이다. 늘 언니 주변에서 맴돌던 귀여운 동생이 사실은 이미 죽은 사람이며, 언니랑 놀던 아이는 동생의 유령이었다는 결말 부분의 반전은 충격적이다. 조금씩 밝혀지는 동생의 죽음의 원인과 동생을 보내지 못하는 주인공의 안타까움을 표현하는 절제된 문장은 슬픔을 절실하게 환기한다.

이 작품들 외에 필자가 주목한 작품은 표제작인 「감정종합선물세트」와 「연우가 연우에게」이다. 두 작품은 사춘기로 들어서는 아이의 내면을 그린 작품이다. 작가는 그 나이 아이들의 심리와 고민을 그려 내기 위해 인물이 또 다른 자아와 만나고 대화하는 형식을 사용했는데 이는 인물의 내면을 드러내는 데 탁월한 효과를 발휘한다.

「감정종합선물세트」는 아이에서 어른으로 성장하는 여자아이의 내면이 재미있게 그려져 있다. 어느 날, 단비에게 '감정종합선물세트'가 택배로 배달되는데, 선물세트를 열어 보는 순간 상자에 담겨 있던 '감정'이 마음속으로 들어온다. 달콤하고 향긋한 '선물'로 단비는 예측하지 못한 감정의 변화를 맞이하게 된다. 마음속 '선물'이 자꾸만 단비에게 말을 걸고, 만화책이나 보며 오빠에게 물려받은 회색 잠바를 입고 다니던 단비는 감수성 풍부한 소녀가 되어 간다. 이 '선물'은 단비의 또 다른 자아이다. 단비와 '선물'의 대화는 외적 자아와 내적 자아의 갈등과 고민을 섬세하게 보여 주고 있다. 모든 여자아이들이 좋아하는 민기와 친구가 되는 과정에서 단비가 느끼는 설렘과 아픔은 사춘기 소녀들의 성장 과정을 유머러스하게 보여 준다.

「감정종합선물세트」가 외적 자아와 내적 자아의 만남을 그렸다면, 「연우가 연우에게」는 현재의 자아와 미래의 자아가 만나 대화를 나누는 사건을 통해 현재의 자아에게 삶의 메시지와 따듯한 위안을 건네는 작품이다. 아빠가 운영하던 당구장은 망해 버리고, 엄마의 작은 구멍가게에 생계를 의지하고 있는 연우네 가족. 겨울방학이 되었지만 갈 곳도 없이 지루하게 지내던 연우는 재희와 함께 강릉에 있는 재희 외가에 놀러 가기로 한다. 버스가 눈길에 갇혀 서 있는 사이, 버스에서 내려 마을 길을 걸어 보던 연우는 어느 사이 버스를 잃어버리고, 어떤 여자가 운전하는 승용차에 올라 대화를 나누게 된다. 현실이 너무나 우울한 연우는 빨리 어른이 되고 싶다고 하지만, 그 언니는 어린 시절로 돌아가고 싶다고 말한다.

"어린 시절로 돌아가면 뭘 하고 싶은데요?"

"하고 싶은 거야 엄청 많지. 어릴 때로 돌아가면 웃고 싶을 때 마음껏 웃을 거야. 그때는 내가 웃으면 안 된다고 생각했거든. 행복이란 단어는 나하고 절대로 어울릴 수 없다고 생각했지. 그래서 늘 심각하게 인상을 쓰고 다녔어."

(중략)

"참, 좋아하는 사람도 마음껏 좋아할 거야. 내가 짝사랑 전문이었거든. 이건 비밀인데, 내가 너만 했을 때 좋아했던 사람이 있었어. 나 같은 애한테는 당연히 관심이 없을 거라고 생각해서 좋아하는 걸 한 번도 내색 안 했거든. 그런데 나중에 알고 봤더니 그 오빠도 나를 좋아하고 있었더라고."

승용차 앞에 정차해 있는 버스를 발견한 연우가 달려가 운전사에게 어디 갔었느냐고 묻지만 버스는 꼼짝도 않고 그 자리에 있었다고 말하고, 승용차는 온데간데없이 사라져 버린다. 연우가 만난 이 여자는 미래의 연우다. 그는 소설을 쓰는 작가이고, 꽤 괜찮게 살아가는 어른인 것 같다. 책 읽기를 좋아하고 글솜씨가 좀 있지만 늘 우울한 연우, 재희의 오빠 준수를 남몰래 좋아하는 현재의 연우는 미래의 자신을 만나 무슨 생각을 하게 되었을까.

다른 누구도 아니고, 미래의 자신에게 건네받은 인생의 지침은 연우의 삶의 태도를 많이 바꾸어 놓을 것 같다. 마음껏 웃고, 실컷 울고, 마음껏 사랑하자는 어른 연우의 메시지는 현실의 고단함에 지레 짓눌려 사는 이 땅의 어린이들에게 따듯한 위안이 될 것이다. 자연스러운 판타지 기법으로 미래의 자신과 만나 현재의 나를 되돌아보게 하는 구성이 신선하고 재미있다.

『열린어린이』 2014년 12월호

3부

경 계 를 지 우 는 아동문학

아동소설에서 불행한 아이들을 어떻게 그릴 것인가

예나 지금이나 세상에는 불행한 어른들만큼이나 불행한 아이들도 많다. 그런데 국민소득이 3만불 가까이 되고 물질적으로 훨씬 풍요로워졌다고들 하는 오늘날 이 땅의 아이들 삶은 예전보다 더 우울하고 팍팍해진 것 같다. 요즘 텔레비전이나 신문의 뉴스에 등장하는 아이들 모습을 보면 참 답답하고 안타깝다. 학교 현장의 교사들에게 들어 보면 요즘 아이들은 대화에 욕을 섞지 않으면 말이 안 된다고 한다. 학교 성적과 공부 스트레스 때문에 아파트 옥상에서 뛰어내리는 아이들도 있고 부모의 실직 때문에 밥을 굶고 다니거나, 가족의 해체 때문에 마음에 큰 상처를 지니고 사는 아이들도 있다.

도대체 아이들이 왜 이렇게 거칠어지고 병이 들어 가는 것일까. 아이들을 불행하게 하는 근본적이고 심층적인 원인은 무엇일까. 아이들을 행복하게 해 주는 방법은 무엇일까. 필자 나름대로 진단도 해 보고 걱정도 해 보는데 내 고민과 맥을 같이하는 몇 권의 아동소설이 눈에 들어왔다. '아, 작가들도 나와 같은 고민을 하고 있었구나.' 하는 반가움과 함께 이 시대의 어린이문학작품은 불행한 아이들을 어떤 시각으로 바라보고 있으며, 어떤 방식으로 그려 내고 있는지 궁금해졌다. 읽다 보니 아이들이 불행에 처하게 된 원인에 대한 관점과 행복에 이르게 하는 길에 대한 시각도 달랐고, 무엇보다 어린이의 불행을 형상화하는 창작 방법도 다양하였다.

신자유주의 바다에서 타전하는 간절한 S.O.S.

김남중의 『동화 없는 동화책』(창비, 2011)은 어른을 슬프고 아프게 만드는 책이다. 엄마 아빠가 사라진 차가운 지하방을 동굴이라고 상상하며 크로마뇽인 놀이를 하는 누나와 어린 동생의 삶을 그려 낸 「크로마뇽인은 동굴에서 산다」를 읽으면 어떤 어른인들 울지 않으랴. 경제정책 당국자와 국회의원들과 거대 기업의 회장들과 이 땅의 많은 어른들이 이 작품을 꼭 읽어 봤으면 좋겠다. 그러나 한편으로는 어린이들이 이 책을 읽으면 어떤 생각을 할까 하는 염려가 생기기도 하였다. 이 책은 우리 사회의 아픔을 정직하고 치열하게 보여 주는 좋은 문학작품이지만, 진정한 어린이문학, 바람직한 어린이문학은 어떤 것인가에 대해 토론을 하게 하는 문제작이기도 하다. 우리에게 많은 숙제를 던져 주는 책이다.

이 작품집에는 불행의 극단에 처한 아이들이 등장하는데, 그 불행의 원인은 대부분 부모의 혹독한 경제적 빈곤이다. 부모가 겪는 고통의 배경은 실업(「수학왕 기철이」「날아라 장수풍뎅이」), 서해안 원유 유출 사건(「마지막 손님」), 용산 참사(「그림 같은 집」), 빈곤으로 인한 가족해체

(「혼자가 아니야」「크로마뇽인은 동굴에서 산다」) 등으로 이 일련의 현상은 신자유주의 경제 시스템이 우리 사회 전반에 초래한 모순에 기인한다. 작가는 무한 경쟁, 승자 독식 게임에서 패배하고 기본적인 삶의 조건조차 박탈당한 채 살아가는 주변인들과 그 아이들의 고통스러운 삶을 냉정하게 그려 내고 있다.

김남중의 작품에 등장하는 현실은 너무 암담하다. 여기 등장하는 현실은 우리 사회에서 있었던 일이고 이 아이들은 우리 사회 모퉁이에서 지금도 살아가고 있을 터인데, '동화책'이라는 타이틀을 걸고 읽으니 이 아이들 삶이 더욱 참담하여 가슴 아프다. 어린이문학에서 현실사회의 모순과 갈등을 그려 낸 작품은 이전에도 없지 않았다. 언뜻 떠오른 것으로는 이주홍의 「청어 뼉다귀」, 현덕의 「나비를 잡는 아버지」, 박기범의 『문제아』, 김중미의 『괭이부리말 아이들』 같은 것들이 있고, 최근에도 유은실, 안미란, 남찬숙 같은 작가가 불행한 현실 속 아이들을 다루고 있다. 이와 같은 리얼리즘 계열의 작품들 가운데에서도 김남중의 이 책에 등장하는 어린이만큼 어른의 암울한 삶에 직접적으로 영향받는 아이들은 없었던 것 같다. 아이들 삶이 너무 불쌍하여 이제 그만 책장을 덮어 버리고 싶고, 이게 무슨 동화책이냐고 불만을 터뜨리는 독자도 있을 것 같다. 작가는 독자의 이런 반응을 예견하고서 책 뒤에 '작가와 어느 독자가 나눈 이야기'라는 가상의 대담을 마련하여 어린이 독자를 달래 주고 있다.

괴로운 세상을 바꾸기 위해 이 동화를 썼다는 것, 어디가 아픈지, 누가 슬픈지, 왜 그런지 알아야 세상이 아름답고 따듯해질 수 있다는 것, 그러기 위해서 지금은 아프고 슬픈 동화를 읽어 내야만 하는 시대라는 것. 그것이 김남중이 '동화 없는' 동화책을 펴낸 이유이다.

그렇다. 『동화 없는 동화책』을 이 세상에 내보낸 것은 바로 우리 사회다. 돈 중심 사회, 경쟁이 최상의 정책이 되는 사회, 성적과 스펙과 외모가 인간 평가 기준이 되는 사회, 친구 간 우정이나 사랑, 도덕이나 인문학, 예술같이 돈으로 곧바로 환산되지 않고 경제 발전에 크게 기여하지 못하는 것은 별로 가치 없다고 여겨지는 사회가 『동화 없는 동화책』을 낳았다. 작가는 자본 중심의 사회질서가 너무나 완강해서 주변인들이 인간답게 살 수 있다는 전망은 불가능하고, 그러므로 아이들이 읽는 동화일지라도 현실을 정직하게 보여 주어야 한다고 생각한 것 같다. 언젠가 밝고 따듯한 세상이 올 것이라는 낙관은 부질없는 희망일 뿐이며, 아이들도 알 건 알아야 한다는 것이 김남중의 문학관이다.

나도 작가의 문학관에 공감한다. 문학은 인생의 진실을 제시함으로써 삶의 진정한 의미를 일깨우고 나아가 인간다운 삶의 방향을 찾는데 봉사해야 한다. 인생의 진실이란 우리가 사는 현실세계의 올바른 인식을 포함한다. 그러나 이 작품집이 어린이를 독자로 하는 책이라는 점을 생각할 때, 작가의 서술 전략, 창작 방법 등이 바람직한 것인가에 대해서는 토론의 여지가 많다.

김남중의 이 작품을 논의하자면 '비판적 리얼리즘' 개념을 끌어들이지 않을 수 없다. 이 작품이 비판적 리얼리즘의 동화판이라고 할 수 있기 때문이다. 리얼리즘문학은 인간의 삶과 사회 현실을 전체성 속에서 충실하고 정확하게 인식하고 형상화하려는 것이며, 비판적 리얼리즘소설은 개인과 사회의 분열이 불가피한 현실에서 느끼는 개인의 내면적인 울분(혹은 비판 의식)을 형상화하는 소설을 말하는 것이다. 『동화 없는 동화책』은 자본주의의 절박한 현실과 그로 인한 개인의 좌절과 변혁에의 요구를 절실하게 형상화하고 있다는 점, 전망을 직접적으로 제시하지는 못하지만, 부정적 환경에 대한 비판을 통해 역으로 전망을 암시한다는 점, 즉 부정의 부정을 통한 '부정적 전망(혹은 소극적 전망)'을 보여 준다는 점에서 비판적 리얼리즘의 면모를 정확하게 보여 준다.

그런데 문제는 어린이가 주인공이며, 어린이를 독자로 하는 어린이소설(혹은 동화)에서 이와 같은 비판적 리얼리즘의 이념을 충실하게 반영한 작품이 바람직한 어린이문학이 될 수 있는가, 비판적 리얼리즘의 관점이 어떤 효용을 지닐 것인가 하는 것이다.

우선 주인공과 독자에 대해 생각해 보자. 비판적 리얼리즘의 주인공을 '중도적 주인공'이라 하는데, 이 인물 유형은 부르주아에 대해 비판적 의식을 지니지만 자본주의를 적극적으로 부정하지 않는다는 점에서 중간적 의식을 지니고 있다. 「운수 좋은 날」(현진건)의 김 첨지, 「탈출기」(최서해)의 박 군, 『만세전』(염상섭)의 이인화 등이 바로 그들이다. 이처럼 비판적 의식을 지니면서도 그것을 실천적 행동으로 옮기지는 않는 인물을 '중도적 주인공'이라고 하며, 이는 적극적인 현실 인식과 실천력을 지닌 사회주의 리얼리즘의 '적극적 주인공'과 구별된다. 사회주의 리얼리즘의 주인공이 적극적 주인공이기 때문에 그 결말이 낙관적 전망을 제시한다면 비판적 리얼리즘의 주인공은 중도적 주인공이기 때문에 즉, 비판을 행동으로 실천하지 못하기 때문에 소극적 전망을 제시할 뿐이다.

그런데 이것은 어디까지나 성인이 주인공인 소설에서 그럴 수 있을 것이다. 왜냐하면 적극적 주인공이 되든, 중도적 주인공이 되든 성인만이 한 사회에서 어떤 행동의 방향을 주체적으로 결정할 수 있는 능력이 있기 때문이다.

「수학왕 기철이」를 보자. 학원에 다니지 않고 지역 아동센터에서 공부하는 수학왕 기철이는 수학 경시대회에 학교 대표로 뽑힐 만큼 수학을 잘한다. 시에서 개최하는 대회를 준비하기 위해 학원을 보내 달라는 기철이에게 부모님은 가계부를 건넨다. 기철이의 수학 실력은 엉뚱한 데서 발휘되지만 이번만큼은 답이 쉽게 나오지 않는다. 가계부를 아무리 살펴보고 계산을 해도 학원비는 나오지 않는다.

이 작품에서 기철이는 「운수 좋은 날」의 김 첨지에 해당한다. 김 첨지는 사회 모순에 울분을 느끼고 있으나 그것은 막연한 감정 토로에 불과하며 자신의 울분이 어떤 목적을 향해 발산되어야 하는지 모르는 소극적 주인공이다. 기철이 또한 아이스크림 같은 땀을 뻘뻘 흘리기만 할 뿐 사회의 무엇이 어떻게 잘못되었는지 아무리 생각해도 해결책을 낼 수 없는 소극적 주인공이다. 가정경제의 주체인 김 첨지에게 분명한 현실 인식의 능력이 생기고, 실천력이 담보된다면 그는 사회주의 리얼리즘의 주인공으로 발전할 수 있을 것이다. 그런데 기철이는 아직 어린 아이이기 때문에 그와 같은 실천적·적극적 주인공이 될 수는 없다. 독자의 입장에서 보아도 「운수 좋은 날」의 성인 독자들은 김 첨지의 현실을 읽고는 올바른 사회가 건설되어야 함을 암시받는데, 과연 「수학왕 기철이」를 읽는 어린이 독자들에게 그러한 전망을 기대하는 것이 가능하며, 바람직할까.

작가는 '독자와 나눈 이야기'에서 "동화는 힘이 세다"고 말하면서 "어디가 슬픈지, 누가 슬픈지, 왜 그런지"를 알아야 세상을 바꿀 수 있다고 말하는데, 이 동화를 읽은 아이들이 사회 모순을 안다고 해서 사회 변혁에 어떤 도움을 줄 수 있겠는가. 물론, 아이들이 어른이 되면 어린 시절 독서 체험이 행복한 사회를 만드는 데 도움이 될 수 있을 것이다. 그러나 지금, 이 사회를 변혁시킬 책임은 어른들에게 있고, 따라서 이 사회의 비극적 현실을 직시해야 하는 것은 어른들 몫이다.

아직은 사회 속에서 자신의 행동을 능동적으로 결정할 어떤 힘도 지니지 못한 어린이들에게 중도적 주인공의 역할을 맡기는 일은 아이들에게 너무 큰 부담을 지우는 일이다. 아니 어린이를 그런 주인공으로 설정한 것 자체를 나무랄 수 없을지도 모르겠다. 이 사회가 기철이를 비롯한 이 작품집 주인공들에게 너무 일찍 철이 들게 한 것은 엄연한 사실이고, 「그림 같은 집」의 경우에는 용산 참사를 당한 부모의 삶이 그 자녀인 영산이와 지윤이의 삶에 직접적인 영향을 끼치고 있으니까. 또, 어린이가 겪은 가슴 아픈 이야기가 어른들에게 더 큰 울림을 줄 수 있으니까. 그러나 지금 이 시대 아이들에게 사회 비극과 모순을 어서 깨달으라고 요구하는 것은 너무나 큰 짐이다. 이미 불행한 아이들에게 이런 짐까지 지우고 싶지 않다. 신자유주의의 바다에서 힘겹게 항해하는 기철이 가족이 겪은 답답하고 슬픈 이야기는 우리 사회 구성원들이 꼭 읽어야 할 이야기이지만 그것은 성인 독자들의 몫이면 좋겠다.

어른들에게 보내는 내면의 목소리

『금이 간 거울』(방미진, 창비, 2006)의 표제작 「금이 간 거울」의 주인공 수현이는 작은 선물 가게에 들어갔다가 오래된 손거울을 발견하고 그것을 훔쳐 나온다. 어쩌다 보니 물건 훔치는 행동은 버릇이 되고 점점 대담해진다. 그런데 물건을 훔칠 때마다 거울엔 작은 금이 간다. 늘어 가는 금을 두려워하면서도 수현이가 물건 훔치기를 멈출 수 없는 것은 아이러니하게도 들키기 위해서이다. 자기보다 동생을 더 예뻐하고 관심 있게 보아 주는 부모님, 학교에서는 선생님은 물론 친구들에게조차 관심을 받지 못하는 소심한 아이 수현이는 들키기 위해서 자꾸자꾸 도둑질을 한다.

여기서 수현이가 훔친 '거울'은 인간의 내면을 비추어 보여 주는 상징물이고, 도둑질을 할 때마다 늘어 가는 거울의 금은 수현이의 내면에서 생겨나는 갈등과 마음속 상처를 상징한다. 수현이는 흉측한 그 거울을 자꾸 버리려 하지만 아무리 버려도 그때마다 금 간 거울은 다시 수현이에게 되돌아온다. 근본적인 치유 없이 표면적이고 의식적인 노력만으로 수현이의 깊은 상처는 치유될 수 없는 것이다. 선생님의 지갑을 훔치고 '드디어' 그 일이 발각되었을 때 수현이는 마음이 후련해진다. 수현이는 금이 간 거울에 대한 이야기를 하나하나 털어놓으며 이해와 사랑을 받을 것이고, 자신의 상처를 치유해 갈 것이다.

같은 책에 들어 있는 작품 「기다란 머리카락」에서의 '머리카락'도 '나'의 내면적 갈등과 상처를 비유하는 상징물이다. 처음에는 '나'에게만 '기다란 머리카락'이 시도 때도 없이 출몰하는 것 같았지만 그것은 자신의 불안과 아픔에만 갇혀 있었기 때문이다. 엄마도 아빠도 동생도 서로 말만 하지 않았을 뿐 늘 '긴 머리카락'을 보고 있었다. 지치고 불안하고 고통스러웠으면서도 모두들 다른 가족의 아픔을 보려 하지 않아 자기에게만 그것이 보이는 줄 알았던 것이다. 식구들이 모두 자신의 아픔을 토로하던 저녁에 머리카락은 천장에서 떨어져 내리고 가족은 서로 부둥켜안는다.

김남중의 『동화 없는 동화책』 주인공들이 외부적인 요인 때문에 고통을 받고 불행에 빠진다면 방미진의 『금이 간 거울』 주인공들은 자신의 성격이나 열등감, 사랑받고 싶은 욕구 등 내면적인 결핍에 의해 상처받는다. 내면의 불안을 섬세하게 그려 내다 보니 '이야기'가 풍부하지 못한 문제가 노정되기는 하였지만 아이들에게 일어날 수 있는 보편적인 불안과 욕망, 그리고 그 치유의 방법을 설득력 있게 보여 주고 있다.

어른과 아이가 함께 찾아가는 행복 이야기

크리스티네 뇌스틀링거는 『오이대왕』(사계절, 1998)과 『깡통 소년』(아이세움, 2005)으로 우리에게 잘 알려진 작가이다. 『우리들의 행복 놀이』(소년한길, 2003)는 예순네 살의 퇴직한 독신녀 피아 마리아 티랄라가 화자가 되어 들려주는 행복 여행담이다. 뚱뚱하고 늙은 피아 마리아의 삶에서 즐거운 것은 딱 두 가지, 생크림과자 먹는 것과 창밖을 내다보는 것. 어느 날 창밖을 내다보다가 마리아는 길거리 아이들이 담을 넘어 너도밤나무 뒤로 사라지는 것을 본다. 마리아는 호기심에 그곳을 찾았다가 40년 전에 죽은 자신의 애인 페리를 만난다. 페리는 거기에서 불행한 아이들과 행복 놀이를 하고 있었던 것이다. 불행한 아이들만 갈 수 있는 너도밤나무 뒤편의 헛간에서 못생긴 아이는 멋진 모습으로 변하고, 말더듬이는 명연설가가 되고, 부모의 이혼으로 아픔을 겪은 아이는 부모님이랑 그네를 탄다.

며칠 후 마리아는 페리로부터 뚱뚱보 푸줏간 주인의 말라깽이 아들 앤디를 헛간으로 데려다 달라는 부탁을 받는다. 푸줏간에 보모로 취직한 마리아는 앤디를 데려갈 궁리를 하다가 앤디가 얼마나 불행하게 살고 있는지 알게 된다. 앤디 부모가 식사 때마다 식탁 밑에 숨은 앤디를 끌어내 입 속에 소시지를 가득 쑤셔 넣는 것이었다. 마리아는 식사 시간에 푸줏간 주인이 입을 벌릴 때를 기다렸다가 소시지를 목구멍 깊숙이 쑤셔 넣어 눈이 튀어나오고 숨도 못 쉬게 만든다. 다음부터는 모든 사건이 독자의 예상대로 흘러간다. 푸줏간 주인이 헌 볼링장을 아이들만의 놀이터로 만들어 주고 그곳에서 마리아도 앤디도 모두 행복해진다. 아이들이 행복해지자 페리는 나타나지 않고 아이들은 페리가 누군지 잊게 된다. 마리아도 더 이상 페리가 그립지 않다.

이 동화에서 행복을 찾아가는 과정은 판타지공간과 현실공간에서 함께 이루어진다. 불행한 아이들이 40년 전에 죽은 페리와 행복 놀이를 하는 헛간은 판타지공간이고, 마리아가 말라깽이 앤디를 살찌게 하고 먹고 싶은 음식을 먹을 수 있게 도와주는 공간은 현실공간이다. 그리고 판타지공간에서 벌였던 행복 놀이는 볼링장이라는 현실공간으로 전이되어 아이들과 마리아는 현실 속에서도 행복하게 살 수 있게 된다.

이 책에서 아이들이 불행해진 원인은 크게 특별하지는 않다. 이 세상 많은 아이들처럼 여기 아이들도 가난 때문에, 부모 때문에, 아니면 자신의 어떤 결핍 때문에 불행하게 지낸다. 그리고 그들이 행복해지는 길도 전혀 특별하지 않다. 어른들이, 아이들이 왜 불행하게 되었는지를 이해하고, 서로 돕고 사랑하는 것이다. 아이의 불행을 치유해 줄 때 어른도 같이 행복해질 수 있다. 이 책을 읽으면 웃음이 나오고 마음이 따듯해진다. 그리고 판타지공간에서 벌이는 그들의 행복 놀이가 그렇게 허황돼 보이지도 않는다.

현실을 보여 주는 서사 전략에 대한 고민

불행과 고통에 신음하는 아이들을 어떻게 보여 줄 것인가. 이 글에서는 세 가지 방식의 아동소설을 비교해 보았다. 비극적 현실과 아이들의 좌절을 있는 그대로 형상화한 『동화 없는 동화책』과 어린이 개인의 내면적 고통과 심리를 섬세하게 그려낸 『금이 간 거울』, 불행한 아이들의 삶을 판타지와 유머를 섞어 그려낸 『우리들의 행복 놀이』가 그것이다. 세 가지 방식은 나름대로의 효용이 있으며 어떤 방식의 문학도 존재 가치가 있을 것이다. 다만, 인간과 삶에 대한 깊이 있는 인식을 작품에 충분히 용해하여, 독자에게 즐거움과 정서적 감동을 주려면 어떤 서사 전략을 구사할 것인지를 작가는 늘 고민해야 할 것이다. 더구나 어린이문학의 작가는 독자가 어린이라는 사실 때문에 자신의 문학관과 세계관을 작품에 어떻게 용해시킬 것인가를 더욱 깊이 고민해야 한다.

『열린어린이』 2012년 4월호

경계를 지우는 아동문학

보통 어른들에게 아동문학의 성격을 묻는다면 아마도, 어린이가 주인공으로 등장한다, 구조가 간단하다, 행복한 결말로 마무리된다, 아름답고 평화롭다, 내용이 쉽고 좀 유치하다, 권선징악의 교훈이 담겨 있다 등과 같은 대답이 많이 나올 것이다. 아동문학작가나 연구자들은 해피엔딩이라든지 권선징악, 밝고 평화로운 내용 등에 대해서는 동의하지 않겠지만 읽기 쉽고 내용이 간단하며 쉽게 파악되는 교훈이 들어 있다든지, 어린이의 정서를 표현하고 있다는 사실에 공감하는 사람들이 많을 것 같다. 그런데 이런 답변의 이면에는 아동문학은 성인문학과 다르다는 의식이 깔려 있다고 볼 수 있다. 즉 아동문학과 성인문학 사이에는 어떤 경계선이 있다고 생각하는 것이다.

그러나 아동문학은 어린이들을 위한 문학이긴 하지만 어린이들만을 위한 문학은 아니다. 좋은 아동문학작품은 어린이들뿐만 아니라 어른들에게도 깊은 감동과 깨달음을 주기 때문에 아동문학과 성인문학이 따로따로 존재하는 것은 아니라고 보는 것이 옳다. 독자가 어린이라는 점 때문에 아동문학은 '어린이의 본성과 욕망을 긍정하고 그들의 생명력을 고양하는 작품'을 지향해야 하는 특수성이 있지만, 본질적으로 아동문학과 성인문학이 다루는 주제가 다른 것이 아니기 때문이다. 나태주의 「풀꽃」("자세히 보아야 예쁘다/ 오래 보아야 사랑스럽다/ 너도 그렇다")은 초등학교 교과서에도 실린 시인데, 이 작품은 동시인가 일반 시인가. 어린 시절에 감동적으로 읽은 안데르센의 「눈의 여왕」은 어른이 된 지금도 내 마음을 먹먹하게 한다. 악마 트롤의 깨어진 거울 조각이 카이의 심장과 눈에 박혀 차가운 인간으로 변하는 장면은 얼마나 섬뜩하며, 게르다의 뜨거운 눈물로 거울 조각을 녹여내는 장면은 얼마나 감동적인가.

아동문학작품 중에는 어른들이 함께 읽어도 인생의 의미에 대해 다시 생각해 볼 수 있는 작품이 드물지 않다.

『우주 호텔』

『우주 호텔』(유순희 글, 오승민 그림, 해와나무, 2012)은 이야기도 감동적이고 그림도 참 좋아서 어린이는 물론 어른들에게도 인생에 대한 깨달음과 깊은 감동을 주는 작품이다.

폐지를 주워 생계를 꾸려 가는 할머니가 있다. 항상 머리를 수그린 채 땅만 살피며 걸어서 허리가 납작하게 굽었다. 그럴수록 하늘을 쳐다보는 일이 줄어들어 구름도 별도 볼 일이 없다. 어느 날 단골 채소 가게에서 종이 상자를 거두어 가려는데 처음 보는 할머니가 상자를 싣고 있다. 한쪽 눈두덩에 불룩한 혹이 나 있고 다른 한쪽 눈은 뿌옇게 안개 같은 것이 끼어 있다. 종이 할머니는 혹부리 할머니를 밀쳐 넘어뜨리고 상자를 빼앗는다. 고물상에 팔아 번 돈은 일만 사천 원. 돌아오는 길에 이사 오는 가족을 만난다. 젊은 여자가 책을 한 무더기 주고 어린 딸에게도 못 쓰는 종이가 있으면 할머니에게 드리라고 한다. 아이는 할머니에게 때때로 빈 공책도 갖다주고 스케치북도 갖다준다. 아이에게는 즐거운 놀이 같다.

할머니는 날다람쥐처럼 뛰어다니는 아이가 사랑스럽다. 할머니는 스케치북 그림을 한 장씩 넘기다가 자신도 모르게 탄성을 지른다. 지금까지 한 번도 보지 못한 세상이 펼쳐져 있다. 캄캄한 하늘에는 파란 지구, 아름다운 테를 두른 토성, 붉은 태양……. 할머니는 그림을 한 장씩 벽에 붙인다. 찬찬히 보는데 알 수 없는 그림이 있다. 초록 포도 모양의 성 맨 꼭대기에 두 아이가 차를 마시고 있는데, 한 아이는 눈이 불룩하게 튀어나오고 입이 개구리처럼 커다랗다. 할머니는 아이를 기다렸다가 집으로 불러 물어본다. 포도 모양 성은 우주 호텔이고, 눈이 불룩하고 입이 큰 아이는 외계인 뽀뽀나란다. 뽀뽀를 좋아해서. 아이가 가고 나서 할머니는 아이의 말을 곰곰이 생각해 본다. 하늘도 저렇게 넓은데 저 하늘 밖 우주는 얼마나 넓을까. 종이 할머니 눈에는 우주 호텔이 보이는 것 같다. 그리고 허리를 곧게 펴려고 애를 쓴다. 할머니는 자기가 밀쳐 버렸던 혹부리 할머니를 만난다. 길에서 강낭콩을 파는 혹부리 할머니를 집으로 불러 따듯한 밥도 같이 먹고, 생강차도 마시면서 잠깐 이런 생각에 빠진다. '여기가 우주 호텔이 아닌가? 여행을 하다가 잠시 이렇게 쉬어 가는 곳이니……. 여기가 바로 우주의 한가운데지.'

이 작품은 우리들의 비루한 일상에 대해 많은 생각을 하게 한다. 종이 할머니 모습에서 우리는 이 시대를 사는 많은 어른들의 삶의 풍경을 본다. 폐지를 줍기 위해 땅만 보며 걷는 할머니나 하루 밥벌이를 위해 지하철을 타고 출퇴근하며 하늘을 볼 줄 모르는 우리들이나 별다를 바가 없다. 종이 할머니가 폐지를 팔아 일만 사천 원을 받아서 조금씩 통장에 돈을 모으는 행동이나, 이백만 원 월급을 받아 이십만 원을 저축하는 사람들 인생이나 다를 바가 무엇이란 말인가. 도시 골목에서 하루하루 꿈도 호기심도 이웃도 없이 사는 현대인의 삶은 본질적으로는 종이 할머니 삶과 다를 바 없는 것이다. 이런 현실을 어린이들 일상으로 가져와 본다면 종이 할머니 삶은 성적과 경쟁에 얽매여 사는 요즘 어린이들의 삶과도 같다. 삭막하고 무의미한 삶과 의미 있고 행복한 삶이라는 문제는 어른만의 문제나 어린이만의 문제가 아니라 인간의 문제인 것이다.

"허리를 펴고 똑바로 살면 뭐 혀. 허리가 구부러질 대로 구부러지면 땅에 납작하게 붙어 버리겠지. 그럼 저 갈라진 틈으로 사라지면 그뿐 아니겠어." 시멘트 바닥의 갈라진 틈을 보면서 문득, 허리를 펴라, 운동도 하라 하는 의사의 말이 떠오르지만 아무 희망이 없는 할머니는 이렇게 자포자기의 삶을 살 수밖에 없다. 이런 할머니를 구원해 주는 사람은 뜻밖에도 어린 여자아이이다. 아이의 우주 그림과 포도 모양의 우주 호텔, 외계인 뽀뽀나는 할머니의 상상력을 자극하고 마침내 할머니의 허리를 펴게 한다. 할머니는, 우리 인생은 우주여행이고 반지하 셋방이 우주 호텔이라는 생각을 한다. 혹부리 할머니는 우주여행 중에 만난 외계인 친구이고, 여기가 바로 우주의 한가운데가 되는 것이다.

이렇게 본다면 이 작품을 이니시에이션 스토리initiation story로 읽을 수도 있겠다. 무의미하고 삭막한 일상을 사는 할머니는 미성숙과 결핍의 단계를 사는 주인공으로 볼 수 있다. 여기가 우주의 한가운데라는 인식을 함으로써 새로운 삶을 사는 할머니를 통해 고난을 극복하고 거듭나는 모습을 보여 주는 것이다. 혼자만의 세계에 갇혀 외롭고 힘겹게 사는 할머니의 구원자이며 조력자의 역할을 하는 사람은, 할머니의 세계 인식을 극적으로 전환시켜 준 어린 여자아이이다. 일반적인 입사식 이야기에서 어린 주인공들이 고난을 겪을 때 지혜로운 노인이 조력자의 역할을 하는데, 여기서는 노인의 성장에 어린아이가 조력자이며 스승의 역할을 하고 있다. 워즈워스가 말했듯이 어린이는 어른의 아버지이며, 인생에서의 성장이 어린이나 청소년 주인공들만의 전유물만은 아닌 것이다.

이 동화에서 할머니의 삭막한 일상을 그린 전반부는 참으로 리얼하다. 폐지 꾸러미를 단단히 묶는 장면이나 혹부리 할머니를 밀쳐 넘어뜨리고 자기 구역 폐지를 확보하는 장면, 무엇보다도 종이 상자 100킬로그램 값은 1킬로그램에 110원씩 쳐서 11,000원, 신문지 20킬로그램 값은 1킬로그램에 140원씩 쳐서 2,800원 하고 계산해서 받는 장면은 할머니의 현실을 생생하게 보여 준다. 그런데 이 작품이 현실을 리얼하게 반영하는 데 그쳤다면 이렇게 감동적인 작품으로 거듭나지 못했을 것이다. 종이 할머니의 삶을 리얼리즘의 관점으로 접근했다면 그가 현실적으로 얼마나 고달프고 외로운 삶을 사는지를 여실하게 그려 냄으로써 할머니를 비참한 삶으로 몰아가는 사회의 구조적인 문제나 우리 사회의 비정한 인간관계 등을 폭로하는 데 초점을 맞췄을 것이다.

그런 의미에서 이 작품이 어린아이를 구원자로 등장시켜 입사식 이야기의 형식으로 풀어낸 것은 리얼리즘의 한계를 돌파하는 새로운 세계관을 보여 준다고 할 수 있다. 할머니를 둘러싼 거대한 세계는 변화하지 않았지만 할머니는 내면 의식의 변화로 세계를 관조하는 일이 가능해졌을 뿐 아니라 일정 부분 세계를 변화시켰기 때문이다. 사람을 믿지 못하여 마음의 문을 닫고 혼자만 살던 할머니가 혹부리 할머니를 초청해서 친구가 되는 장면이나, 하늘과 우주를 보며 살아가는 장면은 땅만 딛고 현실에 얽매여 사는 우리들에게 새로운 세계 인식을 가능하게 한다. 무엇보다도 우리가 사는 이곳이 우주의 한가운데라는 인식은 '사람이 곧 하늘'이라는 동학의 사상과도 관련되어, 우리의 비루한 삶을 승화시키면서 한없이 넓은 경지로 인도한다.

그림도 참 좋다. 아름다우면서도 의미심장해서 많은 이야기를 들려준다. 종이 할머니가 혹부리 할머니를 밀쳐 넘어뜨리고 무거운 종이 수레를 끌고 고물상으로 가는 장면을 그릴 때 화가는 전봇대 저 위에서 아래를 내려다보고 있다. 얼기설기 얽힌 굵은 전선 아래로 조그만 손수레와 할머니의 상체가 보이는데, 이때 할머니는 거대한 거미줄에 걸린 작은 벌레 같은 느낌을 불러일으켜 가슴이 아프다. 한편, 캄캄한 하늘에 붉은 태양과 파란 지구, 우주선, 포도 모양의 우주 호텔을 그린 장면은 참으로 아름답고, 할머니가 우주 호텔을 상상하며 그곳으로 비둘기처럼 날아가고 싶어 하는 장면은 연푸른 배경에 붉은 모자를 쓴 사람이 하늘을 헤엄치는 것처럼 표현되어 있어 환상적인 느낌을 준다. 할머니가 폐지를 줍는 데만 마음이 팔려 있을 때는 산비탈의 삭막한 달동네를 보여 주지만 할머니의 삶이 우주로 확장되었을 때는 캄캄한 밤에 집들이 노란 불빛으로 반짝이는 광경을 보여 준다. 그림을 보면 산동네가 우주 한가운데인 것 같고, 노란 불빛이 비치는 작은 창 안에서 두 사람이 차를 마시는 장면에서는 작은 방이 우주 호텔 같다.

『사료를 드립니다』

『사료를 드립니다』(푸른책들, 2012)는 이금이의 원숙함이 유감없이 발휘된 단편집이다. 이 작품집에는 완성도 높은 단편아동소설 다섯 편이 수록되어 있다. 「건조주의보」는 짧은 작품인데도 등장인물의 성격이나 심리가 매우 생생하게 묘사된 수작이다. 인터넷 강의만으로도 전국 최고의 성적을 내는, 안구건조증에 걸린 고등학생 누나와 함께 사는 건우는 눈치도 없고 공부도 못해서 엄마의 구박을 받는 존재이다. 사건은 주로 교실에서 벌어지며 짝꿍 윤서와의 관계가 기둥 줄거리를 이룬다.

같은 학년이지만 영악하고 똘똘한 윤서는 건우에게 숙제를 보여 주면서, 선생님께 혼나기 전에 자기 숙제를 베끼라고 한다든가, 축구하러 나가는 건우의 옷자락을 잡고 숙제 먼저 하라고 잔소리를 해 댄다. 건우는 윤서가 귀찮기만 하다. 옷자락을 빼느라 팔을 휘두르다 윤서의 코피를 터뜨린 날, 건우는 집에 와서도 불안한데, 윤서는 이런 건우를 불러 자기 집에서 빵을 먹으며 같이 숙제를 하자고 한다.

> 빵을 먹는 동안 윤서는 자꾸 이상한 걸 물어 왔다. 자기 코피 날 때 기분이 어땠냐느니, 정아랑 자기 둘 중에 누가 더 예쁘냐느니, 유치원 때 자기랑 내가 결혼할 거라고 했던 거 생각나냐느니…….
> "아, 몰라, 빨리 숙제하자."
> 재깍재깍 돌아가는 시곗바늘이 게임할 시간을 잡아먹고 있었다.

이성에 먼저 눈뜬 여자아이와 그런 것에는 관심도 없고 축구와 컴퓨터게임만 좋아하는 남자아이 마음을 시치미 뚝 떼고 그려 내는 솜씨가 김유정의 「봄봄」을 연상하게 한다. 똑똑하게 말도 잘하고 자기 일도 알아서 척척 하는 짝꿍 윤서와 순진하고 어수룩해서 사람들의 감정을 알아채지 못하는 건우의 행동은 「봄봄」의 '점순'과 '나'의 관계를 어린이들 세계로 가져온 것처럼 아주 유머러스하다.

제 마음을 몰라주는 건우에게 윤서는 "넌 마음이 너무 건, 조, 하다구." 하며 새쭉해지지만 건우는 "아싸, 나도 건조증 걸렸다!"며 환호한다. 구강건조증에 걸린 엄마, 피부건조증에 걸린 아빠와 더불어 건우도 마음건조증에 걸린 것이다. 윤서의 마음은 아랑곳하지 않고 건조증을 마치 자랑스러운 훈장처럼 여기는 어수룩하도록 순진한 건우의 행동이 씁쓸한 웃음을 짓게 한다. 건우를 서술자로 내세워 건우의 관점과 인식의 범위에서 주변 인물들과의 관계를 보여 주는 서술 전략이 재미를 주고 있기는 한데, 어린이 독자들도 이런 재미를 충분히 맛볼 수 있을지는 미지수다.

이 작품 외에도 「조폭 모녀」 「몰래카메라」 「이상한 숙제」 등은 인물들 사이 복잡 미묘한 관계나 쉽게 판단하기 어려운 인생 문제 등을 새로운 관점에서 그려 내어 어린이 독자들에게 많은 생각거리를 준다. 이 작품들의 또 다른 장점은 독자 예상을 깨는 반전으로 마무리된다는 것이다. 이야기를 펼쳐 나가는 세련된 기법도 읽는 재미를 더한다.

이 단편집 가운데 가장 감동적인 작품은 표제작인 「사료를 드립니다」이다. 이 작품은 반려동물과 아이의 우정을 통해 동물과 인간의 관계는 물론 인간관계의 의미에 대해서 묵직한 질문을 던진다.

장우는 엄마, 누나와 캐나다로 유학을 떠나게 되자 10년 넘게 함께 살던 시베리안허스키 장군이를 누군가에게 맡겨야 한다. 하지만 덩치도 크고 나이도 많은 개를 맡겠다는 사람이 없다. 고민 끝에 매달 사료를 보내 주기로 하자 장군이를 맡을 사람이 나타나는데 그는 개장수를 해 본 적 있다는 김성달 씨다. 캐나다로 떠났던 장우네는, 치매로 요양원에 계시던 외할머니가 암 말기 판정을 받았다는 소식에 급히 돌아오게 된다. 장우는 장군이의 안부가 궁금해 혼자서 장군이를 맡긴 집을 찾아가지만 장군이를 보지 못한다. 외할머니가 돌아가시고 나서 애가 달은 장우는 아버지와 함께 다시 장군이를 찾아가는데, 그 집에는 아이들 둘이서만 장군이와 같이 살고 있었다. 아이들의 아버지 김성달 씨는 홀아비로 아이들과 살다가 차 사고를 내서 감옥에 있고 아이들은 사료를 팔아 생계를 이어 가고 있었던 것이다. 장우는 장군이를 데려가야 할지 두고 가야 할지 마음을 정하지 못한 채 방 안을 둘러보다가 2학년 아이 미리가 써 놓은 일기장을 보게 된다.

> 오빠랑 장군이 운동 시킬라고 나갔는데 나쁜 오빠들이 우리를 때릴라고 했다. 장군이가 으르렁으르렁했다. 나쁜 오빠들이 겁먹고 도망쳤다. 바보들 우리 장군이는 착한 장군인데. 장군이가 우리를 지켜조서 좋았다.

> 장군이 목욕을 시켰다. (중략) 장군이가 막막막 털어서 오빠랑 나랑 물벼락을 맞았다. 오빠가 장군이를 한 대 때렸다. 나는 장군아 장난이야. 오빠가 너 안시러하는거 알지하고 꼭 안아주었다.

맞춤법도 틀린 미리의 일기는 읽는 이 마음을 찡하게 한다. 털에 물기가 가득한 커다란 개를 꼭 껴안아 주는 아이의 모습이 생생하게 떠오르면서, 아이들이 장군이를 얼마나 좋아하고 의지하고 있는지 느낄 수 있다. 장우는 장군이가 이미 두 아이와 끈끈한 가족이 되어 있음을 확인한다. 아이의 일기를 보고 나서 장우는 복잡한 감정에 사로잡히게 되는데 이 부분은 작가가 전하고자 하는 메시지를 함축하고 있다.

장우의 복잡한 감정 가운데 하나는 장군이의 사랑을 빼앗긴 것 같은 서운함이다. 장군이와 함께하는 아이가 자신이 아니라는 사실이 견디기 힘든 것이다. 그렇지만 먼저 장군이를 떠난 것은 장우 자신이었음을 인정하지 않을 수 없다. 여기서 우리는 사랑과 책임의 관계에 대해 생각하게 된다. 한번 키우려고 마음먹었으면 끝까지 책임을 다해야 했는데 장우는 어쨌든 장군이를 남에게 보냈다는 것을 깨닫게 된다.

장우가 깨달은 또 한 가지는, 동물이니까 보살펴 줘야 한다는 생각에 주려고만 했지 나누려고 한 적은 없었다는 사실이다. 장우에게는 보살핌을 받는 존재이기만 했던 장군이가 두 아이에게는 그들을 지켜 주면서 체온을 함께 나누는 존재가 되어 있었다. 사람들 사이에서도 일방적으로 사랑을 받거나 주기만 하기보다는 서로 사랑을 주고받는 관계가 더 바람직한 관계일 수 있음을 깨닫게 된다. 장우는 장군이가 자기보다 이 두 아이에게 훨씬 소중한 존재가 되었음을 알고, 멀리서 장군이를 보기만 하다가 말없이 그 자리를 떠난다.

이 작품은 동물과 인간 사이의 관계를 통하여 사랑과 책임의 문제에 대해, 또 진정한 사랑이란 무엇인가에 대해 생각하게 한다. 아이들을 독자로 하는 아동소설이지만, 인간과 반려동물의 관계 혹은 인간과 인간의 관계에 대해 의미심장한 질문을 던진다.

아동문학은 아동만의 문학이 아니다

『우주 호텔』의 주인공은 어린이가 아니라 할머니다. 아동문학은 1차적으로 아동을 독자로 상정한 문학이어서 등장인물도 어린이가 대부분이다. 그렇다면 이 작품이 할머니의 삶을 다룬 작품이어서 아동문학으로는 부적절한가? 물론 그렇지 않다. 왜냐하면 어린이도 인간이기 때문이다. 어른에게 어린 시절이 있었던 것처럼 어린이에게도 어른으로서의 삶이 있을 것이고, 노년기의 삶도, 더 나아가서 죽음도 기다리고 있다. 인생의 본질에 관한 문제는 어른에게처럼 어린이에게 절실한 삶의 화두가 될 수 있다. 『사료를 드립니다』의 메시지라고 할 수 있는 '사랑'과 '관계'의 문제도 어른들의 인생에서와 마찬가지로 아이들에게도 본질적인 질문이라고 할 수 있다.

아동문학에 알맞은 주제가 따로 있고 성인문학에 알맞은 주제가 따로 있는 것이 아니다. 특정한 시대와 상황을 사는 사람들에게만 공감을 준다거나 어떤 몇몇의 사람들에게만 감동을 주는 문학은 좀 덜 좋은 문학이라고 할 수 있다. 그렇지만 아동문학이 아동만의 문학이 아니라는 주장이 성인에게는 공허하게 들릴 수 있다. 어른도 그 사실을 인정하고 아동문학을 찾아 읽게 하기 위해서는 그들을 설득시킬 수 있는 작품을 써내고 자꾸 알리는 방법밖에 없다. 어린이들에게 더 알맞은 문학이 얼마든지 있을 수 있지만 좋은 문학은 경계를 짓지 않는다. 경계를 지우는 아동문학이 많이 산출되기를 기대한다.

『열린어린이』 2013년 3월호

어린이의 생명력을 지켜 주는 동화를 위하여

아동문학 동네가 아동 독자를 대상으로 한 서사 장르 용어에 대한 논의로 뜨거웠던 적이 있었다. 저학년용이든 고학년용이든, 사실적인 이야기든 환상적인 이야기든 모두 '동화'라고 부르는 현실에 대해 많은 학자들이나 작가들이 수긍을 할 수가 없었던 것이다. 기존 관습대로 모두 '동화'라고 부르자는 견해도 없지는 않았지만 아동소설(소년소설)과 동화로 구분하여 부르자는 의견이 많았다. 그런데도 여전히 이 문제가 미해결의 과제로 남겨져 있는 이유는 동화와 아동소설의 장르적 특성을 어떻게 규명할 것인가에 대해 합의가 이루어지지 않았기 때문이다. '독자' 대상과 '장르의 내적 특성'이라는, 층위가 다른 두 기준이 조화롭게 적용되기 어려운 현상을 해결할 방법이 없었던 것이다. 저학년 독자를 대상으로 하면서 사실적인 이야기를 다룬 서사물을 '동화'라고 하자니 기존의 '동화'라는 개념(공상과 환상을 다룬 이야기)에 부합되지 않고, 아동소설이라 하자니 어쩐지 소설이라는 의미가 포함하고 있는 여러 자질(예컨대, 사건과 갈등이 뚜렷하다든가, 현실의 논리에 충실한 이야기라는)을 충족시켜 주지 못하는 것으로 생각되었던 것이다.

이 논쟁에서 필자는 두 장르를 구분할 때 '독자'라는 기준만을 적용하자고 주장한 바 있다. 사실적인 이야기든 환상적인 이야기든 저학년 아동을 대상으로 하였다면 모두 '동화'라고 부르고, 고학년 아동을 대상으로 하였다면 모두 '아동소설'이라고 부르자고 제안한 것이다. 현덕의 「너하고 안 놀아」는 현실세계의 사건을 다루었지만 저학년용이니 '동화'라 하면 되고, '해리 포터' 시리즈는 판타지세계를 그렸지만 고학년용이기 때문에 '아동소설(아동판타지소설)'이라 하면 된다. 어떤 작품을 저학년용인지 고학년용인지 경계 짓는 일이 쉬운 일이 아니고 꼭 필요한 일도 아니지만, 대강의 경계를 그렇게 구분하자는 것이다. 저학년용 서사물을 '동화'라고 해야 하는 이유는 그 시기 아동들은 공상과 환상을 즐겨 하기 때문에 일상에서도 자주 상상 놀이에 빠지는 특성이 있고 따라서 사실적인 이야기라도 동화적인 상상력을 바탕으로 하고 있어서 환상적인 사건이 끼어들 여지가 많기 때문이다.

나는 김기정의 작품 『금두껍의 첫 수업』(창비, 2010)과 '마주 선생과 놈들의 방' 시리즈(창비, 2012)를 읽으면서 나의 제안이 어느 정도 타당성이 있다는 것을 확인하였다. 이 책들은 단편동화를 모아 놓은 작품집인데, 환상적인 이야기와 사실적인 이야기가 두루 섞여 있어서 장르 구분의 기준을 환상성(혹은 사실성)으로 하기보다는 독자의 연령 특성으로 하는 것이 타당함을 보여 준다.

김기정의 두 작품집은 지금까지 우리 아동문학 동네에 선보여졌던 동화집 가운데 '동화'라는 장르의 본질을 아주 잘 보여 주는 작품 중 하나라고 할 수 있다. 특히 『금두껍의 첫 수업』은 '동화'가 지향해야 할

바를 정확히 겨냥하고 있어서 작품으로 쓴 동화론이라고 할 수 있을 정도다. 이 작품집에 실려 있는 단편동화 열 편은 모두 기발한 상상력과 환상성 넘치는 사건, 유머러스하고 시적인 문장으로 독자들을 작품에 몰입시킨다. 또, '마주 선생과 놈들의 방' 시리즈는 아이들이 원하는 이야기가 어떤 것인지를 정확히 파악하고서 그것을 만족시키기 위한 작가의 전략이 잘 구현된 작품으로 저학년동화의 전범을 보여 준다.

한국 아동문학 동네에서 김기정만큼 왕성하게 새로운 작품 형식을 실험하는 작가도 드물다. 그가 작품을 발표할 때마다 평단의 관심과 논란이 뜨거운데 이는 그의 작품이 기존 관습을 깨뜨리는 실험 정신이 왕성한 문제작인 경우가 많기 때문이다. 하지만 간혹 그 새로움이 작품의 완성도를 떨어뜨리는 요인이 되기도 한다. 『해를 삼킨 아이들』(창비, 2004)에서는 기발한 상상력과 이야기를 끌어 나가는 힘이 돋보이는 대신 아동 독자가 원하는 이야기의 형식과 수준을 정확히 포착하지 못했고, 『네버랜드 미아』(푸른숲, 2004)에서는 아이들이 겪는 현실에서의 고통을 아프게 묘사했지만 환상세계의 논리에 석연치 않은 점이 발견되었다. 『박뛰엄이 노는 법』(계수나무, 2008)과 『뭐 하니? 놀기 딱 좋은 날인데!』(낮은산, 2008)는 놀이를 잃어버린 요즘 아이들의 놀기 욕망을 자극하고 위로하는 재미있는 작품이지만 현실에서는 찾아보기 어려운 주인공이 맹활약하는 것이 요즘 어린이들 삶과 동떨어진 듯 느껴진다. 이렇게 작품 완성도에 부분적으로 문제를 제기할 수는 있지만 그가 줄기차게 새로운 이야기 형식을 탐험해 왔으며, 동화의 본질에 대해 고민해 온 작가라는 사실을 부정하기는 어렵다. 그런데, 지금 소개하려는 두 작품집은 동화가 어떤 모습이어야 하는지, 아이들이 어떤 이야기를 좋아하는지를 모색하는 과정에서 얻은 나름의 해답을 보여 주고 있다.

작가의 놀라운 상상력이 빛난다

『금두껍의 첫 수업』에서 의미 있는 작품은 표제작 「금두껍의 첫 수업」과 「토끼 군에게 생긴 일」 「상냥한 여우 씨와 식구들」 「무지의 상상력 대결」 등이다.

「금두껍의 첫 수업」은 겁 많고 생각 많은 검지의 간절한 소망이 불러온 환상적인 사건을 그린 작품이다. 등굣길에 만난 두꺼비가 아이의 소망을 알아차리고 하루 동안 교사가 되어 환상적인 놀이판을 벌이는데, 작가는 이 비현실적인 이야기를 개연성 있게 구성하기 위해 다양한 장치를 세심하게 배치한다. 물에 흠뻑 젖은 푸르죽죽한 겉옷, 좀 많이 튀어나온 눈, 물에 젖어 엉망진창이 된 교사 자격증, 무엇보다도 '金두껍'이라는 교사의 이름 같은 것이 바로 새로 부임한 교사가 사실은 등굣길에서 만난 두꺼비라는 점을 말해 준다. 두꺼비의 능청스러운 말투와 '金두껍' 선생의 말투도 똑같다. 교사가 된 두꺼비가 꾸르륵거리며 노래를 부르자 아이들은 야릇한 기분에 휩싸이고 교실은 늪으로 변한다. 연필에서 싹이 돋고 아이들은 물방개로, 메기로, 개구리로 변신하며, 주인공 검지도 노래하는 새가 되어 한바탕 판타지 놀이판을 펼친다. 교장이 벌컥 교실 문을 열자 판타지세계는 깨지고 아이들은 현실세계로 돌아온다. 이런 장치 말고도 늪으로 변한 교실과 넝쿨이 무성하게 자란 창문, 거기서 쏟아져 내리는 물줄기 등 환상세계로 변한 학교의 생생한 묘사는 이 동화의 문학성을 높여 준다.

「토끼 군에게 생긴 일」은 자식에 대한 부모의 사랑을 주제로 한 환상적이면서도 아름다운 작품이다. 온 세상이 눈으로 덮인 겨울날, 엄마 아빠 말을 안 듣고 사람 사는 오두막으로 내려간 아기 토끼는 아이들에게 붙잡혀 놀잇감이 된다. 그날 밤에 이 집으로 토끼를 닮은 사나이가 찾아온다. 자신을 '토주'라고 소개한 남자는 상 위에 놓인 사과 껍질을 오물거리면서, 자신이 딸 스물넷과 아들 열아홉을 두었으며, 다 시집 장가를 보내고 이제 늦둥이 막내아들 하나만 데리고 산다고 말한다. 집주인이 어렸을 때 토끼를 잡아 토끼탕을 해 먹고, 털을 벗겨 목도리를 만들었다고 말하자 토주 씨는 머리가 천장에 닿을 만큼 껑충 뛰며 놀란다. 토주 씨와 오두막 사람들이 나누는 대화는 이렇게 유머러스하면서도 무시무시하다. 사람들이 아무렇지도 않게 하는 행동을 토끼 입장에서 바라보게 하여 독자를 섬뜩하고, 가슴 떨리게 만들고 있는 것이다. 이 작품에 묘사된 산골의 눈 내리는 장면이나 토주 씨가 오두막으로 찾아와 사람들과 대화를 나누는 장면은 서정적이고도 아름답다. 섬뜩함과 아름다움이 묘하게 조화를 이루는 작품이다.

「무지의 상상력 대결」은 우리 아동문학 동네에서 일찍이 발견하지 못했던 상상 놀이의 극단을 보여 주는 작품이다. 아이들은 괴물 이야기를 좋아한다. 무섭고 신기하고 잔혹한 이야기는 더 좋아한다. 무지와 괴물은 '무시무시하고 맛난 상상력 대결'을 펼치는데, 괴물이 낸 문제는, 괴물이 한 번도 먹어 보지 못했으면서도 세상에서 가장 무시무시하고 맛난 것이 무엇인가 하는 것이다. 문제를 못 풀면 무지는 잡아먹힌다. 이 대결에는 아이들이 매혹될 만한 코드가 세 가지나 들어 있다. '무시무시하고', '맛난', '대결'이 그것이다. 김기정은 아이들이 어떤 이야기를 좋아하는지 얄밉도록 정확하게 파악하고 있다. 이 이야기의 가장 극적인 장면은 작가가 제시한 그 답과 놀라운 결말이다. "세상에서 가장 무시무시하고 맛난 건……" "바로 '너'야!" 무지가 말한 답은 맞는

답일까. 괴물은 눈을 뱅글뱅글 굴리며 생각하더니, 몸을 뒤집어 자기를 삼키기 시작한다. 대결에서 졌으니 괴물이 먹혀야 하고 세상에서 가장 맛나다니 한번 먹어 보고 싶었나 보다. 이런 이야기를 지어낸 작가의 놀라운 상상력에 독자들은 짜릿한 재미를 느낄 것이다.

건강한 즐거움의 요소들이 들어 있다

고마가 '마주 선생과 놈들의 방'의 한 구성원이 되면서 벌어지는 열두 편의 이야기가 옴니버스 형식으로 묶여 있는 '마주 선생과 놈들의 방' 시리즈는 김기정이 아이들에게 즐거운 이야기 선물을 주려고 작정하고 쓴 작품집이다. 전학 간 학교에서 벌어지는 현실적인 에피소드는 느닷없이 환상적인 사건으로 전환된다. 일상과 판타지를 넘나드는데 전혀 어색하지 않은 이유는 현실을 살면서도 자주 상상 놀이에 빠지는 저학년 아이들의 심리적 특성과도 관련이 있을 것이다. 지금부터 찬찬히 작가가 이 책에서 구사한 동화 쓰기의 비법을 살펴보기로 하자.

첫째, 작가는 아이들이 좋아하는 즐거움의 코드를 정확히 파악하고 그것을 이야기 속에 능숙하게 녹여냈다. 집과 마을에서는 '동구'라고 불리는 주인공이 똥구를 거쳐 똥꼬나 똥꾸멍이라는 별명을 얻게 되는 장면(「똥구네 집은 어디인가?」)에서는 '똥'이라는 말을 재미있어하는 아이들의 특성을 이용하였고, 같은 작품에서 가정방문을 온 마주 선생이 자기 집을 찾지 못하도록 문패를 바꾸어 달고, 동네 사람들에게 도움을 요청하면서 가정방문을 방해하는 장면은 선생이나 어른을 골려 먹고 싶어 하는 아이들의 욕구를 반영하고 있다. 쌍둥이 자매를 등장시켜 반 아이들과 선생님을 골탕 먹이는 장면도 아이들이 한 번쯤 상상해 봄 직한 즐거운 놀이이다(「변신해라」).

마음껏 놀고 싶어 하는 마음은 아이들의 영원한 욕망일 것이다. 지난번 축구 경기에서 5대 0으로 진 뒤 마주 선생네 반 아이들은 1반을 적반이라고 부르면서 복수전을 벼른다. 그러던 어느 날 점심시간에 장수가 갑자기 적반 아이들이 모여 있던 골대에 공을 넣자 적반 아이들도 이쪽으로 몰려오고, 교실에 있던 여자아이들까지 운동장에 뛰어들어 뒤죽박죽 축구 시합이 벌어진다. 나중엔 담임선생들까지 뛰어들어 수업도 안 하고 공만 차다가 모두 먼지와 땀으로 범벅이 된 채 운동장에 널브러진다. 몇 골이 들어갔는지 어느 편이 이겼는지 알 수도 없지만 아이들은 발라당 누워 하늘을 쳐다보다가 '와하하하' 웃음을 터뜨린다. 날마다 학원만 다니고 시간이 좀 생기면 컴퓨터게임밖에 할 수 없는 요즘 아이들은 얼마나 간절하게 이런 신체 활동을 꿈꾸고 있겠는가. 몇 시간이 흘렀는지도 모르게 온몸이 지치도록 뛰어노는 즐거움을 모르는 아이들은 이야기 속에서나마 즐거움과 위안을 얻을 것이다.

둘째, 작가는 일상적으로 벌어지는 소소한 에피소드를 재미나는 이야기로 만들어 내는 솜씨가 탁월하다. 이 작품집에 수록된 이야기들은 학교 주변과 아이들 사이에서 충분히 있을 법한 사건이며, 현실에서 늘 일어나고 있는 일이다. 예컨대, 아이들이 채소 식단을 싫어해서 영양사가 골머리를 앓는다거나(「곰지의 밥그릇」), 구구단 외우기 시험을 본다거나(「심술 구구단」), 반장에 어울릴 것 같지 않은 아이가 반장 선거에 출마한다거나(「악당 반장!」) 하는 사건 들이 그런 것들이다. 그러나 우리 주변의 이런 낯익은 사건들이 작가의 손을 거치면 신기하고 새롭고 재미난 사건으로 변화한다.

김기정은 건달 선생이라는 주인공이 아이들을 위해 신기하고 멋지고 기막힌 발명품을 만들어 주는 이야기(『신기하고 새롭고 멋지고 기막힌』, 창비, 2009)를 발표한 바 있다. 그때 작가는 아이들이 좋아할 만한 신기하고 기막힌 사건을 찾아다니다가 드디어 아이들 주변에서 일어나는 심상한 일을 신기한 사건으로 바꾸어 버리는 비법을 터득한 것 같다.

셋째, 낯익은 옛이야기 문법을 새로운 상상력으로 전복시켜 다른 이야기로 만들어 냈다. 옛이야기의 형식과 관습을 비틀거나 뒤집는 방법으로 독자에게 즐거움을 선사하는 것이다. 놀이공원의 요술 할미네 동굴로 들어간 아이들과 선생님이 시루의 콩나물이 되어 버린 사건(「보리는 2학년 5반을 구했나?」)에는 요술 할미라든가 수수께끼, 변신과 같은 옛이야기의 화소가 어우러져 있지만 작가는 옛이야기 관습을 그대로 답습하지 않는다. 동굴이 무서워 못 들어가고 있던 겁쟁이 보리가 아이들을 찾으러 동굴로 들어갔다가 요술 할미를 만나 수수께끼를 풀어야 하는 상황에 맞닥뜨리지만 보리는 순순히 수수께끼를 풀지 않고서 요술 할미의 팔을 물어 버리고 콩나물시루를 들고 도망을 가 버리는 것이다. 제시된 문제에 적응하기보다는 주어진 상황 자체를 부정해 버리는 어린이의 순수한 대담함이 통쾌한 반전의 즐거움을 준다.

넷째, 흥겨운 가락을 듣는 듯한 리듬감 넘치는 문장, 전래동요 같기도 하고 어디서 들어 본 듯도 한 노래로 읽기의 즐거움을 배가한다.

> 굽이굽이 2, 3단을 넘고, 넘실넘실 4, 5, 6단을 건너고 장애물이 불쑥불쑥 나타나는 7, 8, 9단을 헤쳐 오느라 아이들은 거의 진이 다 빠질 정도였어요.(「심술 구구단」)

아이들이 구구단 외기에 진이 빠진 장면을 묘사한 장면은 구성진 판소리 한 자락을 듣고 있는 듯 리드미컬하다. 한편, 구구단 천재 선재가 지어낸 '심술 구구단'에서는 전래동요의 말맛을 한껏 느낄 수 있다.

> 이일은 쉬워/ 이이는 충치/ 이삼은 육이오/ 이사는 바빠/ 이오는 짱이오/ 이육은 활주로/ 이칠은 페인트공/ 이팔은 알통/ 이구는 어이쿠!

때로는 동음이의어, 때로는 엉뚱한 말을 갖다 붙여 만들어 낸 '심술 구구단'은 아이들에게 언어유희의 즐거움을 마음껏 선사한다.

처음에 이 동화집을 읽다가 우려됐던 부분은 이 책이 즐거움과 재미만을 전면에 내세워 아이들의 흥미에 영합하고 있는 것은 아닌가 하는 것이었다. 만일 어떤 작품이 말초적인 재미만을 추구하여 인간성을 해치는 결과를 초래한다거나, 고달픈 삶을 잠깐 잊게 하는 마약 같은 작용을 한다면 인기에 영합하는 상업적인 작품이라고 비난받아 마땅할 것이다. 그러나 이 작품집을 다시 찬찬히 읽어 본 결과 여기서 추구하는 재미는 아주 건강하고 바람직한 즐거움이라는 생각이 들었다. 이 작품집에 어떤 깨달음이나 감동 같은 요소가 좀 부족하다고 본다면 그런 시각은 즐거움보다는 교훈을 우선해야 한다는 경직된 사고가 빚어낸 편견 때문일 것이라고 생각한다. 우리 아동문학도 어린이들의 생명력을 고양하고 욕망을 긍정해야 하며, 건강한 즐거움을 주는 데 인색해서는 안 될 것이다.

『열린어린이』 2013년 6월호

5월의 광주로 가는 먼 길

광주민주화운동이 일어난 지 33년 만인 2013년에 '전두환 일가 미납 추징금 특별환수팀'이 출범하였지만 환수 금액은 참으로 미미하다. 대법원이 1997년 4월 내란과 뇌물 혐의 등으로 전 전 대통령에게 무기징역과 함께 선고한 추징금 총액은 2205억 원인데, 당시 그는 "내 전 재산은 29만 원"이라는 말을 남겨 국민들의 조소거리가 된 바 있다. 2017년에도 전 씨는 지방소득세 등 11건, 8억 7900만 원을 내지 않아 2016년에 이어 2년 연속 체납자 공개 대상이 됐으며, 그의 동생 전경환 씨도 4억 2200만 원을 납부하지 않아 이름이 공개되었다. 하지만 전 씨의 셋째 아들 전재만 씨는 유흥업소에 근무하는 여성에게 수천만 원짜리 고급 시계를 선물하는 등 전 씨 일가는 여전히 호화로운 생활을 이어 가고 있다.

영화 『택시 운전사』는 1980년 광주의 기억이 없는 젊은이들에게 그날의 참상을 생생하게 재현하였지만, 국민의 생명을 지켜야 할 군인이

헬기에서 국민을 향해 기관총을 쏘고, 대검으로 사람을 찌르게 한 지휘자가 누군지는 아직 밝혀지지 않고 있다. 『택시 운전사』를 보니 1980년 광주의 그 아픔이 되살아난다. 그때 전두환 씨와 그 일당들이 무슨 짓을 했던가. 우리 아동소설은 광주의 한과 슬픔, 분노와 원한을 어떻게 기록하고 있는가.

아이들이 겪은 광주 이야기

김남중의 『기찻길 옆 동네』 1, 2(창비, 2004)는 1977년 이리역 폭발 사건과 1980년 광주민주화운동 과정을 소설화한 작품이다. 선학이, 서경이 같은 초등학생이 중심인물이지만, 용일이, 근수 같은 대학생과 서경이 아빠인 이준행 목사 같은 어른들도 사건을 구성하는 주요 인물로 등장한다. 이 목사는 아내를 잃고 서경이 하나만을 데리고 살면서 개척 교회를 열고 야학을 하면서 현실 개혁에 적극적으로 참여하는 인물이다. 이리에서 살던 선학이네 식구들과 서경이네 식구들은 폭발 사고를 겪고 광주로 이사를 오게 되는데 여기서 이들은 후에 광주민주화운동이라고 명명되는 사건을 겪게 된다.

선학이는 서경이를 사이에 두고 승제와 미묘한 애정 싸움을 벌이기도 하고 불량스러운 중학생 이오와 갈등을 벌이기도 하면서 소년으로 성장해 가는 한편, 이리역 폭발 사건과 광주민주화운동이라는 역사적 사건을 겪게 된다. 이 작품은, 군부독재가 가난하지만 꿋꿋하게 살아가는 소시민들 삶을 어떻게 파괴했는지를 그리면서 역사 한복판을 치열하게 살았던 청년들과 시민들의 고뇌와 투쟁을 감동적으로 그리고 있다. 그러나 이 작품이 아동을 내포 독자로 겨냥하고 있다는 점을 생각하면 바로 이 부분이 아쉬움으로 남는다. 이 작품의 핵심적인 사건인 광주민주화운동이 펼쳐지는 부분에서는 대학생들과 이 목사의 관점에서 서술되고, 선학이와 서경이 같은 아이들은 주변 인물로 물러나 있기 때문이다. 작품의 메시지가 가장 잘 드러난 부분도, 더 긴 싸움을 위해 젊은이들의 목숨을 보전해야 한다는 이 목사와 그것은 비겁한 행동이라고 일축하고 시민군에 참여하려는 대학생들이 갈등하는 장면이다. 이준행 목사는 자신의 신념이 옳다는 것을 믿지만 결국 시민군들이 모여 있는 도청으로 떠나는데, 딸 서경이에게 전하는 독백에는 왜 그가 이런 선택을 했는지가 잘 나타나 있다.

> 아빠가 겁쟁이가 아니라는 걸 증명하기 위해 가는 게 아냐. 다른 길도 있다는 걸 알려 주기 위해 가는 거란다. 지금이 아니면 영원히 깨닫지 못할 사람들도 있을 테니까. 아빠가 죽을 수도 있겠지만 혹시 내가 그 자리에 있음으로써 살아남은 사람들은 내가 그토록 전하고 싶어 하던 하나님의 방법이 뭔지 알 수 있을 거다. 그럼 다시 싸움은 시작되는 거야. 그때는 우리가 결국 이길 수밖에 없는 하나님의 방법으로 싸우게 되는 거지.

군부독재와 그와 맞서 싸우는 사건은 아이들이 참여할 수도 없고, 그 의미를 명료하게 이해할 수도 없기 때문에 어른들 설명에 의존할 수밖에 없다. 이는 선학이나 서경이 같은 등장인물뿐 아니라 이 작품을 읽는 독자들도 마찬가지다.

아동 독자도 이 시대 문제를 올바로 인식할 필요가 있고 이 작품을 통해 광주민주화운동이 어떤 배경에서 어떤 과정으로 진전되었는지 어느 정도 이해할 수는 있을 것이다. 다만 이 시대의 아픔과 슬픔을 얼마나 자기화할 수 있는지는 미지수다.

억울하게 이승을 떠난 젊은이를 위한 진혼곡

박상률 작품 『너는 스무 살, 아니 만 열아홉 살』(사계절, 2006)의 주인공은 영균이다. 남편 없이 사는 월산댁의 믿음직한 장남, 스무 살, 아니 만으로는 열아홉 살인 영균이. 신문 배달, 우유 배달, 철물점 점원으로 일하면서 어머니와 동생들을 먹여 살리고 그러면서 억척스레 야간대학을 다니는 영균이. 데모를 했던 것도 아니고 폭도 짓을 하지도 않은 영균이. 그저 광주 거리의 젊은이였던 영균이는 자기가 다니던 대학교 앞을 걸어가다가 공수부대원 총에 맞아 죽는다. 소설은, 영균이가 땅에 묻히는 장면에서 월산댁의 오열과 통곡으로 시작된다.

> "불쌍한 내 새끼, 에미 애비 잘못 만나 먹도 입도 제대로 못 허고, 어린것이 이리 뛰고 저리 뛰시로 그렇게 살아 볼라고 몸부림쳤는디, 야, 이놈들아! 야, 이놈들아! 내 새끼 살려놔라잉. 내 새끼가 뭔 죄가 있어서 느그덜 맘대로 죽였냐, 이놈들아! 천벌을 받을 살인마들아!"

영균이를 장사 지내고도 월산댁은 아들이 죽었다는 사실을 인정하지 않는다. 월산댁은 철물점으로, 야간대학교로 영균이를 찾아다닌다. 독자는 월산댁이 찾아낸 영균이의 흔적을 통해 그가 살아온 삶의 장면을 하나하나 만나게 된다. 따라서 새로운 사건이 생기고 그 사건이 진전되는 것이 아니라 삶의 조각들을 되풀이해서 보여 주는 방식으로 소설은 서술된다. 독자는 월산댁과 함께 영균의 주변을 맴돌면서 무고한 젊은이의 애통한 죽음과 억울함을 전해 듣게 되는 것이다. 억울한 젊은이의 영혼을 위안하는 진혼곡이라 할 만한 이 작품은 주인공의 나이가 말해 주듯이 청소년 독자를 겨냥한 작품이다.

눈 맑은 아이가 들고 있던 그 영정 사진

『아빠의 봄날』(박상률 글, 이담 그림, 휴먼어린이, 2011)은 광주민주화운동 이야기를 저학년 어린이들도 읽을 수 있도록 기획한 그림책이다. 광주민주화운동을 전하는 기사 가운데 우리는 젊은 아빠의 영정 사진을 들고 있는 예닐곱 살쯤 되어 보이는 사내아이의 사진을 많이 보았다. 그 아이의 맑고 순진한 눈동자는, 지금 자기가 들고 있는 사진이 어떤 사진인지, 왜 그것을 들고 있어야 하는지도 분명히 알지 못하고 있는 것 같아 보는 이들 마음을 더 아프게 하였다. 『아빠의 봄날』은 바로 이 사진에서 출발한다. 작가는 그 사진 한 장에서 느낀 슬픔과 분노를 동화로 쓰고 싶었던 것 같다.

이야기는 광주의 봄에 무슨 일이 있었는지, 시국 사건이나 이데올로기와는 아무런 상관도 없는 선량한 농부였던 아빠가 어떻게 어처구니없이 목숨을 빼앗겼는지를 이야기하고 있다. 그런데 들려주어야 할 이야기는 너무 크고 그림책 지면은 너무 제한적이다. 말하고 싶은 분노와 슬픔은 너무 절절한데 그것을 들어 줄 독자의 수용 능력은 너무 작다. 광주의 그 사건 전체와 독재자의 야만적인 욕심과 군인들의 맹목적인 충성심은 아동들에게 제대로 전달되기에는 너무 크고, 무겁다. 이야기가 개괄적으로 흐르게 된 것은 어쩔 수 없다.

원혼들을 위한 씻김굿

『연이동 원령전』(상상의힘, 2012)은 앞에서 살펴본 『기찻길 옆 동네』를 쓴 김남중의 작품이다. 연이동에 사는 평범한 초등학생 무진이는 어느 비 내리는 저녁에 바지에 핏자국이 선명한 남자가 다리를 절뚝거리며 걸어가는 것을 본다. 그런데 그 남자는 다른 사람들 눈에는 안 보인다. 그 사건 이후로 무진이는 얼굴이 하얀 소녀 영지와 만나 친구가 되는데 둘이 처음 만나는 장면은 이렇게 묘사된다.

> 무진이는 깜짝 놀랐다. 영지의 손은 음료수 병을 쥐고 있었던 것처럼 차가웠다. 무진이의 손은 땀이 촉촉할 만큼 뜨거웠다. 영지가 무진이의 손을 바라보았다. "이렇게 따뜻한 손은 정말 오랜만이야."

여기 무진이의 친구가 되는 또 한 명은 대형 제일교회 목사 손자인 용도. 용도의 눈에는 핏자국의 다리 저는 남자가 보인다. 무진이와 용도는 서로 영지의 관심을 끌려고 애쓰며 삼각관계가 되기도 하지만 자기들 눈에만 귀신들이 보인다는 것 때문에 절친한 사이가 되고 이들은 원령들이 연이동 장군에게 복수를 하러 몰려오려는 것을 알게 된다. 바지에 핏자국이 선명한 귀신은 그 원령들을 막아야 한다고 말한다. 후에 밝혀지지만 영지와 다리에 상처를 입은 귀신은 광주에서 억울하게 목숨을 잃고 이승을 떠도는 귀신이다. 그런데 그 귀신은 왜 연이동 장군의 목숨을 지키려고 애쓰는 것일까.

"원령들이 직접 복수에 성공하면 이승과 저승의 경계가 무너져. 저승의 영혼들이 세상을 뒤덮고 사람들이 산 채로 저승의 심판을 받게 돼. 막아야 해. 장군이 남은 수명을 누리도록 해야 해." 그러면서 그 귀신은 이렇게도 말한다. "그는 달라. 귀신보다 독하고 귀신보다 무섭지. 원령들은 저세상에서 기다렸다 죗값만큼 세상이 그를 벌주기 원했지만 그는 세상을 비웃으며 잘 살고 있어. 어떤 원한은 죽음으로도 지울 수 없어."

이발소 주인 할아버지에게 연이동 장군이 훌륭한 애국자라고 들었던 무진이는 그를 보호하기 위해 용도와 함께 백방으로 뛰어다닌다. 그러다가 무당 할머니(만신님), 죽은 영들을 저승으로 데려가는 저승차사, 천상 선녀의 시녀와 연합해서 원령들을 되돌려 보내는 싸움에 돌입한다. 목사의 손자가 교회 가운과 십자가로 원령들에 맞서고, 무진이가 부처님을 불러 기도하니 이 싸움은 우리 민중들의 고유 종교와 외래 종교가 연합하는 셈이다.

처절하고도 기나긴 싸움의 대단원에서 무진이와 용도는 연이동 장군이 원령들에게 무슨 짓을 했는지 알게 된다. 원령들의 고통과 슬픔을 이해하게 되는 것이다. 저승으로 돌아가 이승의 법에 맡겨 달라는 저승차사의 부탁에 원령들은 이렇게 말한다. "죽어도 잊히지 않는 고통을 아는가? 우리는 이 땅에 자식을 남겼고 이제 그 자식의 자식들이 자라고 있다. 여전히 힘센 장군과 그 부하들 앞에 우리 자식들은 기가 죽어 있지. 그 꼴을 그냥 지켜보라고?" 그러나 이승과 저승의 법이 달라 원령들의 복수는 이루어져서는 안 된다. 영이 인간의 명을 끊는 것은 진정한 복수가 되지 못한다. 저승에 판관이 있듯 이승에도 법이라는 게 있으므로 인간들의 법에 맡길 수밖에 없는 것이다.

무진이와 용도는 원령들을 위로하기 위해 자신들이 무슨 일을 해야 하는지 깨닫게 된다. "장군을 우리가 직접 벌줄 수는 없어요. 어른들은 장군을 잊은 것 같고 장군을 좋아하는 사람도 있어요. 하지만 우리는 아니에요. 우리는 어른들과 달라요. 안 배웠으니까 몰랐던 것뿐이에요. 난 친구들한테 장군이 누군지, 무슨 짓을 했는지 알려 줄 거예요." 원령들은 두 소년의 말을 믿고 저승으로 되돌아간다.

이 작품은 참으로 한국적인 판타지소설이다. 국민의 세금으로 경호를 받고 호화 골프를 치며 혈색 좋게 천수를 누리는 장군, 그것을 보고도 무심한 사람들과 시나브로 잊혀 가는 5월의 슬픔을 보면서 작가는 이들을 응징할 수 있는 방법이 무엇인가 고민한 것 같다. 그러다가 찾아낸 방법이 원령들과 귀신을 불러오는 것이다. 죽어서도 저승으로 가지 못하고 이 땅을 헤매는 억울한 귀신 영지는 어린이 독자에게 섬뜩함과 슬픔을 동시에 환기한다. 원령들과 저승차사, 만신과 천상 선녀의 시녀 같은 등장인물도 민담에서 자주 보던 인물이어서 판타지에 쉽게 몰입하게 한다. 그런데 서술자가 생각해 낸 최후의 응징은 이승에서 저승의 법으로 그의 목숨을 빼앗는 것이 아니라, 그의 죄상을 잊지 않고 후손에 전해 주는 것이다. 작가의 치열하고 준엄한 역사의식에 가슴이 뜨거워지는 장면이다.

이 작품은 피해자에 대한 적절한 위로와 가해자에 대한 응징이 제대로 이루어지지 않은 현실, 그리하여 저승에도 가지 못하고 구천을 떠도는 수많은 원통한 영혼을 위한 씻김굿이다.

순진한 아이의 눈에 비친 피노체트 군부독재

어린이들도 이 땅에 발 딛고 살아가는 사회의 구성원인 만큼 아동문학에서 전쟁, 빈부, 독재와 같은 암울한 현실이 작품의 소재나 주제가 되는 것은 당연하다. 그렇지만 아직 사회 현실에 대한 이해와 경험의 범위가 좁기 때문에 그런 문제를 작품화하는 과정에서 이런저런 제약이 불가피하다. 1980년 5월의 광주도 그렇다. 이 사건은 어린이들의 일상이나 꿈, 욕망과는 일정한 거리가 있는 어른들의 일이고, 지금의 어린이들에게는 너무 먼 과거의 일이 되어 버렸다. 그 시절에 초등학생이던 아이는 학부모가 되었고, 그 사건의 한복판에 있었던 어른들은 노인이 되어 많은 이들의 기억에 가물거리는 역사의 한 페이지가 되었다. 같은 나라의 군인이 무고한 시민들을 찌르고 패고 쏘던 그 장면을 생생하게 묘사하여 들려주기도 곤혹스러운 일이다.

그럼에도 작가로서 이 이야기를 쓰지 않을 수 없는 이유는 무엇인가. 어른으로서, 작가로서 짊어져야 할 시대의 빚을 갚는다는 것, 내일의 이 나라를 이끌어 갈 다음 세대에게 올바른 역사 인식을 심어 주어야 한다는 책임감 같은 것이 아니겠는가. 다만 이것을 어떻게 들려줄 것인가가 늘 작가의 고민이다.

칠레의 피노체트 시절을 배경으로 한 그림책 『글짓기 시간』(안토니오 스카르메타 글, 알폰소 루아노 그림, 아이세움, 2003)을 살펴보면서 암울한 현실을 어떻게 그릴 것인가에 대해 고민해 보자. 피노체트는 1973년부터 1990년까지 칠레를 지배한 군부독재자이다. 17년간 3천여 명에 이르는 학살 피해자가 발생했고, 고문 피해자도 수만 명에 달한다. 실제 축구 경기장은 양심수들이 학살당한 뒤에 화장되는 만행의 장소였다고 한다. 피노체트의 군사독재가 '피의 독재'라는 별명이 붙었으니, 앞에서 논의한 작품들과 『글짓기 시간』은 시대 배경이 매우 비슷하다.

키가 작고 날쌘 3학년 아이 페드로는 축구를 좋아한다. 생일날 진짜 가죽 축구공을 선물받고 싶지만 고무 축구공을 받고도 아이들과 매일 축구를 한다. 그날도 다니엘과 축구를 하다가 다니엘의 아버지가 군인들에게 붙들려 가는 것을 본다. 엄마 아빠는 밤마다 잡음이 심한 라디오를 소리를 죽여 가며 듣고 있다. 이튿날, 새까만 안경을 쓴 군인 대장이 교실에 들어와 글짓기를 시킨다. 제목은 '우리 식구가 밤마다 하는 일'. 식구들과 저녁 식사를 하던 페드로는 아빠에게 낮에 있었던 일을 이야기하고, 아빠는 가슴이 덜컥 내려앉아 자신도 모르게 스푼을 떨어뜨린다. 페드로는 글짓기 공책에 뭐라고 썼을까.

이 작품은 처음부터 끝까지 페드로가 본 것과 겪은 일만을 보여 준다. 지난 몇 달 사이에 동네에 쫙 깔린 군인들, 안테나를 세우고 잡음이 심한 라디오를 몰래 듣는 엄마 아빠, 독재 반대 운동을 하던 친구 아버지가 군인들의 총부리에 잡혀가는 모습……. 서술자의 개입이 전혀 없이 주인공 어린이가 겪은 일을 보여 주기만 하는데도 어린 독자들은 팽팽한 긴장감을 느낀다. 작가 관찰자 시점으로 서술되지만, 초점은 시종 페드로에게 맞추어져 있다. 페드로가 본 것, 페드로가 생각한 것만을 전달하는 것이다.

『글짓기 시간』에 비해 『아빠의 봄날』 『기찻길 옆 동네』에서 다루어진 광주는 어린이의 경험이라기보다는 어른의 경험이고, 그것이 어른의 인식으로 서술되는 부분이 많다. 서술자도 어른이고, 사건을 보는 사람도 어른으로 설정되었기 때문이다.(『기찻길 옆 동네』는 뒷부분만 그렇다.) 또 『글짓기 시간』이 긴박한 사건을 인물의 대화나 행동을 객관적으로 제시하여 드러내는 방법을 취하는 데 비해 『아빠의 봄날』이나 『너는 스무 살, 아니 만 열아홉 살』 『연이동 원령전』에는 서술자의 슬픔과 울분이 직접적으로 드러난 부분이 많다. 그래서 서술자와 인물들 사이의 정서적 거리가 너무 가까워지고 독자들이 빈 자리를 채워 가며 주체적으로 독서할 수 있는 기회가 적어진다. 시대와 역사에 대한 판단의 몫을 어린이에게 넘겨주기보다는 어른의 감정과 인식을 주입하려는 성급함이 느껴지는 것이다.

『글짓기 시간』이 곁가지 이야기를 기가 막히게 사용하는 점도 주목할 필요가 있다. 군부독재에 반대하는 어른이 잡혀가고, 군인이 교실에 들어와 글짓기 과제를 주는 기둥 모티프 말고, 이야기 전개에 필요하지 않을 것 같은 곁가지 이야기가 독자를 몰입하게 하며 문학성을 풍부하게 한다.

> 여러분이 학교 끝나고 집에 돌아가면, 집에서 어른들이랑 무슨 일을 하는지 쓰란 말이다. 어떤 손님이 놀러 오는지, 어른들이 무슨 이야기를 하는지, 텔레비전을 보면서 무슨 말을 하는지 쓰란 말이다. (중략)
> 한 아이가 물었습니다. “지우개 써도 돼요?” “좋아.” 다른 아이가 물었습니다. “볼펜으로 써도 돼요?” “물론.” (중략) “얼마나 써야 돼요?” “공책으로 두세 장.” 아이들은 “윽, 두세 장이나!” 하고 투덜거렸어요.

인용한 단락은 군부독재의 위협과 이에 대한 시민의 저항을 다룬 기둥 줄거리와는 무관해 보인다. 그러나 이 부분은 슬며시 웃음이 나기도 하고, 애들은 이렇게 긴장된 상황에서도 이런 반응을 보일 수 있지 하는 생각이 들어 작품의 리얼리티를 높인다. 뿐만 아니라 이런 순진한 아이들을 이용하여 반독재 인사를 색출하려는 군인들의 비인간성을 고발하는 효과를 주기도 한다.

페드로는 도대체 뭐라고 썼을까. 아빠도 독자도 궁금해서 가슴을 졸인다. 하지만 작가는, 동네 형이 결혼식을 올렸다든지, 마틸데 세프가 열 살 생일에 페드로에게 입에다 뽀뽀를 해 달라고 했다든지 하는 엉뚱한 이야기를 늘어놓음으로써 해결을 지연시킨다. 가슴을 졸이며 마지막 페이지까지 읽어야 비로소 궁금증이 해소된다. 작가는 서스펜스의 기법을 탁월하게 이용하여 책 읽기의 재미를 증폭시키는 것이다. 이에 비해 『아빠의 봄날』의 스토리는 일직선으로 목적지를 향해 달려가기만 한다. 절절한 사연이 너무 많아서 그런 것일까. 문제는 훨씬 더 심각한데, 이야기 자체의 긴장감이나 흥미는 떨어진다.

독재나 빈부 격차 같은 사회문제는 아이들이 문제의 심각성이나 문제의 원인을 깨닫기가 어려우므로, 어른의 해석을 전달해 주는 일이 불가피한 경우도 있다. 그러나 아동문학 독자가 어린이라는 점을 감안하면 이런 경우에도 최대한 어린이의 시선을 빌려 와서 어린이가 생각할 수 있는 사건으로 구성하여 형상화하는 것이 바람직할 것이다. 현실적으로 매우 중요한 사건이라도 그것을 문학적으로 어떻게 가공하여 보여 주어야 하는가는 늘 되풀이되는 과제이며 아동문학에서는 그 고민이 더 커질 수밖에 없다.

『열린어린이』 2013년 9월호

학원 괴물에 멍든 아이들을 치유하는 카니발 이야기

〈원조 떡볶이집〉 앞을 지나면서/ 침이 꿀꺽!/ '떡볶이, 참 맛있겠다!'// 〈맛있는 빵집〉 앞을 지나면서/ 침이 꿀꺽!/ '팥빵, 참 맛있겠다!'// 〈영주네 만두집〉 앞을 지나면서/ 침이 꿀꺽!/ '통만두, 참 맛있겠다!'// 학원 갔다 돌아오는 늦은 저녁 길/ 침이나 꿀꺽꿀꺽./ 이러다 내 인생,/ 다 끝나겠다!(이상교, 「내 인생」 전문)

피아노 학원을 갔다가 영어 학원을 거쳐서 논술 학원에서 공부하고 돌아오는 길인가? 숨이 차도록 뛰며 놀아 보지도 못하고, 방 안에서 뒹굴뒹굴 쉬어 보지도 못하고, 헐레벌떡 이 학원 저 학원 돌다 보니 날은 저물고, 몸은 지치고, 허기가 지는데 여기저기서 맛있는 떡볶이 냄새, 팥빵 냄새……. 먹고 싶은 것 먹지도 못하고 침이나 꿀꺽꿀꺽 삼켜야 할 때, 아이는 문득 생각한다. 아, 이러다 내 인생 다 끝나는 거 아니야? 어린 나이에 인생까지 들먹이는 아이가 안쓰럽다.

예나 지금이나 아이들은 어른이 시키는 대로 살아야 했고, 제 인생을 제 마음대로 살 자유가 없었다. 아이들이 온전한 행복을 누리기 힘든 것은 어느 시대, 어느 나라나 비슷하지만 아이들을 구속하고 힘들게 하는 이유는 조금씩 다르다. 우리 시대의 아이들을 불행하고 힘들게 만드는 원인은 무엇일까. 집안이 너무 가난해서? 친구들과 사이가 좋지 않아서? 부모가 이혼해서? 요즘 아이들을 가장 많이 힘들게 하는 것은 공부에 대한 부담과 친구들과 경쟁하지 않을 수 없는 사회 분위기가 아닐까. 생존 경쟁에 지친 젊은 부모들은 자기들의 불안을 아이들에게 전가하고, 아이들은 자기들이 어떤 삶을 살고 있는지 깨닫지도 못한 채 공부가 이 세상의 전부인 것으로 알고 있다.

학원을 전전해야 하고, 무한 경쟁에 시달려야 하는 이 아이들이 어른들에 대한 불만이 왜 없겠는가. 그래서 아이들은 빨리 어른이 되고 싶어 한다. 아니, 지금 내가 엄마 아빠와 선생님의 힘을 꺾고 금기에서 해방되기를 꿈꾸고 있다. 그러나 현실의 질서는 견고하고 냉정하기에 이들은 상상 속에서나마 이 욕망을 실현시키고자 한다. 이 아이들의 소망을 투사한 이야기가 『영모가 사라졌다』 『좋은 엄마 학원』 『신통방통 왕집중』이다. 세 작품은 부모의 경직된 권위와 불합리한 권력에 도전하여 새로운 세계를 소망하는 이야기이다.

아동문학은 카니발문학과 깊은 관련성이 있다

러시아의 문학가 바흐친은, 지위와 권력이 열등한 존재가 일시적으로 체제를 전복시킨 공간에서 일탈과 해방의 자유를 누리면서 일상의 새로운 활력을 회복하는 과정을 다룬 문학을 '카니발문학'이라고 이름 붙였다. 카니발이란 중세 유럽의 사순절 직전에 벌어진 일주일 동안의 축제를 말하는 것으로, 카니발 기간에는 기존의 권력 구조와 질서가 일시적으로 중지되고, 계급과 예절, 불평등이 사라진다. 엄격한 종교적 규율과 신분제도 때문에 강요된 금기와 구속의 삶을 살고 있던 민중들은 일시적으로 계급과 권력에서 해방되며, 지배계급에 대한 풍자와 조롱으로 불만과 분노를 표출한다. 기존의 가치와 질서가 전복되어 바보는 왕이 되고, 왕들과 주교들은 지위를 박탈당하고 모욕당한다.

이러한 문화는 전 세계적으로 널리 퍼진 것으로, 우리나라의 탈춤에서 파계승과 양반을 조롱하는 장면이나, 비속하고 파렴치한 언행이 난무했던 난장亂場도 이와 같은 문화의 일종이다. 탈춤과 난장의 탈권위와 무질서는 억눌린 민중의 불만과 분노를 일시적으로 해방시키는 기능을 한 것이다.

바흐친은 카니발적 문화와 세계관이 문학에 투영된 것을 카니발문학이라고 불렀는데, 카니발문학은 경직된 사회질서를 전복하고 해체함으로써 발랄한 생명력을 고양하려는 이념을 지향하고, 일상세계의 전복과 계급의 해체를 추구하는 서사를 주요 내용으로 한다. 또한 카니발에서 기존 질서가 해체되고 계급이 뒤집히는 현상이 일상으로의 복귀를 전제로 하는 것처럼, 카니발문학에서도 권력이나 계급의 전복은 일시적인 현상이고 결말에서는 일상으로 복귀되는 것이 일반적이다.

그런데 마리아 니콜라예바는 이 카니발문학이 아동문학과도 깊은 관계가 있다고 말한다.[12]

12 마리아 니콜라예바, 조희숙 외 옮김, 『아동문학의 미학적 접근』, 교문사, 2009

아이들은 경제적 수단이나 정치사회적 결정권이 없는 무력한 존재이기 때문에 어른들의 법과 규칙에 의심 없이 복종해야 한다. 어른들은 우월한 힘과 지위로 아이들을 보호하고 교육할 수도 있지만 그것이 항상 바람직한 방향으로 작용하는 것은 아니다. 때로는 아이들의 의사를 무시하고 어른들 마음대로 결정하고 복종하기를 강요하거나 부모 욕심이 폭력의 형태로 행사되기도 한다. 어린이가 독자와 주인공이 되는 아동문학에서 어른의 규칙과 금기에서 벗어나 자신이 주인이 되는 서사가 아이들에게 환영을 받을 것은 당연하다. 옛날이야기에서도 돌쇠는 사또를 골려 먹고, 우리가 어린 시절에 읽었던 만화에서도 아이들이 악한을 응징하는 서사가 흔하지 않았던가. 니콜라예바의 견해에 공감을 한 나는, 우리 동화에서는 카니발 이야기가 어떤 양상으로 나타나는지 궁금해졌다. 그러나 언뜻 떠올린 것은 방정환의 『칠칠단의 비밀』과 조흔파의 『얄개전』 같은 오래된 작품이고 다른 작품이 기억의 수면 위로 떠오르지 않는다. 그렇다면 요즘 동화에서는 어떨까. 이리저리 작품을 뒤져 봐도 쉽게 발견되지 않다가 간신히 찾아낸 작품이 앞에서 말한 세 편이다. 많을 줄 알았는데 좀 의외다.

아버지의 폭력적 권위를 전복하는 이야기

『영모가 사라졌다』(공지희, 비룡소, 2003)는 아버지가 일방적으로 규정한 왜곡된 질서를 거부하고 그에 대항하는 자식 이야기다. 영모 아버지는 어린 시절에 아버지로부터 무자비한 폭력에 시달려 온 피해자였기에 좋은 아버지가 되고 싶은 열망이 가득했던 사람이다. 그런데 어느 순간 자신도 모르게 아버지를 닮아

아들에게 가혹한 매질을 하는 어른이 된 것이다. 완벽한 수학 성적을 강요하는, 사랑이라는 이름으로 위장된 욕망과 습관화된 폭력에 의해 일방적으로 고통을 당하던 영모는 고양이 '담이'의 도움으로 라온제나라는 환상세계로 가게 된다. 언뜻 보기에 영모가 라온제나로 가는 사건은 현실도피로 볼 수도 있다. 영모가 현실을 바꾸려는 행위를 하거나 아버지에게 저항하려는 시도를 행동으로 표출하지 않고 다만 현실에서 사라져 버렸기 때문이다. 그러나 영모의 상황에서는 '가출'이라는 행위가 아버지에게 할 수 있는 최대한의 저항이라고 볼 수도 있다. 이때 라온제나라는 공간은 일시적으로 일상의 질서를 파괴한 뒤에 형성된 일탈과 해방의 시공간이라는 의미를 지니며, 영모가 라온제나에서 노인이 된 것도 아버지와 자식의 힘과 지위가 역전된 카니발 양상으로 볼 수 있다. 라온제나에서 영모는 중년이 되었다가 후반부에서는 다시 어린 영모로 돌아오게 되는데 이 변화의 과정은 혼돈과 무질서의 세계에서 다시 일상의 세계로 돌아오는 카니발의 양상과 일치한다.

그런데 이 작품이 권력의 전복과 주체의 해방이라는 카니발의 양상을 지니고 있지만, 전형적인 카니발문학이라고 보기는 어렵다. 그 결정적인 차이는 라온제나에서 벌어지는 사건이 카니발에서 벌어지는 축제와 놀이의 성격을 지니지 않는다는 데 있다. 카니발이 가장 카니발다운 본질은 일상과 완전히 유리되고 질서와 가치가 뒤집힌 공간에서 펼쳐지는 제의화된 축제적 놀이에 있다. 카니발 공간은 금기와 규칙이 깨지고 혼돈과 무질서가 난무하지만 동시에 발랄한 웃음과 걸판진 놀이판이 벌어지는데, 카니발에 참여한 구성원들은 이 놀이판에서 새로운 활력과 역동적인 에너지를 얻고 다시 돌아온 일상을 건강하게 살 수 있게 되는 것이다. 그런데 이 작품에서 라온제나의 가장 중요한 기능은 혼돈과 무질서의 축제를 통해 삶의 활력을 회복하는 것이라기보다는, 가혹한 현실로부터 영모를 보호해 주며 현실의 아픔을 잊게 하고 치유해 주는 것이다. 아름다운 숲과 맑은 호수, 평화로운 땅은 영모와 로아가 현실에서 겪었던 아픔을 치유하는 데 부족함이 없다. 로아를 잡으러 왔던 세 사나이가 라온제나의 모래 수렁에 빠져 죽고, 영모를 찾으러 왔던 아버지가 영모의 싸늘한 눈길을 받는 응징의 장면도 영모와 로아에게는 심리적인 위안으로 작용하게 될 것이다.

엄마와 아이의 자리바꿈

『좋은 엄마 학원』(김녹두, 문학동네, 2004)은 공부만을 강요하는 엄마와 학원 공부에 지친 아이의 자리바꿈과 그 이후의 변화를 기둥 줄거리로 하는 이야기다. 학원만능주의에 빠진 엄마는 모든 교육을 학원으로 해결하려고 하는 데다 귀가 얇아서 밖에서 무슨 말만 듣고 오면 이 학원 저 학원을 강권한다. 뚱뚱한 다정이를 날씬한 주연이와 비교하면서 발레 학원에 다닐 것을 강요하자 다정이는 살림도 요리도 제대로 못하는 엄마를 친구 엄마와 비교하며 불만이 폭발할 지경이다. 카니발적 전복이 이루어지기 위해서 이야기 앞부분에 아이의 불만 가득한 현실이 펼쳐지는 것이다. 불만과 갈등이 최고조에 이르렀을 때 마법 같은 사건이 발생하여 엄마와 아이의 자리가 뒤바뀌게 될 것이다.

다정이는 '좋은 엄마 학원'이라는 이상한 전단지를 발견하고 의아하게 생각하면서도 전화를 걸어 본다. 수화기를 들고 엄마에 대한 불만을 털어놓자마자 건장한 남자들이 찾아와 순식간에 엄마를 데려가 버린다. 일주일 만에 돌아온 엄마는 살림도 요리도 완벽하게 해내고, 다정이에게 아무런 잔소리도 하지 않는다. 로봇같이 주어진 일만 하는 엄마가 된 것이다. 결국 다정이는 다시 전화를 걸어 예전의 엄마로 돌려 달라고 부탁하고 다정이네 집은 다시 일상의 세계로 돌아오게 된다.

이 작품에서도 권력이 전복되고 어른과 아이의 처지가 뒤바뀌는 사건이 발생하며, 작가는 이 마법의 시공간에서 벌어지는 사건을 통해 이들의 문제를 해결하고 아픔을 치유하는 이야기를 들려주려 한다. 그러나 다정이와 엄마가 입만 있는 가면과 귀만 있는 가면을 서로 바꾸어 써 가면서 그동안 하지 못했던 말을 모두 쏟아 놓는 장면은 다정이가 받았던 고통이 소통의 부재 때문이었다는 것으로 해석되는데, 이는 문제 발생의 근본적 원인과는 초점이 잘 맞지 않는 해결 방안이라는 느낌을 준다.

『신통방통 왕집중』(전경남, 문학동네, 2004)의 전개 양상도 『좋은 엄마 학원』과 거의 유사하다. 도대체 집중을 못하고 산만하기만 해서 성적이 오르지 않는 동우에게 엄마는 집중력을 높여 준다는 약을 먹이려 한다. 그런데 동우가 보기에 산만하고 정신 사나운 건 엄마가 더하다. 동우는 약통을 바꾸어 엄마가 그 약을 먹게 한다. 그 약은 '신통방통 왕집중약'이었다. 약효는 확실하다. '왕집중 아침밥!' 하는 식으로 주문을 외치면 모든 것은 동우의 뜻대로 이루어진다. 엄마를 조종할 수 있게 된 것이다.

그런데 마법공간에서 펼쳐지는 사건은 여기까지가 전부다. 동우 엄마도 『좋은 엄마 학원』의 다정이 엄마처럼 동우의 마음까지 헤아리거나 위로해 주지 못하는 로봇이 된 것이다. 일상세계로 돌아오는 과정도 앞의 작품과 같다. 제약회사에 전화를 걸어 마법을 해제하는 주문을 알아내는 것이다. 일상으로 돌아온 엄마에게 생긴 변화는 다른 사람이 뭐라 해도 이상한 약을 먹일 생각은 안 하게 된 정도이다.

카니발적 양상을 지닌 아동문학은 판타지동화, 특히 교통형 판타지(1차 세계-현실세계에서 결핍과 불만을 지닌 주인공이 2차 세계-판타지세계에서 현실의 결핍을 해결할 만한 환상적인 경험을 하고 다시 현실세계로 돌아오는 이야기)와도 매우 비슷한 구조를 지닌다. 다만 카니발문학은 어른과 아이의 힘과 지위가 전복되며, 카니발화된 공간에서는 어른을 비판하고 어른을 이기는 사건이 벌어진다는 점에 차이가 있다. 그리고 말장난이나 패러디 등이 자주 일어나고 일상세계의 금기와 규칙이 깨져서 인물들의 활력이 최고조로 고양되는 경우가 많다.

카니발 이야기가 우리 동화에 시사하는 것

세 작품을 읽고서 우리는 이 시대 우리 아이들이 학원과 공부라는 괴물에 얼마나 시달리고 있는지 알게 되었다. 그런데 이렇게 고달프고 팍팍한 현실을 사는 아이들에게 이 작품들은 얼마나 위안을 줄 수 있을까. 카니발문학의 양상을 지닌 이 세 작품의 마법공간에서는 일상의 금기를 전복하는 신나는 놀이판이 펼쳐지지 않는다. 인물들이 자신이 주체가 된 놀이를 마음껏 즐기지 못한다는 뜻이다. 『영모가 사라졌다』의 라온제나라는 시공간에서 영모가 노인이 되었다가 다시 소년으로 변화하는 사건은 매우 새롭고 서사적 설득력이 있지만, 거기서 벌어지는 사건들은 재미있고 신난다기보다는 마음이 아프고 안타깝다는 느낌이 든다. 『좋은 엄마 학원』과 『신통방통 왕집중』에서도 엄마와 아이가 자리바꿈을 한 이후에 벌어지는 사건은 일상에서 해방되는 즐거움을 보여 주지 못하고, 어른의 질서와 금기를 깨뜨리는 대담함이 부족하다.

> 난 방에서 게임기를 가지고 나왔다. 그리고 식탁에서 오락을 하면서 밥을 먹었다. 트림도 마음껏 하고 방귀도 마음껏 뀌었다. 누나는 그런 나를 보더니 질색을 했지만 엄마는 아무 말도 하지 않았다. 고요한 아침, 정말 내가 원했던 아침이었다. 너무나 행복했다.(『신통방통 왕집중』)

엄마를 왕집중의 세계로 보내 버린 후 동우가 누리는 즐거움의 전부다. 우리나라 아이들이 이 정도 해방감만으로도 이렇게 행복할 수 있음을 보여 줌으로써 역설적으로 그들이 얼마나 억눌려 지내는지를 느끼게 되었는지는 모르겠지만, 동화 속에서조차 이 정도 자유밖에 누릴 수 없는 아이들이 안쓰럽다. 우리 동화 속 인물들도 혼돈과 무질서의 공간에서 벌어지는 신나는 놀이판으로 초대된다면 얼마나 즐거울까.

또, 이 두 작품은 화해를 향한 결말로 성급하게 달려감으로써 독자의 마음을 시원하게 풀어 주지 못하고 있다. 두 아이가 엄마보다 큰 힘을 갖게 되었을 때 경험한 사건의 전말을 보면, 좋은 엄마 학원에 보내고 왕집중약을 먹인 후 잠시 동안은 아이 소망이 이루어진 것 같지만 결국은 엄마가 로봇처럼 변하는 부작용이 생긴다. 독자들은 마법의 공간에서 '자리를 바꾸어 보았자 별것 아니더라, 오히려 부작용이 더 크더라' 하는 점을 깨닫고 마는 것이다. 이렇게 되어서는 일상으로 돌아왔을 때 주인공과 독자가 건강한 에너지와 생명력을 회복하는 데 아쉬움이 있다. 이 작품들이 저학년동화이고 단편동화라서 분량도 짧고 따라서 다양한 사건을 배치하기 어렵다는 점, 그래서 어서 결말을 보여 줘야 한다는 점은 이해가 되지만, 그래도 작가가 더 철저하게 아이들의 편에서 아이들 욕망에 공감해 주기를 바란다.

위의 세 작품에서는 공통적으로 마법공간에서 부모와 아이의 힘의 역전 관계가 그리 뚜렷하게 나타나지 않는다. 『마법의 설탕 두 조각』에서는 엄마 아빠가 렝켄의 말을 안 들어줄 때마다 크기가 절반씩 줄어드는데, 몸의 크기가 반씩 줄어드는 장면은 힘의 역전을 시각적으로 확실하게 보여 준다. 또, '삐삐 롱스타킹' 시리즈에서 삐삐는 고아이면서 돈도 있고 힘도 세고, 선생님을 골탕 먹일 만한 말솜씨도 있다. 경제적·물리적·지적 능력이 뛰어난 삐삐는 어른의 세계를 전복하고 자기만의 세계를 구축할 수 있는 힘을 갖추고 있기 때문에 그가 누리는 자유와 해방의 폭은 훨씬 대담할 수 있다. 이에 비해 앞에서 살펴본 작품들은 마법의 시공간에서 대담하고 발랄한 상상력으로 아이들을 해방시키는 서사가 아쉽다.

우리 동화에서는 왜 속 시원한 놀이판이 벌어지지 않을까

카니발 양상을 기준으로 동화의 문학성 정도를 판단하려는 것은 물론 아니다. 어떤 문학작품이든 그 작품의 주제와 이야기에 가장 적합한 형식이 있고, 그에 어울리는 문체와 고유한 세계가 있어야 한다. 영모의 아픔을 치유하기 위해서는 광기와 웃음이 난무하는 카니발적 시공간보다는 라온제나와 같이 평화로운 공간이 더 어울린다. 다만, 여기서는 카니발적 요소를 지닌 한국의 동화와 전형적인 카니발문학을 비교 검토함으로써 한국 동화가 참고할 만한 점이 있는지를 살펴보고자 한 것이다.

어른과 아이의 관계가 전복되는 이런 동화에서조차 아이들에게 신나고 걸판진 놀이판을 마련해 주지 못하는 이유에 대한 탐구는 우리 동화에 시사하는 바가 있으리라 생각한다. 나는 그 이유가 우리 문화에 무의식적으로 전승되고 있는 효 이데올로기와 관계가 있다고 본다. 우리 설화와 동화에는 어린아이의 희생으로 어른이 덕을 보는 이야기가 적지 않다. 어린아이는 어른을 위해 희생되어도 괜찮다는 관념이 무의식에 잠재해 있기 때문에 작가는 아이들의 욕망을 전폭적으로 지지하지 못하고, 동화 속에서도 아이들을 쉽사리 해방시키지 못하는 것이 아닐까.

공부와 학원과 경쟁이라는 괴물에 짓눌려 사는 이 시대 우리 어린이들에게는 일탈과 해방의 자유를 주는 이야기가 필요하다. 미시시피강변에서 그들만의 세계를 구축한 톰 소여와 허클베리 핀, 빅토리아 시대의 억눌린 사회 분위기에서 이상한 나라를 여행하면서 즐거움을 마음껏 구가한 앨리스가 지금의 우리 아동문학에는 절실히 필요하다.

『열린어린이』 2013년 12월호

엄마 말을 잘 듣는 아이는 어떻게 될까

"정말로 연애하다가 헤어지면 마음이 아프고 슬퍼서 잠도 못 자나요? 그런 건 소설이나 영화에서나 나오는 이야기죠? 부모님은 빨리 결혼을 하라 성화를 하시는데, 나는 결혼이 필요한지도 모르겠어요. 저는요, 회사에서 남들에게 인정을 받고 싶다거나, 승진하고 싶은 욕심도 안 생기네요. 내 친구는 티베트나 이집트 같은 데로 여행을 가고 싶어 안달을 하는데, 난 그 애가 이해가 안 돼요. 고생스럽잖아요. 제가 잘못된 건가요?"

어느 라디오 프로그램에 청취자가 보내온 사연이다. 사연을 보낸 청취자는, 일류 대학을 졸업하고 모두가 부러워하는 대기업에 근무하는 젊은 여성이라고 자신을 소개하였다. 이 프로그램의 카운슬러 역을 맡은 이는 이 여성의 증상을 무의욕증이라고 진단하고 요즘 우리 사회에 이런 병에 걸린 젊은이들이 매우 많다고 말했다. 그리고 그 원인을 가정의 성장 환경과 부모의 교육 방식에서 찾았다.

『일수의 탄생』(유은실, 비룡소, 2013)과 『슈퍼 아이돌 오두리』(이송현, 비룡소, 2013)를 읽어 보면 이런 병증의 원인이 무엇인지 해답을 알 수 있을 듯하다. 두 작품은 우리 시대의 왜곡된 교육열과 물질만능주의 가치관이 어떤 아이를 키워 내고 있는지 되돌아보게 한다.

우리 시대 보통 엄마들의 소망은 무엇인가

초등학교 앞에서 문구점을 하는 어느 부부는 오랫동안 아이를 못 갖다가 늦게야 아들을 하나 얻는다. 부부는 일등 할 때 '일一', 수재 할 때 '수秀'를 합쳐 '일수'라는 이름을 지어 주는데 이 이름에는 일수 엄마 아빠의 소원은 물론이고, 우리 시대 모든 부모들의 소망이 담겨 있다. 우리는 자식이 공부 잘하기를 소원한다. 그런데 그 공부의 목적은 '학이시습지 불역열호'라든가, '자아실현' 같은 공부의 본질 따위와는 애초에 거리가 멀다. 일수 엄마가 고쳐 부르는 자장가, "자장자장 우리 아가, 우리 아가 잘도 잔다. 수재 되어 돈 잘 벌고 돈방석에 앉혀 다오."라는 가사에서 보듯이 자식이 수재가 되어야 할 이유는 부모를 '돈방석에 앉혀' 주기 위한 것이다.

"일수는 적당히 자고 적당히 먹었"지만 엄마는 '적당히' 말고 '잘' 먹는 아이로 키우고 싶다. 그래서 일수는 '배고파'라는 말을 할 필요가 없는 아이가 된다. 고프기 전에 먹을 걸 주었으니까. 엄마가 일수에게 늘 하는 말은 "착한 우리 일수, 넌 엄마 말을 잘 들어야 한다."이다. '공부 잘해서 나중에 돈 잘 버는 아이', '착해서 엄마 말을 잘 듣는 아이'는 이 시대 보통 부모들의 육아 과정에서 언제든 적용되는 황금률이다.

일수는 아주 순하고 착하게 자란다. 고민도 없이 평범하게 잘 자라

초등학교에 들어간 일수에게 특별활동부를 정할 때 고민거리가 생긴다. 도대체 자기가 무엇을 하고 싶은지 알 수가 없는 아이가 된 것이다. "'글 베끼기 부'라면 일수도 자신 있었어요. 숙제를 할 때마다 전과를 베끼니까요. 하지만 '글짓기부'는 자신이 없었지요." 베끼는 것은 자신이 있지만 스스로 생각해서 자기 생각을 써야 하는 일 앞에서 두려워하는 사람이 어디 일수뿐이랴. 어쨌든, 아무도 선택하지 않아 할 수 없이 떠밀려 들어간 서예부는 일수를 구원해 준다. 아무 생각 없이 글씨를 베끼기만 하면 되니까.

개교 기념 전시회에 전시된 일수의 서예 작품 '하면 된다'도 우리 사회의 잘못된 교육관을 예리하게 꼬집는 것 같다. '무엇'을 해야 하는지, '왜' 해야 하는지 고민하지 않고, 그저 주어진 일에 온 힘을 기울이면 성공을 한다는 무사고·무비판의 전형적인 구호가 '하면 된다' 아니던가. 군대 사회에서 지휘관이 명령한 일, 관료 사회에서 상사가 지시한 일, 학교에서 선생님이, 가정에서 부모가 시킨 모든 일을 묵묵히 수행하는 착한 일꾼을 요구하는 사회가 만들어 낸 구호가 '하면 된다'이다. 이 이데올로기는 개인의 출세라든가 성공보다는 어떤 집단이나 조직이 구성원들을 독려하는 맥락에서 흔히 쓰여 왔다. 이 개교 기념 전시회 이후, 기쁨에 넘친 엄마는 일수를 당장 동네 최고의 명필이 운영하는 서예 학원에 보내는데, 일은 엄마가 예상하지 못한 방향으로 흘러간다.

"뭘 쓰고 싶니?" 명필이 물었어요.

"그야 물론, 한석봉 같은 글씨를 쓰고 싶지요."

"어머님 말고 학생에게 한 질문입니다. 백일수 군, 뭘 쓰고 싶나?"

"일수는 특별히 서예 학원을 다니고 싶지도, 다니기 싫지도 않았"다. "그냥 어머니가 시키는 대로 학원에 가서, 동네 최고 명필이 시키는 대로" 글씨를 쓴다. 자신이 무엇을 쓰는지, 왜 쓰는지 생각도 하지 않고, 그저 '하면 되'는 줄 알고 무작정 베끼기만 한다. 받침 없는 글자부터, 겹받침이 있는 글자까지.

> "당신 아들은 자기 감정을 몰라. 자기 마음을 담는 게 서옌데, 그걸 모르는 사람이 어떻게 해. 더 이상 하면 독이 될 뿐이야."

> "겨우 열네 살? 우리 학원에서 자기가 무슨 아이스크림을 좋아하는지 모르는 애는 당신 아들뿐이야. 어떤 작품이 마음에 드는지 모르는 애도 당신 아들뿐이고."

일수 엄마는 통렬한 꾸중을 듣지만 일수의 문제가 무엇인지, 아니 자신이 무엇을 잘못하고 있는지조차 깨닫지 못한다. 정도의 차이가 있을 뿐 우리 사회에는 일수 같은 아이, 일수 엄마 같은 엄마가 너무나 많다. 자신의 욕망을 자식의 욕망으로 착각하는 엄마, 엄마의 욕망을 자신의 욕망으로 착각하는 자식들이 우리 사회를 부유하고 있다. 엄마가 아이들의 삶을 대신 살아 주려 하기 때문에 아이들은 욕망도 감정도 박탈당하고, 맞춤 아이로 자라나서 로봇 같은 인간이 되어 버린다. 지금 우리 사회에 구직 포기자가 400만 명이 넘는다는 통계는 경제 불황과 일자리 부족도 원인이지만, 욕망과 소망을 거세당한 사람이 그만큼 많다는 사실을 말해 주는 것은 아닐까.

이렇게 청년이 된 일수가 돈방석에 앉고 싶은 엄마의 소원을 이루어

주게 되는 사건이 벌어지는데 그것은 아이들 서예 숙제 대신 해 주기다. 아이가 쓴 것 같은 서툰 글씨를 완벽하게 흉내 낼 수 있는 사람은 일수뿐이다. 남의 글 베끼기 10여 년의 노력으로 다양한 사람의 글씨체를 완벽하게 흉내 내는 재주를 터득한 것이다.

작가는 '완벽하게 보통'인 아이 일수의 삶을 통해 완벽하게 보통인 우리 시대의 엄마들을 질타하고 있다.

내 꿈인가, 엄마 꿈인가

일수가 답답할 만큼 착하고 아무 의욕이 없는 아이를 다소 과장하여 형상화한 인물이라면, 『슈퍼 아이돌 오두리』에 나오는 오두리는 우리 사회 현실에서 흔히 볼 수 있는 전형적인 인물이다. 이야기 서두에 등장하는 주인공은 엄마가 시키는 대로 살아가면서 그것이 자기가 원하는 삶인지에 대해서는 아무런 의식이 없다. 두 주인공은 모두 엄마의 욕망을 대신 살아 준다는 공통점을 가지고 있다. 두 인물의 정체성은 이름에서 드러나기도 한다. 일수라는 이름에 '일등 하는 수재'라는 엄마의 욕망이 투영되어 있는 것처럼, 오두리라는 이름은 오드리 헵번을 동경하여 딸을 배우로 키우려는 엄마의 소망이 담겨 있다.

서사의 처음 부분에 오두리는 엄마가 시키는 대로 따라 하면서도 아역 탤런트로서의 위상과 인기를 즐기며, 그 세계에서 성공하려는 의지도 강한 것처럼 보인다. 가혹한 다이어트와 연기 연습을 힘겨워하면서도 자신을 질시하는 친구 란이가 얼굴을 꼬집으려 할 때는 "내 얼굴은 절대 안 돼!" 하며 필사적으로 얼굴을 방어하는 것이다. 오두리 엄마는 자신의 욕망을 대신 성취하기 위해 딸을 마리오네트 인형처럼 조종하면서도 딸을 위해 헌신하고 희생하고 있다고 생각한다. 하지만 오두리가 다섯 살 무렵 두유 광고를 찍을 때 알레르기 때문에 눈물을 흘리는 것도 아랑곳하지 않고 두유를 먹여 대는 장면이라든지, 오디션에 합격시키기 위해 성장기 아이에게 무리한 다이어트 식단을 강요하는 모습을 보면, 슈퍼 아이돌이라는 목표는 엄마의 욕망이라고 해야 옳다.

오두리가 자신의 삶을 되돌아보고 꿈에 대해 고민하게 되는 계기는 라이벌에게 밀려 오디션에 떨어졌을 때다. "오디션을 망쳤으니 이젠 엄마의 행복을 망쳐 버린 바보 같은 딸이 된 것은 아닐까." 하면서 자책하다가도, "나는 단 한 번도 내 꿈을 반대하는 엄마를, 싫어하는 엄마를 상상해 본 적이 없었다. 그리고 엄마가 반대하고 싫어하는 꿈을 꿔 본 적도 없었다. 내 꿈을 내가 키운다는 생각도 가져 본 적이 없었다. 내 꿈은…… 도대체 누가 키워 준 걸까." 하면서 고민하기 시작한다. 엄마의 무관심 속에서도 축구 선수가 되고 싶어 열심히 노력하는 남동생과 음악적 소질을 마음껏 즐기며 연주가의 꿈을 키우는 남자친구와 비교하면서 고민하다가 오두리는 엄마에게 연기를 하지 않겠다고 선언하지만 우여곡절 끝에 결국 오두리는 연기자가 되기로 결심하면서 해피엔딩으로 이야기는 끝난다.

이 작품의 서사는 진정한 꿈을 찾아가는 과정에 초점이 맞추어져 있다. 오두리는 자식을 스타로 키우고 싶은 엄마의 욕망에 생각 없이 따르지만, 아픔과 고민을 거치면서 그것을 자신의 꿈으로 만들어 가는 인물로 그려진다.

엄마 말을 잘 들으면 어떤 사람이 될까

엄마 말을 잘 들으면 어떤 사람이 될까. 물론 정답은 없다. 석가모니는 엄마의 말을 따르지 않았기 때문에 인류의 성인이 되었고, 한석봉은 엄마의 말을 잘 따라서 명필이 되었다. 앞에서 이야기한 라디오 프로그램 청취자 같은 사람은, 이 프로그램의 카운슬러 역을 맡은 사람의 진단이 맞다면 엄마의 말을 너무 잘 들어서 실패한 경우에 해당된다. 무엇을 배워 보고 싶은 생각이 들기도 전에 이 학원 저 학원에 끌려다니고, 경제적·시간적 여유가 많고 학력도 높은 엄마가 이 사회에서 성공하려면 무엇을 어떻게 준비해야 하는가를 미리 알아서 모든 것을 세심하게 준비시켰던 것이다. 똑똑한 엄마가 하라는 대로 따라 했더니 아이는 특목고에도, 일류 대학에도 척척 붙어서 일류 기업에 취직하게 되었으니 세상 사람들이 보기에 성공한 자식 교육이라 할 수 있다.

그런데 이렇게 성장한 젊은이들이 무의욕증에 빠져 버렸다. 이 사람들은 어려서부터 자기가 무엇을 선택하거나 판단한 경험이 없다. 학원에서부터 캠프나 옷차림, 친구 관계까지 엄마가 결정한 일들은 거의 틀림없기 때문에 모든 판단을 엄마에게 맡기며 살면 된다. 이 엄마들은 오두리의 엄마처럼 혹독하게 조련을 하지도 않는다. 반항할 필요도 없이 알맞은 온도로 돌보아 주고 갈 길을 제시해 주니 얼마나 편안하겠는가. 이 '문제없음'이 큰 문제가 되어 버린 것이다.

그렇게 세월이 흘러 이제는 자기 혼자 어떤 일도 결정하기 어렵게 된 것은 물론이고, 인간적인 감정도 느끼지 못하는 인간이 되어 버렸다. 좌절의 아픔이 없었으니, 극복의 뿌듯함도 맛보지 못했고, 사랑의 설렘이 없었으니 이별의 고통이 무엇인지도 모른다. 『일수의 탄생』의 일수는 바로 이런 인물의 성장사를 보여 준다. 일수는 우리 사회의 왜곡된 교육 풍토가 낳은 기형아다. 우리의 과도한 교육열은 욕망을 저당 잡힌 아이들, 자신의 꿈이 무언지도 모르는 아이들을 탄생시켰다.

반면에 오두리는 극성맞은 부모의 교육열에도 불구하고 주체적으로 자신의 꿈을 찾아가는 인물로 그려진다. 그러나 그 과정을 지켜보는 마음은 어쩐지 불편하다. 오두리가 진정한 자신의 꿈을 찾은 것처럼 보이지만, 결국은 엄마가 원하는 길을 가기로 한 것이고 이것은 막강한 권력자인 엄마의 생각에 설득당한 것으로 볼 수도 있기 때문이다. 부모와 자녀(특히 어린 시절의 자녀)는 권력관계에서 현저한 비대칭 관계에 놓여 있다. 보통의 자녀들이 오두리 엄마같이 혹독한 부모를 만났을 때, 이야기는 어떻게 전개될까. 부모가 정해 준 길을 무비판적으로 따라가다가 중도에 포기하거나, 그 꿈에 자기를 맞추어 가며 그 길을 자기의 길로 알고 살아가는 이들이 우리 현실에서는 훨씬 더 많을 것이다. 아동문학에서 '낙관적이고 행복한 결말'이 모두 나쁜 것은 아니지만 그것이 서사의 필연성을 획득하지 못하거나 관습화·유형화될 경우 아동문학은 장르문학으로 떨어지고 문학성에 손상을 받을 수밖에 없다.

『일수의 탄생』이 '있는 현실'을 그렸다면 『슈퍼 아이돌 오두리』는 '있어야 할 현실'을 그렸지만, '있어야 할 현실'은 '지금, 여기'에서 볼 때는 무지개 저편의 이야기 같다.

『열린어린이』 2014년 3월호

우리는 바다로 가야 한다

우리나라는 삼면이 바다로 둘러싸인 반도 국가여서 지리적으로는 해양 국가의 입지 조건을 잘 갖추고 있지만 정치·산업·문화적으로 볼 때 바다를 제대로 활용하지 못했다. 조선 시대 우리나라는 농업 중심의 산업 체제였기 때문에 어업은 연근해에서의 해산물 채취나 고기잡이 정도로 만족하였고, 상업적으로도 육지에서 가까운 뱃길을 주로 이용하였을 뿐이었기에 큰 바다에 대한 탐험과 도전의 기회는 없었다. 정신문화적 측면에서 볼 때도 무위자연을 중시하는 노장사상이나, 관념을 중시하는 유교사상은 자연에 대한 도전과 탐험, 모험 정신 등이 필요한 해양의 삶을 외면하게 한 것으로 볼 수 있다.

그래서 우리 국문학사를 살펴보아도 먼바다를 항해하는 내용을 다룬 문학작품은 『표해록』 정도가 발견될 뿐이다. 그러나 『표해록』이란 인간의 주체적인 항해가 아니라 자연의 힘에 의해 떠밀려 다니는 표류의 기록이기 때문에 진정한 해양문학이라 하기 어렵다.

서구문학의 시작을 알리는 작품은 해양문학인 '오디세이'였다. 주인공 오디세이의 항해는 인간이 자연과의 투쟁에서 경험할 수 있는 극한의 것이었고, 그의 모험 이야기는 인생에 대해 많은 교훈과 의미를 준다. 현대문학에서도 헤밍웨이의 『노인과 바다』, 허먼 멜빌의 『모비 딕』 등 유명한 해양문학작품을 쉽게 떠올릴 수 있지만 한국의 소설 중에서 해양소설로 널리 알려진 작품은 찾기 어렵다.

이런 상황은 아동문학 동네도 마찬가지이며 게다가, 우리 아동문학에는 모험적 서사도 매우 드물다. 우리가 어렸을 때, 『15소년 표류기』나 『보물섬』 『로빈슨 크루소』 『허클베리 핀의 모험』 같은 해양소설·모험소설에 매혹되곤 했는데, 지금 생각해 보면 이런 작품은 모두 외국 작품이었다. 아직까지도 우리 아동문학 동네에서는 사실주의아동소설이 많이 창작, 발간되고 있지만 생활 주변 일상사를 다룬 작품이 대부분이다. 지금 우리 문학 동네에 우주로 나아가는 이야기를 그린 SF작품이 거의 없는 현상도 이런 맥락에서 관심을 두어야 할 부분이다. 스케일이 크고, 힘이 넘치는 문학이 결핍된 현상은 어린이들의 균형 잡힌 독서 체험을 불가능하게 한다.

이러한 상황에 『별난 양반 이선달 표류기』 1, 2, 3(김기정, 웅진주니어, 2008)와 『나는 바람이다』(김남중, 비룡소, 2013~)는 한국 아동문학에서 부족했던 빈 자리를 채워 줄 수 있는 소중한 결실이다.

근대인의 지적 모험, 『별난 양반 이선달 표류기』

조선 영조 시대 제주도 애월면에 장한철이란 이가 살았다. 그는 향시에서 장원을 하자 서울로 과거 보러

길을 떠났다가 태풍을 만나 갖은 고생 끝에 유구 열도의 무인도에 표류하였다. 여기서 안남(베트남)의 상선을 만나 구사일생으로 구원을 받기는 하였으나 상륙 직전에 다시 태풍을 만나 스물아홉 명 중 열 명만이 살아남았다. 장한철이 표류했다가 살아나기까지의 과정을 상세하게 기록한 책이 바로 『표해록』인데, 『별난 양반 이선달 표류기』의 주인공 이선달이 과거에 급제했지만 벼슬을 하지 않았다든지, 『표해록』에 기록된 장한철의 경험과 비슷한 사건이 여러 편 나타나는 것을 보면 장한철 같은 선비가 이선달의 모델이 된 듯도 싶다.

저자가 쓴 후기를 보니 이 책 외에도 조선 시대 때 여러 표류기와 실록 기록이 이 소설의 모티프가 된 것 같다. 이선달 일행이 아이누족을 만나 생선국을 얻어먹고, 왜인들과 교류하는 과정에서 시를 써 주고 환대를 받는 장면은 이지항의 『표주록』에 기록되어 있고, 애꾸눈 해적의 작두날에 목이 올라가 거의 죽을 뻔한 고비를 맞는 장면은 『표해록』에 생생하게 기록되어 있다.

이런 기록의 삽화를 차용해 이야기를 만들어 나갔다고 해서 이 작품의 가치가 떨어지는 것은 아니다. 소설에서 이선달이 겪은 이야기 자체는 여러 표류기의 화소와 비슷한 것이 있지만 이선달이라는 캐릭터는 앞의 표류기의 저자들과 확연히 다르기 때문이다. 표류기 저자들은 어떤 목적지를 향해 항해하다가 표류를 했을 뿐이지만 이선달은 자기가 믿는 지식을 증명하기 위해 주체적인 모험의 길을 떠난다. 모든 사람들이 땅이 평평하다고 믿고 있던 시대에 이선달은 땅이 둥글다고 믿었고 그 증거를 찾으러 바다로 떠난 것이다.

왕성한 지적 호기심으로 세상의 지식인과 교류하다

이선달은 만 권의 책을 읽은 사람답게 지적 호기심이 왕성하고 지식인과 교류하며 배우는 것을 좋아하는 사람이다. 청나라에 표류했을 때는 왕 박사 집 도서관에서 밤새도록 신문물과 우주의 이치에 대해 필담을 나눈다. 여기서 왕 박사 부친과 이선달 부친이 학자적 교분을 나눈 사이라는 것을 알고 손을 맞잡으며 감격하는 장면은 매우 인상적이다. 네덜란드의 배 트레펜호에 올랐을 때에도 선장실에 있는 수많은 책을 읽으며 곱슬머리 보겔 박사와 밤새도록 대화를 나누는데, 선달이 자주 물은 것은 과학과 수학에 관한 것이고 곱슬 박사가 궁금해한 것은 한자와 조선말이었다.

이선달은 지식을 아는 데 그치지 않고 현실에 적용하고 응용하여 사람들에게 유익함을 주는 지식인이다. 항해를 하다가 식수가 떨어지자 배 안에 솥을 걸고 바닷물을 끓여 솥뚜껑에 고인 수증기를 받아 마시게 하여 뱃사람들을 경탄하게 하고, 해적선과 전투를 할 때는 신무기를 고안하여 해적을 물리친다. 네덜란드 무역선과 안남 상선이 천여 명이나 되는 해적의 공격을 받자 바닷물로 흘러오다가 배에 닿으면 터져버리는 수뢰포와 공중으로 날아다니다가 배에 떨어져 폭발하는 화염포로 해적들을 물리친다.

이선달, 근대적 지식인이며 진정한 세계인

『표해록』에서 바다는 두려움과 고난의 장소이지만 이선달에게 바다는 호기심과 도전의 대상이다. 유교가 지배한 조선 후기, 우리는 해양에 대해서 섬 비우기空島 정책과 쇄국

정책으로 일관하였는데 이는 오랫동안 한국인의 해양관에 부정적 영향을 미쳤다. 15~16세기의 유럽은 대항해시대라고 불릴 만큼 항해를 중시하여 바닷길을 개척하였는데, 이는 새로운 영토와 경제적 풍요로 보상받았다.(제국주의의 침략을 받은 약소국의 처지에서 보면 엄청난 재앙이 되었지만 말이다.) 그리고 이 자본은 근대화를 촉진하는 계기가 되었다. 그러므로 해양이 곧 근대성을 의미한다고 해도 과언이 아니다. 조선 시대 해양 의식의 미성숙은 곧 근대성의 미성숙이라고 할 수 있다.

이런 현실에서 비록 허구의 인물이지만 만 권의 책을 읽은 이선달은 그 지식을 바탕으로 바다로 진출하여 세계인과 교류하고 신문물을 배워 실생활에 적용하는 근대인이라고 할 수 있다. 네덜란드의 무역선인 트레펜호에는 네덜란드 의사와 언어학자, 아라비아의 탐험가, 아프리카의 추장 등 세상 이곳저곳에서 온 사람들이 타고 있다. 이선달은 그들을 한자리에 모아 서로의 생활 풍속과 신기한 체험을 나눈다. 이선달은 세계인과 교류하는 지식인이 된 것이다. 그리고 그들과 나눈 대화를 바탕으로 『얼기설기 세계사』라는 책을 쓴다. 이 책은 세계 여러 나라 풍속과 신화, 이야기를 모은 책인데 이 책의 끝에는 "우리 말고도 이 세상에 우리와 같은, 다른 이들이 산다는 것에 놀랐으며, 이런 사실을 미처 깨닫지 못한 것이 슬펐고, 비로소 땅이 왜 둥근지 왜 그래야 하는지를 알고는 기뻤다."고 쓰여 있다. 지구가 둥글다는 것을 증명하기 위해 출발하였지만 지구가 둥근 이유까지 알아냈으니 그의 체험과 탐구는 의미심장하다. 지구가 둥근 이유는 세상 사람들이 서로 만나기 위해서이며, 본디부터 평등하기 때문이라는 것이다.

모험 서사, 『나는 바람이다』

김남중은 한국 아동문학계에서 강렬하고 힘 있는 서사를 구사하는 드문 작가이다. 『기찻길 옆 동네』 『연이동 원령전』 『동화 없는 동화책』 등 강렬한 역사의식을 바탕으로 한 작품을 많이 냈으며, 아울러 자전거 여행은 그가 즐겨 다루는 소재이기도 하다. 소년들이 자전거 여행을 하면서 성장하는 이야기를 쓰던 김남중의 시선이 이제 바다로 확장되었다.

『나는 바람이다』는 『하멜 표류기』로 잘 알려진 하멜이 조선에서 탈출하는 과정을 모티프로 한 작품이다. 1653년 제주도에 난파한 네덜란드 선원 하멜과 동료 일곱 명은 13년 동안 조선에 억류되었다가 일본의 데지마라는 인공 섬으로 탈출하였는데, 이 작품은 이때 조선 소년이 하멜의 배에 동승하여 함께 항해를 했다고 가정하고 펼쳐지는 이야기이다. 이렇게 대담한 스케일과 모험으로 가득한 서사를 우리 아동문학에서 만나게 되어 반갑다.

본격적인 모험·해양소설

17세기의 조선은 일부 실학자들을 제외하고는 외래 문명에 대한 호기심도 부족하고, 바다를 통해 외국으로 진출하는 것은 생각하지도 않은 사회였다. 이 시대에 어떤 조선인이, 그것도 아이가 서양인을 따라 머나먼 외국을 여행하였다는 것은 상상하기 어려운 일이다. 작가는 소설에서 '해풍'이라는 모험심 많은 소년을 창조하였다. 해풍은 하멜이 제주를 탈출할 때 몰래 그 배에 오른다. 자신들의 안위마저 불안하기에 하멜 일행에게 해풍은 전혀 달갑지 않은 존재였지만, 해풍은 자신에게 닥쳐오는 수많은 어려움을 헤쳐 나가며 세계를 여행한다.

이 소설은 현재(2018년 7월) 7권까지 발간되었다. 1권은 이야기의 서두에 해당하기 때문에 출항을 위한 준비에 많은 부분이 할애되어 있다. 해풍의 불우한 가정환경, 빨간 수염 사나이 하멜과 홀란드 선원들의 제주 생활, '작은 대수'로 불리는 데니스와의 인연 등이 상세히 서술되고 있다. 이 부분은 해풍이 하멜의 일원이 될 수 있도록 서사적 개연성을 부여받는 부분이다. 해풍은 일본에 도착한 후 운 좋게 조선인 도예촌에 머물게 된다. 그런데 거기에서 안정된 생활을 하는 듯하다가 해풍을 돌보아 주던 박 노인과 연수가 기리시딴(크리스천의 일본식 발음)임이 발각되자, 밀입국자 해풍도 나가사키로 잡혀간다. 나가사키에서는 또 다른 운명이 해풍을 기다리고 있다. 해풍을 잡아간 영주의 참모 기무라가 해풍을 홀란드로 보내고 싶어 하는 것이다. 기무라는 새로운 문명에 대한 호기심이 많고, 서양 문명을 배우고 싶은 열망에 불타는 역관 출신으로 일본이 발전하기 위해서는 서양의 문명을 배워 와야 한다고 믿는다. 해풍은 기무라의 도움으로 하멜의 일원이 되어 홀란드에 가는 무역선에 오르게 된다. 이제 해풍은 네덜란드 동인도회사의 선단이 경유하는 해로를 따라 근대의 해양을 체험하게 되는 것이다.

해풍은 바타비아(지금의 자카르타)에서 제국주의 네덜란드에 수탈당하는 슬픈 소왕국을 바라보면서 네덜란드 동인도회사의 치밀한 상술과 해양과학의 힘을 깨닫기도 하고, 아프리카 희망봉을 돌면서 배를 집어삼킬 듯한 폭풍과 무시무시한 유령선을 만나기도 하면서 유럽을 향해 항해한다. 17세기 유럽의 정황과 근대인으로서의 체험이 가장 핍진하게 그려진 부분은 6권 『바람의 나라』다. 암스테르담에 도착하여 동인도회사의 간부들을 만나는 장면, 『하멜 표류기』가 출판되는 과정과 이 책의 영향력을 그린 부분, 기무라의 부탁을 들어주기 위해 찾아간 지도 제작 회사에서 해풍이 세계지도를 보면서 충격을 받는 장면, 바람의 힘을 이용하여 거대한 풍차를 돌리는 과학기술을 마주하는 놀라움을 그린 장면 등에서 작가가 이 책을 통해 말하고자 하는 주제가 집약적으로 드러난다. 작가는 자연스럽고 드라마틱한 사건을 통해 해풍이 마주친 근대의 충격을 생생하게 그려 낸다.

암스테르담에서 런던으로 항해할 듯하던 해풍은 또 극적인 사건을 만나면서 서인도제도의 쿠바로 향한다. 해풍의 앞날에는 또 어떤 사건이 기다리고 있을까. 작가는 독자의 마음을 쥐락펴락하면서 소년의 모험을 그려 나간다. 해양소설의 기본 문법은 '출항-항해-귀향'이므로, 해풍이도 언젠가는 고향에 돌아오게 될 것이다. 해풍이가 조선에 돌아왔을 때 조선의 정치인과 지식인들은 어떤 태도로 해풍을 맞아들일 것인가. 작가가 그려 내는 결말은 그의 현실 인식과 세계관을 보여 주는 것일 텐데, 그래서 독자는 이 소설의 결말이 궁금하다.

소년 해풍, 근대를 체험하다

이 작품이 해양소설이라는 것은 곧 근대의 충격적 체험을 담고 있다는 말과 같다. 서구에서 해양은 근대성의 상징이다. 대항해시대라고 불리던 15~16세기의 유럽 사회는 해로를 통한 무역으로 부를 축적함으로써 자본주의 발달에 상당한 영향을 미쳤다. 동인도회사의 선원이었던 하멜도 무역로를 개척하기 위해 항해를 하다가 조선의 제주도에 표류했던 것인데, 소년 해풍이 하멜 선단의 일원이 되었다는 것은 근대성 체험의 기회를 잡은 것이라고 할 수 있다.

이 소설에서 바다 건너 세계는 현실의 질곡을 벗어날 수 있는 새로운 희망의 땅으로 묘사된다. 뭍에서의 삶에 희망이 없었던 해풍이 하멜의 일행에 끼어 조선을 벗어나는 것도 새로운 세상에 대한 기대가 있었기 때문이다. 서양에서 온 상인과 문물로 북적대는 무역의 중심지 나가사키나, 인공 섬 데지마, 하멜의 나라 홀란드는 모두 해풍에게 풍요의 땅으로 인식된다. 해풍은 이제 네덜란드, 쿠바를 체험한 근대인이 되어 돌아올 것이다.

'가장적 역사소설'의 현대적 의미

『별난 양반 이선달 표류기』와 『나는 바람이다』는 모두 17~18세기를 배경으로 한 소설이다. 하멜이 조선에 표류한 해가 1653년이니 후자의 시대적 배경은 분명하다. 반면에 『별난 양반 이선달 표류기』의 연대는 소설에 분명히 제시되지 않았지만, 대체로 장한철이 『표해록』을 집필했던 1700년대 후반, 또는 조선의 지식인들이 지동설을 받아들이기 시작할 무렵으로 볼 수 있다. 두 작품 모두 17~18세기를 시대적 배경으로 하고 있으므로 역사소설이라고 할 수 있다.

역사소설은 역사적 사실에 얼마나 충실한가에 따라 기록적·가장적·창안적 역사소설로 구분할 수 있는데, 가장적 역사소설이란 실제의 '역사'를 배경으로 하고 있지만 '역사' 묘사 그 자체가 목적이 되지는 않는 소설로서 주로 현대적 과제를 추구하는 방편으로 '역사'의 옷을 빌리는 방식을 취한다. 『나는 바람이다』에서 하멜이 조선에 표류하여 13년 동안 억류되었다가 여덟 명이 탈출한 사건은 역사적 사실이지만 주인공 해풍 같은 소년은 존재하지 않았고, 당연히 해풍이 하멜을 따라 항해를 했다는 사건은 허구에 불과하다. 『별난 양반 이선달 표류기』에서도 주인공 이선달처럼 배를 타고 여러 나라를 항해하거나 표류한 인물은 존재하지 않았기 때문에 두 작품 모두 가장적 역사소설이라고 할 수 있다.

그렇다면 이와 같은 가장적 역사소설이 현대에 어떤 의미를 지니는 것일까. 작가 김남중은 머리말에 "과거의 불가능을 미래의 가능으로 바꾸기 위해" 이 소설을 창작하였다고 밝히고 있다. 조상들이 해양으로 진출하지 못한 아쉬움을 미래의 후손들이 극복하고 발전시켜 주기를 기대하는 마음에서 이 작품을 창작한 것이다. 하멜이 조선을 탈출할 때 모험심에 가득한 조선의 어떤 소년이 그 선원들에 끼어 일본의 나가사키와 바타비아(자카르타)를 여행하고, 희망봉을 돌아 홀란드에 가서 유럽의 신문명을 배우고 돌아왔더라면 조선의 역사는 어떻게 달라졌을까. 17세기에 이선달 같은 이가 지동설을 증명하기 위해 항해를 떠나고, 세계인들과 교류하며 신문명을 받아들였다면 우리 역사는 어떻게 달라졌을까. 그러나 아쉽게도 그런 일은 일어나지 않았다. 어린 독자들은 이 소설을 읽으면서 자신이 성장한 후 먼 타국에 나가 새로운 문명을 호흡할 꿈을 꿀 수도 있고, 더 나아가 우주 개척에 대한 포부를 키울 수도 있을 것이다.

『열린어린이』 2014년 6월호

기발한 상상력과 새로운 서술 전략

2012년 즈음하여 주목할 만한 단편동화집이 여러 권 출간되었다. 1990년대 중반 아동문학의 양적 팽창기 이후로도 문단의 주목을 받은 동화집이 없었던 것은 아니지만 이맘때처럼 문학성과 흥미를 동시에 만족시키는 책이 한꺼번에 출간된 적은 없었던 것 같다. 『사료를 드립니다』(이금이, 푸른책들), 『내 머리에 햇살 냄새』(유은실, 비룡소), 『천사를 미워해도 되나요?』(최나미, 한겨레아이들) 등을 낸 중견 작가들은 여전히 개성 있는 문체와 자신만의 문학 세계를 심화하며 아동문학계를 든든히 받쳐 주고 있는데, 또 놀라운 것은 신인들의 동화집이다. 송미경의 『복수의 여신』(창비, 2012), 김민령의 『나의 사촌 세라』(창비, 2012), 김리하의 『발차기만 백만 번』(푸른책들, 2011)은 신인답지 않은 세련된 문장과 문학적 장치를 능숙하게 구사하면서도 우리 문단에서 보기 어려웠던 기발한 상상력과 새로운 표현 기법을 선보이면서 신선한 충격을 주었다. 필자는 이들의 작품을 읽으면서 최근 10여 년 동안 온축된 한국 아동문학의 힘이 여러 신인의 작품으로 분출되고 있는 듯한 느낌을 받았다. 이들 덕분에 한국 아동문학의 작가층은 매우 두터워지고 있다.

이들은 '동화는 이러저러한 소재를 이러저러하게 구성하는 것'이라는 고정관념에 매여 있지 않아서 주제도 기법도 아주 새롭다. 엉뚱한 상상 놀이의 즐거움을 극단까지 추구해 본 작품이 있는가 하면, 남자아이를 좋아하는 여자아이의 내밀한 심리를 섬세하고 유쾌하게 풀어낸 이야기부터 말할 수 없이 가난하고 슬픈 아이의 가슴 아픈 삶을 그린 작품까지 다양하게 펼쳐져 있다. 자신에게 다가오는 이야기를 나름의 방식으로 쓰겠다는 자신감이 우리 아동 문단에서 늘 아쉬웠던 지점이었던 관습적 주제와 틀에 박힌 기법을 돌파하고 있는 것이다.

『복수의 여신』

송미경의 『복수의 여신』에는 동화 일곱 편이 실려 있는데 이 작품에 담긴 아이들 삶은 참으로 다양하면서도 문학적 완성도가 고르게 우수해서 작품마다 나름대로 빛을 발하며 반짝인다. 「우연 수업」은 어찌 보면 황당한 이야기이다. 한 반 아이들이 우연하게도 모두 지각을 하고, 똑같이 하얀 티셔츠를 입고 오고("어! 선생님도 하얀 셔츠를 입었잖아.") 똑같이 리코더를 안 가지고 왔는데, 다들 그럴 만한 이유가 있다. 모두 기가 막혀서 '우연'에 대한 글짓기를 하려는데, 이런, 연필을 가져온 사람이 한 사람도 없네! 이런 우연이 현실에서 발생한다면 얼마나 재미있을까. 「오빠 믿지?」도 논리로는 설명하기 어려운 기발한 작품이다. 2학년생인 멋진 '교회 오빠'가 우주선을 타고 떠나는 마지막 장면의 반전은 읽는 사람을 어리둥절하게 한다. 작가는 아이들과 어울려 엉뚱한 상상 놀이로 유쾌한 즐거움을 선물한다. 공리적 목적 없는 상상 놀이로 아이들 마음을 해방시켜 준다.

이렇게 기존 동화에서는 볼 수 없었던 파격적인 상상력을 보여 주는 작품이 있는가 하면 어른의 속물성을 풍자한다든가(「최고의 저녁 초대」), 벽장을 개조해 만든 방에 아이가 갇힌 해프닝을 통해 가족애를 그린 작품도 있다(「내 방이 필요해」). 표제작인 「복수의 여신」은 여자아이들을 대표해서 남자아이들에게 복수를 대행하는 은율이가 복수 놀이를 하는 과정에서 상대 남자아이를 좋아하게 되는 모순된 심리를 실감 나게 그린 작품이다. 사춘기로 접어드는 여자아이의 내밀한 심리와 행동을 생생하게 묘사하여 읽는 내내 웃음을 머금게 한다. 동생의 생일잔치를 위해 친구들 숙제를 대신 해 주고 음식점 쿠폰을 모으는 과정을 그린 「쿠폰왕」도 감동적이다. 가난한 아이가 등장할 때는 교사든 친구든 적대적 인물이 등장하여 갈등을 형성하는 것이 보통인데 이 작품에서는 그런 인물이 전면에 등장하지 않는다. 교사가 쿠폰 모으기를 방해하는 인물로 잠깐 나오지만, 이보다는 친구들이 서로서로 쿠폰을 모으기 위해 힘쓰는 과정이 기둥 줄거리를 형성하면서 감동을 준다.

이 동화집에서 가장 주목해서 읽은 작품은 「일 분에 한 번씩 엄마를 기다린다」이다. 이 작품은 틱 장애를 가진 아빠와 단둘이 사는 열한 살 아이의 아픔을 그렸다. 엄마는 일할 수 없는 아빠를 대신해 돈을 벌기 위해 1년 뒤에 돌아온다는 약속을 남기고 떠났고, 아이는 일주일에 한 번씩 엄마가 보내 주는 택배 상자에 의지해 하루하루 살아간다. 아이는 아빠가 일 분에 한 번씩 팔을 돌리고 이상한 소리를 낼 때마다 그것을 신호 삼아 일 분에 한 번씩 엄마를 부르고 기다린다. 우리 리얼리즘 소년소설에는 어른들에게 버림받거나 빈곤에 처한 아이들을 소재로 한 작품이 여럿 있었지만, 이 작품만큼 독자의 마음을 아프게 하는 작품도 없을 것이다. 아이가 겪는 고통의 정도로만 보면 이 작품 속 주인공도 '몽실이'나 '괭이부리말 아이들'과 별반 다르지 않다.

아이는 자기 가난의 원인이나 책임을 사회에 묻거나 현실의 불합리를 고발할 줄 모른다. 아이는 "누군가 내게 태어나서 가장 행복했던 일주일을 꼽으라고 한다면, 나는 이 동네에 물난리가 났던 그때를 댈 것이다."라고 말한다. 공무원들이 친절하게 대해 주고 시트콤을 보며 웃을 수 있었던 중학교 교실은, 역설적으로 습기 찬 반지하방의 우울한 일상을 뚜렷이 떠오르게 한다.

아이의 인식 수준을 아이 말로 서술하는 장면은 곳곳에서 발견된다. "물론 내가 열세 살이나 열네 살이거나 엄마가 1년 후에 떠난 거라면 이보다 나았을 거다. (중략) 왜냐하면 1년이면 그런 것들을 충분히 배울 시간이기 때문이다. 그리고 1년이면 나는 열두 살이 된다. 열두 살은 열한 살보다 무엇이든 잘할 수 있는 나이다. 엄마는, 그러니까 내게, 1년 정도 그런 것들을 잘 가르쳐 주고 갔으면 좋았을 것이다."

화자는 자기가 열두 살이 아니고 열한 살이라는 점을 몇 번이고 반복해 이야기한다. 엄마가 열두 살에 집을 떠났다면 이 아이는 훨씬 더 나았을까. 1년 정도 살림을 가르쳐 주고 떠났다면 정말로 더 좋았을까. 자꾸만 되풀이되는 '1년'은 이 아이가 아직 얼마나 어린 나이인지, 지금 얼마나 힘겹고 외로운지를 역설적으로 강조한다.

이 작품의 다른 특징은 반지하 방의 일상과 엄마 없이 사는 아이의 속마음을 어쩌면 이렇게도 밀착해서 알 수 있을까 싶게 자세하고도 리얼하게 그려 냈다는 점이다. 엄마가 떠나는 장면, 오징어를 굽다가 불이 나서 아빠 팔에 화상을 입는 장면 등의 묘사는 참으로 생생하다.

송미경의 동화집에 나타난 소재와 주제의 스펙트럼은 아주 넓고도 다양하다. 경제적으로 고통받는 아이들 말고도 친구 문제, 학업 문제, 이성 문제 등 보통 아이들이 일상적으로 겪는 갈등과 고민이 다양하게 분포되어 있다. 그런데 아이의 현실적인 아픔을 그릴 때에도 작가는 그들을 아프게 하는 외적 조건보다는 인물의 내밀한 심리를 섬세하게 추적한다. 그래서 사건 자체가 그리 혹독하지 않은데도 독자에게 훨씬 둔중한 울림을 주게 된다. 이야깃거리와 주제를 극대화하는 서술 전략은 작가의 내공이 만만치 않음을 말해 준다.

『나의 사촌 세라』

김민령의 『나의 사촌 세라』는 작가가 등단한 지 6년 만에 묶어 낸 작품집이다. 여기 담긴 동화 여덟 편은 오래 묵힌 작품답게 한 편 한 편이 모두 잘 다듬어져 있다. 동화 주인공들은 부모 없이 살거나 외할머니 댁에 맡겨지는 등 힘겹고 고달픈 아이들이 많지만, 남자친구에게 잘 보이고 싶어 애타는 아이, 친구가 절실한 외로운 아이 등 이 시대에 흔히 볼 수 있는 다양한 아이들이다.

「견우하고 나하고」의 화자 '나'는 부모 없이 언니, 오빠와 살면서 늘 허기져 하는 여자아이이고, 견우는 알코올중독자인 아빠에게 매일 매를 맞으며 사는 아이이다. 작가는 간결하고 부드러운 문장으로 두 아이를 어루만지듯이 묘사해 나간다. 문장은 냇물처럼 흘러가지만 때때로 눈길을 멈추지 않을 수 없다. "그냥 집에서 멀어지고 있는 거야. 이대로 쭉 걸어가면 계속 집에서 멀어지니까.", "헛수고야. 지구는 둥글대. 넌 다시 집으로 돌아오게 될 거야." 매를 맞고 집에서 도망 나온 견우는 무작정 집에서 멀어지고 있지만, 아무 데도 갈 수 없어서 실에 묶인 진자처럼 집에 다시 돌아올 수밖에 없다. 견우와 동병상련으로 아픔을 달래던 '나'는, 견우 엄마가 아빠 몰래 견우를 데려가는 날 나중에 한 번은 꼭 오라고 인사한다. 견우는 자꾸만 고개를 끄덕이고 주변은 정지 화면이 된다. 이 아이들이 '견우직녀'처럼 언젠가는 만날 수 있을까.

「단아가 울어 버린 까닭」은 어른에게나 아이에게나 외로움은 말할 수 없이 아프다는 것을 절실히 깨닫게 하는 작품이다. "두부살이 잔뜩 찐 데다 공부도 못하고 운동도 젬병인 정단아"는 아이들과 어울려 이야기도 하고 학원도 다니고 싶지만 마음대로 되지 않는다. 하고 싶은 말이 있어도 입속말로 중얼거리고, 혼자인 것이 슬플 때는 힘을 주어 연필심이나 부러뜨리는 아이. 작가는 어쩌면 아이의 내면을 이리도 섬세하게 붙잡아 내는지. 그런데 이런 단아에게 '베프'가 생기는 꿈같은 일이 일어난다. 운동도 공부도 잘해서 인기가 높은 유진이가 전학을 와서 짝꿍이 되고, 단아는 유진이네 집에 초대를 받은 날 엉엉 울음을 터뜨린다. 아, 인간은 이런 상황에서도 울음이 터져 나올 수 있구나. 이 시대 아이들이 가난이나 학업 문제에서만 결핍을 느끼는 것은 아니다.

「나의 사촌 세라」와 「착한 아이들이 사는 마을」은 드러내고자 하는 인물을 숨겨 두고, 화자의 서술과 주변 인물의 대화로 그의 안타까운 처지를 제시하는 서술 전략을 사용하여 읽는 사람의 공감을 크게 불러일으키는 작품이다. 「나의 사촌 세라」의 세라는 엄마, 아빠, 할머니도 없고 친척 누구도 받아 주지 않으려 하는 딱한 아이이다. 세은이네 집에서는 세라를 받아들이는 문제로 큰 부부 싸움이 나고 마침내 세라가 외삼촌 집에 가기로 했다는 소식이 전해지자 다시 평화와 웃음이 찾아온다. 그런데 문제 당사자인 세라는 끝까지 등장하지 않는다. 심지어 세라라는 이름마저도 작품의 끝부분에 가서야 제시된다. 독자는 스크린에 비친 실루엣을 보면서 세라 처지를 짐작해야만 한다. 세라를 두고 갈등하는 어른들과, 부부 싸움이 벌어지고 다시 화목해지는 과정을 지켜보다가, 어떤 아이인지도 모르는 세라가 한 가정의 화목을 깨뜨리는 존재가 되어 버렸다는 사실에 생각이 미치면서 서서히 마음이 아프고 그 여운은 오래 남는다. 「착한 아이들이 사는 마을」의 영덕이는 아파트 놀이터를 활기차게 해 주는 재미있는 아이다. 그런데 방송 촬영으로 인해서 영덕이가 미끄럼틀에서 잠을 자고 아이들이 가져다준 옷과 우유로 연명하며 지냈다는 사실이 알려진다. 어린 화자의 서술로 주인공의 편린이 조금씩 드러나면서 독자 스스로 주인공의 상황을 재구성하고 안타까운 처지를 추측하게 된다. 담백하게 진술하는 것 같지만 작가의 이런 서술 전략이 독자를 더 가슴 아프게 한다. 작가는 사회의 구조적인 문제나 빈부 격차의 문제 같은 거대 담론을 말하지 않는다. 부모에게 버려진 아이를 그릴 때에도 사회 모순이나 비정함을 고발하기보다는 그런 현실을 살아 내는 어린이의 내면에 초점을 맞추고 있으며, 일상에서 겪는 갈등과 아픔을 담백하게 묘사하고 있을 뿐이다.

이 동화집에서 우리는 한 사건의 단면으로 문제의 본질까지 예리하게 드러내 보이거나, 인물들의 관계나 행동으로 독자의 마음을 울리는 작가의 능력을 충분히 살펴볼 수 있었다. 그러나 여덟 편 모두 서술자의 목소리와 어조가 비슷하다는 느낌이 들고, 사건 자체의 흥미나 긴박성을 경험하기 어렵다는 아쉬움도 있다. 이런 우려는 단지 단편동화라는 제한된 공간에서의 문제였음을 후속작으로 증명해 주기 바란다.

『내 머리에 햇살 냄새』

『내 머리에 햇살 냄새』는 짧고 간결한 몇 개의 문장만으로 배경과 문제 상황, 인물 심리를 선명하게 떠올리게 하는 유은실의 장기가 여실히 드러난 동화집이다. 유은실의 작품에는 아이를 1인칭 화자로 선택하여 아이의 마음 높이에서 아이 말투로 펼쳐 나가는 이야기가 많은데, 아이의 말로 인물 성격과 이야기 상황을 이처럼 적실하게 묘사해 내기란 보통의 내공이 필요한 게 아니다. 표제작 「내 머리에 햇살 냄새」는 산문으로 쓴 시 같다.

「도를 좋아하는 아이」의 지수는 말끝마다 "우리 엄마도.", "옆집 동생도." 하면서 모든 사람에게서 자기와 같은 점을 찾아낸다. '도'에 질린 현우가 엄마에게 투덜거리자, 엄마는 지수를 불러 한판 '도'의 대결을 펼친다. "어, 너도 네에 하는구나. 우리 조카 옛날에 알던 애도 네에 하는데." 하면서 현우 엄마가 '도'를 날리자, 지수는 아무 말도 못 한다. 이 작품에서는 우리 주변에서 흔히 볼 수 있는 '지수'들의 말투와 중의적 의미로 쓰인 '도'가 웃음을 자아낸다. "지수는 십 분 동안 거의 스무 가지 도를 썼어." 같은 표현이나, "엄마 '도'로 지수를 눌러 버린 거야." 같은 문장은 마치 무술 대결을 표현한 것처럼 느껴진다.

엄마가 지수를 눌러 버린 것 같지만, "아줌마도 제가 싫으세요?" 하면서 지수가 눈물을 뚝 떨어뜨리는 순간 이야기는 극적 전환에 이른다. 엄마는 어쩔 줄 몰라 지수를 달래려 하지만 이미 승부는 결정 난 것. 다른 목적이나 의도 없이 순수하게 '도'를 쓰는 아이와 어떤 목적을 이루기 위해 '도'를 쓰는 어른의 대결에서 어른의 '도'는 추풍낙엽이 되는 것 같다. 어른들이 아직 인생의 '도'를 제대로 터득하지 못했기 때문일까. 어린이 독자들도 이런 정도의 중의적 표현은 쉽게 알아채고 동화 읽기의 즐거움을 누릴 것 같다.

「백일 떡」은 갓난쟁이 동생에게 부모님 사랑을 빼앗기고 서운해하는 마음과 자기 때문에 아픈 것만 같은 동생의 병이 낫기를 바라는 아이의 이중적 심리를 잘 그려 낸 작품이다. 낯가림이 심한 지민이가 낯선 사람들에게 동생의 '백일 떡'을 돌리면서 마음고생을 겪지만 그래도 끝까지 떡을 다 돌리는 모습에서는 제 몫의 인생을 책임지는 대견함이 느껴진다. 「기도하는 시간」은 여름날 아이스크림을 앞에 두고 끝도 없이 계속되는 전도사의 기도와 아이스크림이 녹아 버릴까 봐 조마조마해하는 아이 심정을 그려 냈다.

세 작품은 공통적으로 어른과 아이가 세상에서 느끼는 감정과 세상을 보는 시각이 얼마나 다를 수 있는지, 어른에게는 아무것도 아닌 일이 어린이에게는 얼마나 심각한 문제일 수 있는지 보여 준다. 어른의 사고방식과 아이의 마음 사이 간극이 빚어내는 불균형을 통해 재미를 만들어 낸다. 그런데 어른에게는 참으로 순수하고 엉뚱하여 귀엽고 재미있게 보이는 아이들 행동이 어린이 자신들에게는 어떻게 읽힐까. 어린이 독자에게는 그런 행동이 그저 자연스러운 일일 뿐이어서 어른이 느끼는 것만큼 감동적이지 않을지도 모른다. 그런 점에서 등장인물보다 한 발자국쯤 더 성숙한 독자, 즉 상황의 아이러니까지 느낄 수 있는 독자라야만 작품의 맛을 충분히 느낄 수 있을 것 같다.

『발차기만 백만 번』

김리하의 『발차기만 백만 번』에 수록된 동화 세 편 가운데 단연 눈길을 끄는 작품은 표제작인 「발차기만 백만 번」이다. 이 작품은 엄마가 돌아가시고 아빠와 사는 신혁과, 엄마와 단둘이 사는 윤재가 서로의 아픔을 알아 가면서 상처와 외로움을 극복하는 과정을 그리고 있다. 이 동화에서 작가의 따듯한 시선을 가장 많이 받는 인물은 미혼모 엄마를 둔 윤재다. 남들의 따가운 시선과 아빠가 없다는 허전함에도 불구하고 엄마에게 밥도 차려 주며 항상 밝고 씩씩하게 생활하는 윤재는 어떤 면에서는 아이답지 않은 아이라고 할 수도 있겠다. 차라리 시시때때로 엄마의 빈자리를 의식하며 손톱을 물어뜯는 신혁이 더 아이답게 보인다. 그러나 윤재 내면에 허전함이 전혀 없는 것은 아니다. 참고 견디며 내색을 하지 않는 것일 뿐.

서먹서먹하던 이들 사이가 가까워진 계기가 음식이라는 점은 의미심장하다. 신혁의 외로움과 고달픔은 먹는 문제로 표면화될 때가 많은데, 무엇을 먹을지 고민하던 신혁은 윤재가 이사 떡으로 가져온 시루떡에 마음이 열리고, 윤재가 김치찌개 냄비를 들고 찾아와 같이 밥을 해 먹고 밥 친구가 되기로 약속하면서 둘 사이 벽은 완전히 허물어진다. 음식은 육체적 허기를 채워 줄 뿐만 아니라 마음의 병도 치유해 줄 수 있음을 암시한다. 뜨거운 밥과 김치찌개에서 피어오르는 김은 소년들의 상처가 치유되는 상징으로 읽힌다. 스스로 자신의 상처를 치유하고 성장해 가는 아이들이 대견하고 믿음직스럽다. 윤재 엄마의 캐릭터를 밝고 건강하게 표현한 것에서 미혼모와 그 아이를 향한 사회의 편견을 깨고 싶은 작가의 의도도 엿볼 수 있다.

몸무게가 0.1톤 가까이 되는 엄마가 경품으로 탄 자전거로 다이어트를 하면서 벌어지는 에피소드를 그린 「자전거를 삼킨 엄마」와, 뚱뚱한 여자아이가 진드기같이 달라붙어 놀려 대던 남자아이를 힘으로 응징하는 이야기인 「찍히면 안 돼!」에는 외모지상주의로 인해 고통받는 인물이 등장한다. 특히 후자는 육체적인 힘으로 상황을 전복하는 장면을 보여 줌으로써 사회 통념을 유쾌하게 날려 버리고 있다. 두 작품 모두 인물들이 생생하고 이야기 자체는 재미있지만 현실을 보는 새로운 시각이라든가 문학성 면에서는 「발차기만 백만 번」에 미치지 못하여 작품 간 편차가 보인다. 또 이 동화집에 단 세 편만 수록되어 있어서 이것으로는 아직 작가의 능력을 충분히 보여 주지 못했다는 느낌이 든다.

2012년은 중량급 신인들이 우리 아동문학계를 풍성하게 한 해로 기록되어야 할 것이다. 이 젊은 작가들은 비교적 특정한 현실 문제와 이데올로기에서 자유로웠고, 그 덕분에 작품 속에서 이 시대의 다양한 어린이를 등장시킬 수 있었던 것 같다. 다만 빈곤의 문제를 다룬 작품들이 많아서 신인들의 관심도 선배들의 문제 인식을 답습하는 것이 아닌가 하는 우려가 든다. 빈부 격차는 여전히 간과할 수 없는 문제이고, 어린이들 삶을 옥죄는 굴레로 작용하는 것이 사실이기는 하지만 이 문제 말고도 어린이의 행복을 유보시키는 조건은 많다. 이를테면 어른의 왜곡된 욕망을 대리 수행하는 어린이들의 안타까운 현실 같은 것 말이다. 그런 점에서 앞에서 살펴본 작품 가운데 과도한 학업 경쟁에 지친 어린이를 다룬 작품이 한 편도 없었던 것은 좀 의아스럽다. 있는 그대로 대상과 현실을 자세히 들여다보고 깊이 있게 통찰하는 태도야말로 동화 작가가 지녀야 할 미덕이 아닐 수 없다. 앞으로 또 어떤 신진들이 등장하여 아동 문단에 충격을 줄까. 설레는 마음으로 그들을 기다려 본다.

『창비어린이』 2013년 봄호

다문화 사회를 보는 시각과 서술 전략

다문화 사회를 어떻게 보고 있는가

2007 교육과정기의 초등학교 6학년 2학기 국어교과서에는 「바다 건너 불어온 향기」(한아)라는 단편동화가 실렸다. 줄거리를 간단히 살펴보면 다음과 같다.

한별이는 엄마가 돌아가시고 아빠와 둘이만 살고 있다. 할머니가 가끔 와서 살림을 도와주지만 집 안은 늘 어지럽다. 집에 여자가 있어야 한다고 생각한 할머니는 국제결혼을 주선해 주는 사람과 의논하여 베트남 아가씨 프엉을 데려온다. 한별이는 새엄마가 베트남 사람이라서 친구들에게 놀림감이 될 것 같기도 하고, 친엄마가 그립기도 해서 프엉에게 퉁명스럽게 대한다. 할머니는 프엉을 예뻐하면서 한별이에게도 새엄마에게 좀 살갑게 대하라고 타이르지만 한별이 마음은 쉽게 열리지 않는다. 세차게 비가 내리던 날 새엄마가 우산을 가지고 학원 앞까지 마중을 나오지만 한별이는 다른 길로 돌아오고, 온몸이 젖은 한별이는 감기에 걸려 앓아눕는다. 새엄마가 정성껏 간호를 해 주자 한별이의 마음이 좀 풀리려 하는데, 이번에는 새엄마가 며칠 동안 끙끙 앓고, '메, 메' 하며 헛소리를 한다. 할머니가 알아보니 '메'는 베트남 말로 '엄마'라는 뜻이다. 한별이는 새엄마에게도 엄마가 있고, 자기처럼 엄마를 그리워하고 있음을 알게 되면서 콧잔등이 뜨끈해진다.

교과서를 편찬하던 우리 집필진은 처음에 이 동화를 발견하고 매우 반가웠다. 급격히 다문화 사회로 변화하고 있는 우리나라 현실에서 다문화를 주제로 한 좋은 작품을 찾고 있었기 때문이다. 이 작품은 '인물 사이의 갈등을 생각하며 동화를 읽어 봅시다'라는 차시 목표에도 꼭 맞는 작품이어서 집필진 모두에게 좋은 평가를 받았다. 심의진들도 별 이견이 없었다.

그런데 교과서가 배포되고 1년이 지나서 이 작품은 다른 작품으로 교체해야만 하였다. 인물들 사이 갈등과 화해의 과정도 감동적이고, 우리나라의 다문화 현실을 잘 반영한 시의성 있는 작품인데, 왜 그래야 했을까? 이 작품이 교체된 사실을 뒤늦게 안 나는 그 이유가 궁금하였다. 알고 보니 베트남 여인 프엉이 한국인 남편과 결혼하여 한국에 오는 장면에서 다문화 가정 아이들이 상처를 받았던 것이다.

교과서 편찬에 관여하였던 나는 그제야 이 작품이 교과서에 실리기 어려운 문제를 지니고 있음을 알 수 있었다. 프엉은 미혼의 젊은 여성인데, 한국 남자는 6학년 아이를 둔 홀아비이다. 프엉은 사랑하지도 않는 한국 남자와 한 번 만나 바로 결혼하고 말도 안 통하는 한국 가정으로 들어온다. 프엉과 같은 처지에서 조금만 더 생각해 보았다면 이 결혼의 불평등성과 비정상성을 쉽게 인식할 수 있었을 것이고, 이와 비슷한 환경에서 자라는 어린이들이 받을 마음의 상처를 미리 짐작할 수 있었을 것이다. 그런데, 이 동화가 교체된 데는 조금 다른 차원의 문제도 작용하였다. 이 동화로 인해 모든 다문화 가정이 불평등한 결혼을 한 것 같은 오해를 받을 수도 있다는 것이다. 어떤 아이는 자기 엄마도 외국인이지만 아빠와 사랑을 해서 결혼했지, 여기 나오는 프엉처럼 처음 본 남자를 따라와 결혼한 것이 아니라고 항의했다고 한다.

우리 집필진과 심의진이 이 작품의 문제점을 일찍 인식하지 못한 원인은 무엇이었을까. 얼른 떠오르는 이유는 우리나라에서 많은 농촌 총각이 다른 아시아 국가의 여자들과 결혼을 하는 현실이 잘 반영되어 있었기에 이 작품에서 그려지는 사건이 당연하게 여겨졌던 것이다. 하지만 좀 더 깊이 생각해 보면, 그 이유는 우리가 주류 집단의 위치에서 소수자들을 바라보았기 때문이었다는 걸 알 수 있다.

다문화 사회는 주류 집단(다수집단)에 소수집단이 들어오면서 구성된다. 다수집단에 처음 진입하는 소수자들은 새로운 문화에 적응하고, 다수집단의 관습과 사회질서에 맞추려 노력하지만 그 과정이 순탄한 것은 아니다. 반면에 다수집단 구성원들은 소수집단 구성원들의 차별적 문제에 대해 아무런 인식이 없거나, 소수집단에 대한 편견을 가지고 있고 그런 편견이 무의식중에 말과 행동으로 드러나게 되는 경우가 많다. 바로 앞의 사례에서 교과서 집필진이 프엉의 불평등한 결혼 형태를 별로 이상하게 보지 못한 것은 주류 집단 구성원들이 지닌 자기중심적 시각에서 비롯된 것이다.

다수집단의 구성원들이 소수집단의 구성원들을 바라보는 시각이나, 소수집단 구성원들이 다수집단을 대하는 태도는 신념과 가치관에 따라 다양한 스펙트럼을 그린다. 한 연구자는 다수집단과 소수집단의 태도를 집단 정체성 유형에 따라 각각 다섯 가지로 구분하였다.[13]

집단 정체성 유형	다수집단	소수집단
1유형	차별에 대한 인식의 부재 또는 잠재적 편견	차별에 대한 인식의 부재 또는 혼돈
2유형	편견의 의식적 표현과 배척	다수집단의 부정적 인식 수용과 다수집단에 동화
3유형	차별 상황에 대한 충격과 갈등 회피	차별 상황에 대한 갈등 회피와 주변화
4유형	소수자를 차별하는 자기 집단 부정과 소수 옹호	자기 집단 몰입과 다수에 대한 저항
5유형	자기 집단에 대한 긍정적 정체성과 소수집단 비차별 및 통합	자기 집단에 대한 긍정적 정체성과 다수집단 문화 수용 및 조화

이 분류에 의하면, 「바다 건너 불어온 향기」(주니어김영사, 2014)의 한별이가 처음에 새엄마를 대하는 태도는 소수집단에 대한 배척을 의식적으로 표현하므로 2유형에 해당한다. 그러다가 결말에 새엄마를 이해하고 긍정적으로 통합하는 장면은 5유형에 해당한다. 다문화 사회를 반영하는 동화의 주인공들은 이 작품에서처럼 발단 부분에서는 1유형이나 2유형의 인물이었다가 결말 부분에 5유형으로 변화 발전하는 경우가 많다.(다수집단의 입장에 서 있었기 때문에 다문화 가정 자녀들이 받았을 마음의 상처를 짐작하지 못한 교과서 집필진은 냉정하게 말해서 1유형에 가까웠다고 할 것이다.)

13 이은하, 「집단 정체성 반영 양상 분석에 의한 다문화 동화의 지향 연구」, 공주교대 석사 논문, 2013

『나는 인도 김씨 김수로』

최근 다문화를 주제로 한 동화가 심심치 않게 출간되고 있는데, 이는 우리 사회의 변화를 반영한 바람직한 현상이라고 할 수 있다. 『나는 인도 김씨 김수로』(윤혜숙, 사계절, 2014)도 그런 작품이다. 이 작품에서는 한국 여자와 결혼한 인도인 김하산과 그의 아들 김수로의 이야기가 두 축으로 전개된다. 주류 사회 구성원들의 차별에 대한 두 인물의 투쟁 과정이 소설의 기둥 줄거리를 이루는데, 김하산의 이야기는 어른 사회에서 소수집단 구성원이 받는 차별 양상을, 김수로의 이야기는 아이들 사회에서 펼쳐지는 배척과 갈등의 양상을 보여 준다.

김하산은 미용실을 하는 한국인 여성과 사랑에 빠져 결혼을 하고 처가의 성을 따라 '김'씨로 귀화한 사람이다. 두 사람은 온 집안 사람들 반대를 무릅쓰고 결혼을 했지만 무뚝뚝한 수로의 외할아버지는 하산을 좀처럼 정식 사위로 대접하지 않는다. 한편, 수로는 한국에서 태어나 11년 동안 살면서 한국 사람과 같이 학교를 다녔기에 한국 사람이 아니라는 생각을 한 적이 없었는데 5학년이 되면서 같은 반 친구들이 '다문화'라거나 '가짜 김씨'라고 부르면서 놀리자 자기 정체성에 혼돈을 느끼며, 인도인 아버지를 부끄럽게 여긴다.

아버지 하산과 아들 수로는 소수집단 구성원이다. 그리고 하산을 사위로 대접하지 않는 장인과 처남, 수로를 괴롭히는 같은 반 아이들(반장 민준, 수로의 사촌 종수)은 다수집단 구성원들로, 소수자를 차별하거나 가해자로 행동한다. 장인과 처남 같은 어른들은 드러나지 않게 차별을 하지만, 아이들은 자신의 집단이 우월한 위치에 있다고 생각하면서, 수로에 대한 편견을 노골적으로 드러낸다.

소수집단 구성원인 하산과 수로가 차별을 받는 정도와 양상이 다른 것처럼 차별에 대한 대응 양상도 다르다. 하산은 타고난 친화력과 성실성으로 자신의 상황을 극복하려 노력한다. 장인을 꼭 '아버지'라고 부른다든지 장인의 직업인 목수 일을 전수받기 위해 온 힘을 기울이는 것이다. 하산이 사랑방의 부서진 문틀을 수리하면서 문틀의 한가운데에 인도 신전에 많이 그려져 있던 물고기 무늬(인도 신전의 물고기 무늬는 '악귀들한테서 우리를 지켜 주는 시바 신의 눈'을 뜻한다고 한다.) 조각판을 새겨서 끼워 맞추는 장면은 인도와 한국의 전통문화가 서로 합쳐져 새로운 문화를 형성할 수 있음을 보여 주는 상징으로 볼 수 있다. 또한 인도인으로서의 자부심과 인도 문화에 대한 긍정적 정체성을 가지고 한국의 문화를 주체적으로 수용하려는 하산의 태도를 읽을 수 있다. 이는 소수집단 구성원이 선택할 수 있는 가장 성숙한 방법이다.(앞의 표에 따르면 소수집단의 5유형에 해당한다.)

반면에 수로의 대응 방식은 매우 미숙하며, 아이들이 '가짜 김씨'라고 놀릴수록 자기가 한국인이 아닐지도 모른다는 혼돈과 의문 속에서 헤어나지 못하는데, 자기의 시조 할아버지에 대해 조사하고 발표하는 수업에서 수로의 불안은 극에 달한다. '시조 할아버지가 아빠'라는 말은 도저히 할 수가 없다. 그 말은 '가짜 김씨'임을 인정하는 것과 마찬가지라고 생각하는 것이다. 수로가 이렇게 한국인으로서의 정체성에 혼돈을 느끼는 이유는 다수집단 구성원(같은 반 친구들)의 부정적 인식과 배척에 마음이 흔들리기 때문이기도 하지만, 아버지 나라 인도에 대한 긍정적 정체성을 형성하지 못했기 때문이다. 아직 어린 학생이기에 여러 친구들이 따돌리고 놀리는 상황에서, 또 아버지 나라 인도에 대해 아무것도 배우지 못한 상황에서 자존감을 유지하기란 매우 어려운 일이다.

결국 수로의 정체성 혼란 문제는 선생님의 도움으로 해결된다. 수로의 외가는 김해 김씨고 선생님은 김해 허씨인데, 김해 김씨의 시조는 가야의 김수로왕과 왕비 허황옥 사이에서 태어난 첫째 아들이고, 김해 허씨의 시조는 둘째 아들이니 선생님과 수로가 친척이라는 것이다. 게다가 허황옥은 인도에서 온 공주님이라니 가야 시대에도 외국인들끼리 결혼을 했다는 것이 아닌가. 김수로왕과 허황옥 설화는 다문화 사회가 이 시대에 갑자기 전개된 것이 아니라 고대부터, 그리고 왕족 간에도 이루어졌던 사실을 보여 줌으로써 현대 우리 사회에서 전개되고 있는 다문화 현실을 독자들이 마음 편하게 받아들일 수 있게 한다.

『나는 인도 김씨 김수로』는 '지금, 여기'의 다문화 현실을 사실적으로 그려 내어 많은 공감을 준다. 우리의 다문화 현실에 대한 문제의식도 분명하고 두 집단의 인물 설정도 자연스럽다. 곳곳에서 발견되는 적절한 비유와 상징도 문학성을 높이는 데 기여하고 있다. 결말 부분에 수로 가족이 한옥 학교를 찾아가다가 발견한 "백이십 살 넘은 큰 소나무가 마흔 살 먹은 어른 상수리나무를 제 몸에 붙이고 사는" 연리지는 이 소설의 주제를 상징적으로 보여 준다.

하지만 서사의 전개 과정이 부자연스럽다든지 장면전환이 갑작스러워 독자의 몰입을 방해하는 부분도 가끔 눈에 띈다. 예컨대 수로를 괴롭히던 종수가 수로에게 갑자기 친절을 베푸는 결말 부분은 설득력이 부족했고, 하산의 목공 솜씨에 놀란 수로 외할아버지가 아무 말 없이 목공방을 걸어 나오다가 집에 찾아온 설희 할아버지를 만나 대화를 나누며 너털웃음을 터뜨리는 장면은 장면 연결이 어색하여 작품의 완성도를 떨어뜨린다.

마크 트웨인은 "꼭 알맞은 단어와 거의 알맞은 단어 간의 차이는 번갯불과 반딧불 간의 차이"라고 말했다고 하는데, 이 작품에 등장하는 인물의 행동이나 심리를 묘사하는 장면이나 대화 등에서 더 적확한 단어가 쓰였더라면 하는 아쉬움도 있었다. 수로 외할아버지가 하산을 이해하고 서로 가까워지는 장면에서 인도의 가옥 모습을 물어보는 대화 부분의 "그럼 인도에도 한옥이 있다는 말인가? 얼렁뚱땅 둘러댈 생각이라면 그만두게." 같은 표현은 어쩐지 부자연스럽다. 마치 잘못한 이를 취조하는 말투처럼 들린다.

『젓가락 달인』

『나는 인도 김씨 김수로』가 고학년을 위한 아동소설이라면, 『젓가락 달인』(유타루, 바람의아이들, 2014)은 저학년을 위한 동화다. 그런데 이 작품은 주의를 기울여 읽어도 다문화 현실을 다룬 동화 같지 않다. 이 동화에서 중심 서사는 그저 '젓가락 달인을 뽑는 젓가락 대회'로 일관된다. 그러나 그것은 어디까지나 고도로 계산된 작가의 서술 전략일 따름이다. 다문화 사회의 실상을 반영하는 에피소드와 주제는 이야기의 곳곳에 은근히 숨어 있다.

전체적으로 볼 때 이 동화는 세 가지 이야기 재료가 서로 얽혀 있는데 하나는 젓가락질이 서툰 요즘 어린이들의 식습관을 교육하기 위한 젓가락 대회 이야기고, 또 하나는 할아버지가 우봉이네를 방문하면서 벌어지는 이야기며, 다른 하나는 라오스인 엄마를 둔 전학생 주은이의 이야기다. 이 세 모티프는 서로 무관한 듯하면서도 아주 잘 어울려 이 작품의 주제 형성에 기여한다. 제대로 배우는 게 처음인 젓가락질은 우봉이에게 어색하고 불편하다. 급식 시간에 나온 묵은 아무리 조심해도 미끄러지고 끊어져 버린다. 한편, 시골 할아버지가 우봉이네 집에 처음 왔을 때 우봉이는 할아버지의 모든 것이 낯설고 이상하다. 할아버지의 옷에서 나는 흙냄새, 풀 냄새도 꺼림칙하고, 소금물 유리컵에 꺼내 놓는 틀니도 괴상하다. 우봉이가 전학생 주은이의 엄마를 처음 보았을 때는 더 이상하고 낯설다. 얼굴이 가무잡잡한 아줌마가 시장에서 대나무에 담긴 밥 덩어리를 조몰락조몰락 뭉쳐서 입에 넣는 것을 보고 우봉이는 속이 메스꺼워진다.

그런데 시간이 지남에 따라 우봉이의 젓가락질 실력도 쑥쑥 늘어나고, 우봉이는 욕실 바닥에 떨어진 할아버지의 틀니를 주워 세면대 위에 올려 놓게도 된다. 언젠가는 주은이 엄마가 맨손으로 카오리아오를 먹는 것을 보아도 그리 놀라지 않는 날이 올 것이다. 작가는 다문화의 문제를, 젓가락질이나 할아버지의 틀니와 같은 것으로 그리고 싶었던 것 같다. 젓가락 문화와 시골 노인의 냄새가 처음에는 낯설고 불편하게 여겨지지만 가까이하는 기회가 많아질수록 점점 익숙해지는 것처럼, 다른 나라에서 온 사람들의 생활 습관과 문화도 자주 어울리다 보면 익숙해지고, 친해질 수 있는 성격의 것임을 이런 방식으로 들려주는 것이다.

이 작품이 지닌 중요한 미덕은, 주제가 다문화이면서도 다문화 이야기를 전면화하지 않았다는 점이다. 중심 서사는 처음부터 끝까지 젓가락 달인 뽑기 대회로 일관하고 있다. 다문화 서사가 중심이 될 경우, 다수집단과 소수집단의 갈등 이야기가 되기 쉽고 그런 이야기들은 스테레오타입의 인물을 등장시켜 도식적으로 전개되는 경우가 많다. 외국인 근로자가 나쁜 한국인에게 핍박을 받다가 좋은 한국인의 도움으로 갈등을 해결하는 스토리는 얼마나 도식적이며 상투적인가.

화자는 젓가락 달인이 되기 위한 아이들의 연습과 젓가락 권법, 경쟁 과정을 자세히 들려주며 정작 이야기하고 싶은 다문화 관련 이야기는 그 사이사이에서 잠시 들려주다가 슬쩍 지나쳐 버리고 만다. 따라서 어떤 집단을 대변하는 유형화된 인물도 등장하지 않고, 모든 인물이 개별적이고 개성적인 한 사람의 인간으로 그려진다. 주은이가 전학 온 날의 교실 풍경을 보자. 선생님이 주은이를 데리고 교실로 들어왔을 때 우봉이는 주은이에게서 눈을 떼지 못한다. 약간 가무잡잡한 피부색 때문이 아니라 크고 맑은 눈 때문이다. 개구쟁이 성규가 주은이를 놀리기는 하지만 그것도 피부색 때문이 아니라 주은이가 자신을 김해 김씨라고 소개하자, '김해 김치?'라고 놀리는 것이다. 이 교실의 아이들은 모습이 자기와 좀 달라도 사람을 그냥 한 사람의 인간으로 볼 줄 안다. 주은이 엄마가 카오리아오를 맨손으로 먹는 것을 보고 온 다음 날, 우봉이는 주은이를 몰래 훔쳐보기도 하지만 그것은 잠시 동안일 뿐이고 아이들의 관심사는 온통 젓가락 대회로 쏠려 있다. 작가가 주은이의 특이한 점을 보여 주지 않으니 독자들의 관심사도 젓가락 대회에 집중될 것이다.

젓가락 대회 날, 젓가락 솜씨가 뛰어난 줄 몰랐던 우봉이와 주은이가 결승전에 오르자 모든 아이들이 놀라며 두 아이를 응원하는 대목은, 있는 그대로의 주은이를 받아들이는 아이들의 순수한 모습을 감동적으로 보여 준다. 성규가 "구리구리 딱따구리 권법 파이팅!" 하며 우봉이를 응원하자, 민지는 "김해 김씨 김주은, 쏙쏙 족집게 수법 짱!" 하고 맞받아친다. 선생님도 아이들도 선입견이나 고정관념 없이 주은이를 자연스럽게 학급 친구로 받아들이는데, 화자도 굳이 독자들에게 그런 사실을 언급하지 않는다. 한국인이니 다문화니 하는 말 자체가 불필요한 것이다.

그런데 주은이는 왜 그렇게 젓가락질 연습을 열심히 한 것일까. 우봉이가 훔쳐본 주은이 일기장에는 "곧 젓가락 대회 날이다. 엄마 때문에라도 잘해야 할 텐데. 젓가락질 못한다고 애들한테 놀림받아서는 안 되는데."라는 문장이 나온다. 엄마 때문에라도? 그렇다. 엄마가 맨손으로 밥을 먹으니 주은이는 그것에 영 마음이 쓰였던 거다. 혹시라도 아이들이 그 모습을 보고 '재는 엄마가 맨손으로 밥을 먹어서 젓가락질을 못해.'라고 놀릴지도 모른다고 생각하는 것이다. 2학년짜리 주은이가 다수집단인 친구들의 시선을 의식하고 그들의 기준에 자신을 맞추려 하는 것은 당연하다. 할아버지처럼 성숙한 사람이 되면, "손으로 먹는 걸 두고 나쁘다고, 또 야만인이라고 해서는 안 되는 겨. 그게 그 나라 풍습이고 문화인 겨."라고 하면서 자기 문화에 대한 긍정적 정체성을 가질 수 있겠지만 말이다.

저 사람이 나와 다른 사람이라는 것을 의식하는 순간 편견은 시작되는지도 모른다. 다수집단과 소수집단 구성원들의 갈등과 화해를 보여주는 동화보다는 처음부터 아무 편견 없이 소수자들을 받아들이는 동화를 읽는 독자들이 이 작품의 인물들처럼 쉽고 자연스럽게 다문화를 받아들이게 될 것 같다. 간결하고 쉬운 저학년동화책 한 권에 다양하고 풍부한 생각거리를 담아 놓은 작가의 솜씨가 놀랍다.

이제 우리 사회에서 다문화 현상은 수용하지 않을 수 없는 현실이 되었고, 모든 사람들을 열린 마음으로 평등하게 대하는 태도는 글로벌 시대가 아니라도 성숙한 인간이 갖추어야 할 미덕이다. 자라나는 세대에게 다문화 현실을 자연스럽게 받아들일 수 있도록 하는 데는 교과서와 아동문학의 역할이 중요하다. 그러므로 교과서 편찬자와 아동문학가들의 조심스러운 접근이 필요하며, 특히 이 땅에 먼저 뿌리를 내려 살고 있는 사람들은 주류 집단 구성원으로서의 우월감이 없는지 자기 점검이 요구된다.

『열린어린이』 2014년 9월호